赤城山麓上毛伝記

剣聖 浅山一傳斎一存

HIRAOKA Katsuji

平岡一二

文芸社

目次

一　赤城山

草花が芽吹き、春の匂いが感じられるこの頃である。

関八州、江戸時代の関東地方はこう呼ばれ、武蔵、相模、上野、下野、上総、下総、安房、常陸の八か国で構成されていた。中でも国内第一とも言われる豊かな平野が広がるのが、武蔵国（東京都と埼玉県、神奈川県の一部）と上野国（群馬県）、下野国（栃木県）である。

関東平野の北西に位置する、上毛とも言われた上野国の中ほどに悠然と聳える山塊、赤城山（標高一八二八メートル）を望む。榛名山、妙義山と共に上毛三山と呼ばれる。その山の容姿を見るに、今でも山頂に火山性の噴煙が上がっても不自然さを感じさせない山並である。その山頂の中心部に隠れるように存在する旧火口跡は、夏期には溢れんばかりの青く綺麗な水をたたえ、静かなそして神秘的な姿を見せる、いわゆるカルデラ湖だ。大自然の大いなる芸術作品とも言える。何度かの噴火を繰り返す内に生み出された大小二つの湖は、今はまだ氷に閉ざされてはいるが、湖面の氷も少し溶け始めたのか、一部に小さく紺碧の濃い水面が覗く。

大沼、小沼の二つの湖を包み込む山頂の大自然は、かつての活発な火山活動の痕跡をその姿に残している。火口跡の湖の周りを取り巻くように黒檜山をはじめ、荒山、長七郎山、鈴ヶ岳などの外輪山が聳え立ち、広葉樹の森が広がる山々には様々な動植物が生息する。その頂の上には紺碧の天空が広がる。連山のその姿は美しく、大きく拓けた関東の大平原に裾野を広げている。山頂からの急激な稜線は中腹辺りからは緩やかな傾斜へと変わり、山裾からは更に大地に向かって裾野を広く展開しながら上野国の平野に繋がっている。

端然と居座る山容の美しさは、四季折々、麓に住む人達の目を楽しませ、極めて雄大な姿を見せている。古代から上毛の人々はこの大自然に包まれその歴史を刻んできた。遠い昔から其処に住む人々の営みが、今日の豊かな生活を支え、郷土愛をはぐくんできたのだった。

一方、山頂から遠く武蔵野方面を眺めると関東平野の広がりを一望できるが、まるで眼下の広大な平野を支配しているかのようである。東方には日光山系と繋がって、関東平野を大きく包み込むようにその山並は那須連山へと続く。その反対側、西方の榛名山系の山並との間には割り込むようにして利根川の流域が見える。越後と上野の境に発源する川は、大小多くの流れを集めながら大河となり江戸湾へと注ぐ。古よりこの大河を誰言うとなく坂東太郎と呼ぶ（赤堀川が通水して銚子へと、現在の利根川の流れになったのはのちの江戸時代、一六五四年のことである）。

その大河は山間地の中を縫うように流れ、関東平野を大きく蛇行しながら広大な平野を潤している。太陽の光を一杯に受けた白く輝く水面は、武蔵野の田園地帯を抜けて江戸の街へと続き、やがて江戸湾に注ぎ太平洋へと繋がる。

赤城山の東には、日光連山の皇海山(すかいさん)に発源した渡良瀬川の流れもある。利根川・渡良瀬川、それぞれの川辺から眺める赤城山の姿も美しい。澄んだ青い空を背景に、黒味を帯びた藍色の陰がしっかりとその姿を浮き上がらせている。

山頂の大小二つの湖の内、小さい方の赤城小沼から流れ出る水は、山頂から裾野を走るように平野に向かい粕川(かすかわ)となって南麓の里の水源となっている。長い年月をかけて山の南面の険しい山容を少しずつ削りながら現在の形に変化したのだ。古代の噴火活動期の渓谷の荒々しさを残しながらも、欠くことのできない農作の水源となり里の田畑を潤している。

西には利根川を挟んで榛名山から妙義山、更に奥地には噴煙を上げる浅間山が望める。北東奥地には日光山系の白根山が、まだ白い雪を被った頂を見せている。その北方には燧ヶ岳(ひうちがだけ)と、南麓にはその噴火活動によりできた尾瀬沼がある。その西、赤城山の北方には谷川岳など高い山々が聳え立つ。それら奥山深く切り込む渓谷は厳しい山間を大きく削り、激しい水流は深い谷間を経て、利根川の豊かな水源となっている。

赤城山山腹から眺める関東平野の遥か先には、名峰富士の姿が微かに見える。また、東方下野の平原の遥か先には、二つの頂を持つ筑波山が、春の霞の彼方に浮かんでいる。東西南北、この広い眺望に見る豊かな自然は人々に平和をもたらしていた。

しかし冬期になると、日本海側に雪を降らせた季節風が越後山脈を越え、冷たく乾燥した風となって赤城山から吹き下ろす。この空っ風は俗に赤城颪と呼ばれ、里に住む人々からは敬遠され嫌われている。

冬場の日照時間の長さもあるが、標高差に応じた農産物の生産は盛んで、その恵みは利根川を通じて江戸へと運ばれている。武蔵野地方や江戸湾岸に住む人々の営みに大きく寄与しているのだ。

赤城・榛名山麓の歴史は旧石器時代から始まっている。やがて縄文文化を持つ人々が住み着き、弥生時代を迎えて彼らが農耕生活を始める。そして古墳時代には東国の中心として栄えるようになった。

ただ、恵まれた自然環境を持ったが故か、古代から人間同士の争いの絶えない地域ともなっている。持って生まれた性か、人間の欲心は際限がない。権力の争奪戦、厳しい闘争の歴史が繰り返されてきた。常に戦塵にまみれた地域として現在に伝わる。

そして平安時代の武士の台頭は時代の流れを変えた。その後鎌倉時代から南北朝、室町へと時代は進み、いわゆる戦国の世、群雄割拠の時代を迎える。権力の巨大化と共に、強い資力と新しい武芸技術を手にした武士団の創世記とも言える時代である。この頃に権力を保持した者は、武力・腕力によって統治を行っていた。

但し、この時代にはまだ技能武術と言われるような刀剣術は生まれていなかった。名を残す豪傑・豪勇は、概ね体力・腕力に物を言わせた野性的な者達だった。

武具の日本刀が作られた最初期は、打撃を与えたり、刺突したりする目的で制作されていたが、平安中期になって騎馬戦を主とする武士達の台頭で、馬上で抜刀しやすい反りのある刀が誕生する。ただ、当時は飛び道具の弓矢を持って馬上で戦う戦術が重要視されていて、刀剣よりも柄の長い槍や薙刀等、技術よりは腕力によって振り回す長大な戦道具の方が、集団戦の中では有利な戦いができた。

刀を主体とした剣の戦いは集団での闘争には向かず、戦国時代は鉄砲の伝来もあって、戦場においては刀を持っての闘争技はあまり重視されなくなっていく。

但し、常時持ち歩く武器としての手軽さもあり、各地に刀剣制作者も生まれ剣術の技能が発達していった。単身で己が身を守る武術としての剣の使用が注目され始め、剣術の源流となる力から技への剣技が各地に生まれる。その技能の伝習のために剣の修練場が開かれ、其処は道場と言われ技能研修の場となった。現在に残る日本剣道の流れはこの時代から江戸時代へと、各地に武芸十八般の一つ、剣術として創生されていった。

室町時代、上野国においても静かに剣の道に開眼した、新たな道を切り拓いた武術家の中に浅山一傳斎一存がいた。この頃には日本全国、新しき時代の武術として剣術は広がっていた。多くの武芸者の交流もあったが、地域ごとの利権も絡み、刀剣による技能の取得向上に明け暮れた時代であった。

＊

甲斐・武蔵・信濃・上野には、古代から朝廷の直轄牧場「御牧」があり、良馬を産するこの地での武士の成長には著しいものがあった。

古代からの律令制度が崩壊する以前、各地には貴族や大きな力を持った社寺による荘園も多くあった。上野には伊勢神宮の神領（御厨）もあったが、その荘園を管理するためには荘官が当てられ、その下に下司や公文など下級役人がいた。やがて平安末期には在地の下司は世襲となり、国衙領の郡司職・郷司職を兼任して、それらの職を足がかりにして在地領主として成長し武士化する者が多かった。

その他、名主と呼ばれる地方の豪族が配下の農民を集め、自分達の身を守るための組織を作ることもあった。そして彼らはその地方で最も力のある、血筋の良い一族に従うようになる。それが源氏や平氏であったり、国司として都から派遣された貴族で地方に留まることを選択した者達だった。

鎌倉幕府を開いた源頼朝は武家の棟梁となり、源氏ゆかりの地である相模の鎌倉を根拠地として、東国の武士達を結集する。そして承久の乱を経て、公家勢力が衰微し武家の勢力が全盛となる。そして源氏の支配は西国にも及び、初めての武家による政権が確立する。

但し、本格的な武士による支配が確立するのは、南北朝時代を経た室町時代になってからである。南北朝の動乱も足利尊氏の孫、足利義満が将軍になる頃には安定し、それまで朝廷が保持していた権限を幕府が握って、全国的な統一政権としての幕府が確立したのだった。

その後、応仁の乱に始まる戦国の争乱の中から、各地方では地域に根を下ろした力のある支配者が台頭してきた。京都を中心とする近畿地方では、室町幕府の主導権を巡ってなお権力争いは続いていたが、他の地方では、自らの力で作り上げた領国において独自の支配を行う戦国大名が誕生した。

関東地方では応仁の乱の直前、鎌倉公方が古河公方と堀越公方に分裂し、関東管領上杉氏も山内上杉家・扇谷（おうぎがやつ）上杉家に分かれ争っていた。こうした混乱に乗じ、京都から下ってきた伊勢宗瑞（そうずい）（北条早雲）が堀越公方を滅ぼして伊豆を奪い、次いで相模に打って出て小田原を本拠とし、その子氏綱・孫の氏康の代には関東の大部分を支配する大名となる。

中部地方では守護上杉氏の守護代だった長尾景虎が越後を領し、関東管領上杉氏を継いで上杉謙信と名乗り、甲斐から信濃を領国とする武田晴信（信玄）と北信濃で再三戦っていた。同じ頃、駿河・遠江には今川氏が、越前には朝倉氏が、尾張には織田氏など強豪が双璧をなしていた。

中国地方では大内氏に代わり毛利氏が山陰の尼子氏との戦いを繰り返し、四国には長宗我部氏、九州には大友氏・龍造寺氏・島津氏、一方東北では伊達氏と、各地の有力大名がそれぞれ分国を形成し争いを続けていた。

彼ら大名のほとんどは守護代か国人から身を起こした者達だった。このように古い権威が通用しなくなった戦国時代、彼らが生き残っていくためには、軍事面では指導者としての能力、領国を支配し続けるための力が必要とされた。

関東平野には古くから藤原秀郷系の強力な関東武士団があって、多くが血縁で繋がっていたが、各武士団が特に巨大化することはなかった。そのため武蔵・下野・上野地域は、周辺の巨大豪族達の格好の侵略の地、領域獲得の草刈場となっていた。

よってその巨大勢力の動きには常に神経を使いながら、先祖より引き継いだ自領地維持のため、周辺の大大名との提携や、従属先の賢い選択をしなければならなかった。この選択を間違えれば一族の消滅を招きかねなかったからだ。時には意に沿わぬ従属を強いられることもあったが、やむを得ぬものと得心するしかなかった。

上野国においても赤城山麓を中心に藤原秀郷系の長尾衆、佐野衆、足利衆、沼田衆、箕輪衆、白井衆、長野衆など、地縁の中小豪族や武士団がいた。それぞれ我が一族の生き残りを懸けて、強力な大大名と心にもない提携関係を求めたりしていたのだった。

二　浅山一傳斎一存、赤城山中に籠もる

上野の国、赤城山の中腹は四合目辺り、切り立つ岩場に微かに人の住む匂いが感じられる。この岩場から山頂への上りは急で登攀には厳しくなる。

其処は、何箇所かに分かれた赤城山頂、火口湖を囲む外輪連峰の一角である。荒山岳、地蔵岳の東方に位置する長七郎山。その位置は赤城山外輪連山の南方にあり、豊かに広がる南山麓の裾野から見れば、赤城山山頂の一角として聳え立って見える。山容をなす一連の山並の中で、黒檜山、駒ケ岳、地蔵岳などより長七郎山は低いが、長七郎山が南寄りにあるため、山麓から見ると山頂の如く高く見える。その山の陰になる火口湖の一つが小沼である。

その小沼を水源とした谷川の細い流れは、急斜面の荒涼とした山肌を削りながら、不動滝を経て粕川となる。この河川は南麓の裾野に住む人々の営みに欠かせぬ水源である。

粕川上流の渓谷にほど近い山中、大きな岩が顕わになった一角に、三百坪ほどの細長く狭い平地があった。山腹の林を切り開いたものだろう。農作物も見える。俗名、長七郎爺、浅山一傳斎一存苦心の農作地だ。この地の存在は、近在の農民達をはじめ、あまり知られ

てはいない。

周りは原生林に囲まれ、自然の食材、山菜の宝庫である。春には蕗の薹、たらの芽、蕨、ぜんまい、山うど等、夏場になればしどき菜（モミジガサ）や各種茸に山苺や山桃等の果実に恵まれ、秋は何と言っても松茸や木の実が豊富である。山で食す料理には、鹿や猪、兎、鳥類等を狩猟により得て、その肉を加える。この山ならではの食は里の者には味わえないものである。

その農地の奥、張り出した岩場の一角に住居がある。一部は大きな岩の割れ目、洞窟かと思える自然の岩陰に繋がっている。南に面した家屋は、現在は畑地となった場所に生えていた雑木を組み合わせて造られたもので、粗末な屋根は茅葺きである。

しかし、原野に群生していた茅は厚く葺かれて、寒暖の変化と雨露をしっかり凌いでいる。その屋根を支える柱の間の土壁は、篠竹で格子状に組まれた下地に、山中で掘り集めた粘土が厚く塗り込まれた荒壁作り。出入り口の戸は不細工な造りながらも、厚く編み込まれた筵が垂れ下がって強い風の進入を防いでいる。

明かりは高窓を巡らせ、其処には和紙が張られて囲炉裏の煙抜きも兼ねている。窓の外側には、強い山風を防ぐためだろう、細い丸太が格子状に取り付けられている。見た目は良くできているとは言えない。その不細工な様を見れば、手馴れた大工など職人の手は加わっていない様子である。

おそらくその作業には、粕川の下流の村里にある浅山道場の門弟達、主に農民などが手伝いに来て、彼ら素人によって造られたものだ。一見、太古の原始人の住居を思わせるが、中に入ると意外と暖かく住み心地は悪くない。

其処に住む主の姿が見える。普段は農夫姿ながら、その衣類の生地はよく見ると貧しいものではない。時たま郷に降りる時もあるが、その時は一本の脇差を腰に差し野袴を穿いて出掛ける。その歩く姿は農民のそれではない。総髪の頭は毛が薄く半ば白い。見た目、年は五十歳を過ぎた老人に見える。

この地に住んで三年ほどが過ぎ、すっかり此処での生活に慣れてきた感じで、周りの自然に同化して見える。どっしりと落ち着いた姿である。

麓の人里との繋がりは、たまに生活物資を持って訪れる粕川沿いに住む太吉であるが、彼は中村の農夫であり浅山一傳流道場の門弟でもある。それに、この辺りの山中を猟場としている猟師の留蔵と、その仲間が近くに来ると立ち寄り、捕らえた獲物の一部を置いていく。時によると猟師達が一傳斎を中に皆で泊まり込んで飲み明かす時もあった。

他には、山菜を採りに来た里人が、たまたま時雨にあった時など逃げ込んできて、それが縁で親しくなった者もいた。彼ら里人にとっては頼れる山小屋であり、山仕事で一休みする場でもあった。

決まったように定期的に通ってくる太吉は、粕川流域に住む農民でありながら、浅山一傳流道場では上級の腕前の門人であった。現、道場主の山崎十右衛門祐正の門下生であり、師匠の指示で一傳斎の生活に必要な生活物資を届けていた。

太吉が浅山一傳斎一存の所に日常生活に必要な物品を届けに来るのは、七日から十日に一回程度。その時もたらす里方の情報が、此処の住人である自称長七郎こと浅山一傳斎にとって人里との繋がりであった。

浅山一傳斎一存、この人こそ、上野国に剣の道を広めてその名を揚げ、戦国時代に剣術技能の奥義、浅山一傳流を開いた先覚者である。

欲のない人で、粕川沿いの長者、丑田家の隠居に惚れられ口説かれて、屋敷内に道場を開くよう懇請され、断ることができずに生返事しているまま、いつの間にか道場主となっていたのだった。

剣は若い内に丸目主水正則吉（上泉伊勢守とは関係ない）に教えを受け、師匠を凌ぐほどの腕前に達し、近郷の剣士仲間の間では剣聖とまで言われ、上泉伊勢守と共にこの辺りでは広く知られていた。

この当時は剣術と言うよりは武術と言った方が適切かも知れない。太刀、槍、薙刀、弓、馬術など、野戦で用いる武器を持つ者は、概ね力任せ、腕力と度胸で勝負していた。各々の体力に任せた、強靭な力と素早い動きが勝敗を決する時代であった。

其処に新たなる戦場闘技として刀剣による技能技術が加わったものが、剣術という技というか術と見るか、腕力に対しての技能、武術の技が生まれてきたのだった。

一傳斎は明応八年（一四九九）頃に、中仙道は碓氷峠近くの郷士の子として生まれ、少年時代の名を三五郎と言った。同じ里の剣術家、丸目主水正則吉から剣の道を学ぶ。師匠の丸目主水正則吉は文明十七年（一四八五）頃の生まれで、成人したのは戦国の世、東国では北条早雲の活躍する時代だった。彼も戦国武将から戦地に駆り出され戦っていた。

命を懸けた戦場での体験から編み出されたものか、体力のみに頼らぬ新しい剣の技を取得する。その師の教えを受けた一傳斎は、浅山一傳流を創出し、やがて道場も構えた。剣の道でも特に居合い術の名手でもあり、今やその名は関東地方一帯の武術者には通じていた。

師の丸目家の農事を手伝いながら、剣の手解きを受け、それなりの技能を身につけたのちに故郷を去り、他国や都周辺を渡り歩いた。雇われ雑兵としても戦場を駆け巡り、命を懸けた武者修行によって研鑽を積み、浅山一傳流居合いの術を拓いた。

生死を懸けた戦場が常に一傳斎の攻究（こうきゅう）の場であった。当時、戦場は探さなくとも幾らでもあった。大規模な戦でなくとも、領地間の小競り合いは各地で起きていた。その争いに戦士として雇われ報酬を得ていたのだ。命を懸けた技能の実戦鍛錬は、体力と共に精神力を養う得難い場となっていた。

当然、槍から薙刀、太刀、弓矢等、戦場では全ての武具が使われた。常に真剣での戦いであり、度量なくして挑めない行為であった。

実践で取得した武術を一つに纏めたのが浅山一傳斎の編み出した浅山一傳流であり、総目録の中には、槍、薙刀、太刀の扱いが記され、他にも居合術が含まれている。

話を赤城山中に戻すと、浅山一傳斎は勢多郡中村の豪農、丑田家の隠居文衛門に請われ、彼の屋敷内に道場を開いた。文衛門は奥州の武士の系統である。粕川の郷、中村の屋敷内に建てられた道場は無償で借り受けていた。丑田屋敷は堅固な砦機能を備えた屋敷である。近年、近在では無宿無頼の徒が増え、集団で事件を起こすことが多かった。戦乱の世である。文衛門としては、彼ら暴漢の襲撃から自家や村を守るために道場を建てたのだった。

浅山一傳斎道場では、現在は一番弟子の山崎十右衛門に任せて、一傳斎は隠居のつもりで山の中に籠もっていた。月に一度ないし二度ほどは道場へ顔は出すが、丑田家の厚意に甘えて道場傍の屋敷に宿泊することはなかった。たとえ暗くなっても山奥の山家に帰っていた。

享徳三年（一四五四）から文明十四年（一四八二）まで続いた関東の大乱、享徳の乱以降、東国は争い事の絶えぬ地域となっていた。小田原の北条、駿府の今川、甲斐の武田、河越の扇谷上杉、上野の山内上杉、安房の里見、常陸の佐竹、下総の千葉と正に群雄割拠。

上野国では、守護大名であり室町幕府の関東管領、上杉憲政が平井城（藤岡市）を拠点に、上杉勢力の再建を図っていた。天文十五年（一五四六）四月、北上してきた北条氏康勢が、扇谷上杉朝興(ともおき)の治める河越城を攻めて陥落させるが、援助のために出陣した憲政も大きな被害を受ける。憲政は同年十月には碓氷峠を越えて、武田晴信（信玄）を討つために信州に出兵するが大敗。だが、翌天文十六年もその翌年も出兵する。天文十七年に武田軍と村上義清軍の合戦が信州上田で行われた際には、憲政は村上氏に援軍を依頼されて参陣。

しかし、小田原北条氏と結びついた近隣勢力や北条軍の北上もあって、天文二十年（一五五一）に上杉憲政は平井城を退去して長尾景虎を頼り越後へ退去する。上杉氏に属していた地元の豪族達は、それぞれ越後の長尾、甲斐の武田、小田原の北条を頼ることとなる。

だがその後、永禄三年（一五六〇）には上杉憲政と長尾景虎が関東に出陣する。三国峠から宮野城（みなかみ町新治）に入って沼田城（沼田市）を攻撃したのである。景虎は沼田城攻略後、厩橋城（前橋市）、那波城（伊勢崎市）などを攻めたのち、翌永禄四年には相模に入って鶴岡八幡宮社前で憲政から関東管領職を譲られ上杉を名乗ることとなる。

上杉景虎の進出した上野には、武田晴信が勢力を広げようと画策。永禄六・七年には上野の西方面を執拗に攻撃、国峯（甘楽町）、木辺・倉賀野・和田・箕輪（高崎市）を攻略している。

この室町時代後期から織豊時代を経て徳川家康が天下を統一するまで、上州は各国大名の注目する場所でもあった。この草刈場とも言える関東各地は領地の争奪の場となり、取ったり取られたりの激しい地域となっていた。

　そのような戦時下にあって、農民商人といえども我が命は自身で守らねばならない環境下にあった。そのためか、上州人には農民であっても武芸の心得を持った者が多かった。また武術家も多く、他の諸国に比べれば比較にならないほど優れた剣の道場が存在した。鎌倉時代から戦国時代にかけての上州地方の剣豪には、念流の開祖念阿弥慈音（ねんあみじおん）、丸目主水正則吉、浅山一傳斎一存、念流を引き継いだ樋口太郎、樋口新左衛門、他に沼田平八郎、海野能登守、木内八右衛門、佐藤軍兵衛、上泉伊勢守、前原筑前守、東軍権僧正、加藤長清、割田下総守、久屋太郎、馬庭念流の樋口又七郎等の名が挙がる。江戸時代になると更に新たな道場が増えていく。

　常に戦火に見舞われていた住民は、荒れた生活環境に対応しなければならず、さりとて戦時下に気も緩められず、自然と気の荒い人間が多かった。

　山奥の岩屋の住処にあった浅山一傳斎は俗世を離れ、赤城山中の大自然の中で、仙人のような自由気侭な生活を送っていた。山間の農民達と同じ自給自足を旨として山に入り、粗末な岩屋の住まいと、その前には三百坪程度の棚田に似た農地。野菜や蕎麦等を作ったり、野鳥、兎、鹿等、野生の鳥獣類を弓矢で仕留めて食材としていたが、最近では度々来訪する猟師達の持ち込みで、結構蛋白源は間に合っていた。

　米、豆や調味料等は道場から届けられ、生活に大きな不自由はなかった。不自由と言えば、自分で選んだ生活とはいえ、男の独り身の侘しさが身に沁みる時もある。身の回りの家事や繕いのための女手と、時を癒す話し相手のないのが少し寂しかった。いつの間にか住み着いた野良猫の斑がその代わりとなって、今も長七郎の膝の上に乗って心地よさげに喉を鳴らしていた。

長七郎の岩屋での一日は、自炊による朝食に始まる。当然、薪割りから水汲み、湯浴みの湯を沸かすのも自分でやらねばならない。谷川から取った沢水を長い竹を繋いで庭の近くに引いていた。豊富な沢水で小さな池も造り、その中には鯉が飼われていた。

畑での農作業を終えて屋内に入ると、部屋の片隅には白木の位牌がぽつねんと置かれている。その前には小さな白木のお膳が供えられ、盛られたご飯からは微かに湯気が立ち上っていた。一年余の短い歳月ながら、共に過ごした妻、於信が尽くしてくれた行為に対する、長七郎の感謝の気持ちであった。

山中での自炊は苦にならない。自分が作ったものが一番美味と言ってはいるが、果たしてそれは本心か、傍から見る者には疑問が残る。

此処での生活に長七郎本人は満足しているようだが、傍で見る多くの者は、何故このような不便な所に身を置くのか理解できないでいた。長七郎を知る者から見れば、日常の生活に剣聖の姿はなく、多くの里の人からは変人と見られていた。

三　山中の賊

山中はまだ寒い。猟師の留蔵が長七郎のもとを訪ねていた。

山の一部はまだ雪に覆われている。今の季節は狩猟に最良の時季。鹿、兎、山鳥や雉は自然の変化を察知して、眠りから覚め動き出していた。

長七郎の住む山中の家の前は、春を迎えると共に残雪はなくなっていた。小屋は南向きの日溜まりもあり、まめな長七郎によって家の周りの雪は取り除かれ既に消えていた。

長七郎は畑地の隅に出て、眼下に見える里の様子を眺めていた。南方に向かって広い平野が広がり、利根川辺りは白く河霧に覆われていた。里の方には白き雪の影は見えない代わりに、彼方此方に斑点のように白く見えるのは梅の花が咲き揃う梅林だ。

見渡す限り平野は平和な様子である。今年もこの地が平穏であってくれれば良いのだが、と思いながら眺めていたのだった。

少し歩を進め、松の木の日陰に残る雪を踏み締めながら、通りすがりの村の者から得た藁沓の底を通じ、去りつつある冬の名残を受け止めていた。風もなく静かな一時、待ちに待った春の訪れを肌で感じる。

各地から入る戦火の情報に、心中穏やかならぬものを感じてはいた。求めていない戦火の情報に暗い気持ちになりながらも、その情報を分析していた。そして祈るような気持ちで、この地が不穏な出来事に見舞われないように、危機が遠のくようにと願い、まさかの際の打つべき手を考えていた。

まだ冷たい大気を胸一杯に吸って息を整え、しばし立ったまま、眼下の丑田屋敷の方に目をやっていた。村の守りに関してはまだ気がかりな点があった。長七郎は小屋に戻りながら、纏まりのない深い瞑想に入っていた。

と其処に、静かに歩み寄る、精気のない人の気配があった。振り向くと、長七郎が目の前に立っているのさえ気付かない様子の、深く首を垂れた猟師の留蔵の姿であった。小屋の前に歩み寄り、置かれた太い丸太の腰掛けに倒れるように腰を下ろした。

いつもの留蔵の様子と違い、打ち萎れたその姿には軽やかないつもの笑顔がない。いつも必要以上に大声で、離れた所からでも呼びかけてくるのに、今日は挨拶もしない。ただ呆然と虚空を眺めて長い溜め息をついた。

その様子をじっと見て、何かあったなと感じながら、長七郎は同じ丸太の端に静かに腰を下ろし、「如何した」と留蔵に笑顔で問うた。だが留蔵からは何の返事もない。更に長七郎が、「どうした留蔵、元気がない様子だが何かあったのか」と聞くと、留蔵は長七郎に顔を向けて苦笑いを見せたが、直ぐに首をたれた。

春先の日照りを受けて乾きかけた地面を見詰めている。日差しを受けて早くも動き出した小さな蟻の群れを見ている様子。その蟻の群れに足の爪先で土を掛けて戯れているが、その暗い横顔に変化はない。暫く時間を置いてから、どうにか聞き取れる低い声で語り始めた。

「長七爺、今日は猟場で面白くないことがあった。山稜から見れば少し西方の峰伝いの方に猟に行って来たのだが、久方振りで良い獲物にありついた。久しくご無沙汰している長七爺に一羽やれると思って、喜んで帰ろうと峰伝いの稜線を歩いて山を下っていたんだ。途中、峰分かれの岩場で普段見かけない鬼みたいな男二人に出会った。初めての顔だが、滅多に人に会うことのない山中での出会い。自分としては山で生活する者として、初めて出会った者でも気楽に挨拶の声を掛けるんだが、その挨拶を無視された」

話す留蔵の顔を見ると、目をしばたたいていた。

そして話の続きによると、その相手から、「此処で何をしている」と手にした短槍を突き付けられ驚かされてしまったという。挙げ句、「お前が手にしたその獲物は、俺達の縄張り内から捕った獲物、お前にそれを持ち帰ることはならない。全部此処に置いていけ」と脅され、そっくり取り上げられてしまったという。苦労して捕らえ喜んでいた獲物を脅し取られた口惜しさがその顔に出ていた。その時、留蔵は手にした弓を握り締めていたが、相手は二人だし逆らえなかったという。気の優しい留蔵の親しみを込めたいつもの笑顔は失われ、その顔には涙を堪え、耐え難き悔しい思いを滲ませていた。

長七爺は、まだ自分は爺と言われたくはないと言い返したかったが、我慢して含み笑い

を浮かべ、

「それは残念だ、俺への割り当てを取られたとあっては黙っておられんぞ。その者が獲物を奪った様子をもう少し詳しく話せ。俺もそろそろお前からの分け前を期待していたところだ。山鳥も兎も春が深くなってくると味が悪くなる。まだ期待できる寒中の、山鳥の味を俺の腹が求めている。その俺の期待を横取りしたその悪人、獲物が略奪された話は見過ごすわけにはいかぬ。もっと詳しく相手のことを話して聞かせろ」

留蔵は長七郎の話に驚きの顔を向けた。相手の様子も知らないで何を言うのかと、長七郎を覗き込んだ。

留蔵はよほど悔しかったこともあり、直ぐには普段の声が出ない。また、事実を話してみたところでどうにもならない悪人達のことだ。話しても無駄と思いながらも、くぐもった声で訥々と話し始めた。

「山鳥を二羽と兎一羽の獲物を捕らえて、帰りの山道を歩いてくると、突然見たことのない男達に出会った。俺が山を駆け下りる際の音を聞きつけて、いつの間にか俺の後を素早い足で追ってきたんだ。その男達は、何処かの武家奉公の者と見えた。手甲脚絆、野戦で身に着ける胴丸をつけた、戦場の雇い人足姿の男達が二人で立ちふさがり」

留臓は其処で一息ついた。

「その時、相手の体の動きは信じられないほど素早くて身が軽い。その素早い動きは、見たところは野戦慣れし、身体は強靭に鍛えられている感じで、その凄みが槍の先に強く感じられ我も身が震えた。自分は一本の弓には自信があり、相手も警戒していたが、相手側は二人、一人なら弓で戦えても二人の槍には敵対できない。一度矢を番えたまま後ろに下がり、その場に獲物を置いてきた。だが、何とも悔しくてならん」

と涙ぐんだ。山で生きる猟師として耐え切れないことだが、自分の力ではどうにもならない悔しさを長七爺にぶつけるように伝えていた。そして一息ついてから、

「長七爺、一日か二日待ってくれ、別の山に行って代わりの獲物は必ず捕ってくるから」

人の好い留蔵は自分の責任のように悲しげな声で伝えた。しかし、その話を聞いて長七郎は、

「そのように俺のことは心配するな。それより今日行った場所は獲物が豊富なのか、また捕れそうなら、天気次第で明日にでもまた行こう。俺も付いて行く」

留蔵は話を聞くと目を丸くして、

「長七爺、それは危険だ。あいつらはあの近くに住んでいて、行けばまた直ぐに来る。あいつら只者ではない。身も軽く常に自分達にはない動きを見せている。何をするか分からない忍びの者のようだ。怪我でもすると大変だ」

留蔵はよほど怖かったらしい。

「忍びか、沼田の手の者か。留蔵心配するな、我に任せておけ。多分沼田辺りの草の者なのだろう。このままでは、これからお前達が猟場での仕事ができなくなって困るだろうし、のちのちのこともある。その者達にしっかり断わっておかねばなるまい」

と長七郎が言うと、留蔵は手を振って止めた。

「長七爺、駄目、駄目だ。我らの手に負える者ではない。止めた方がよい、命の方が大事だ」

「留蔵、ともかく行くだけ行ってみよう」

長七爺は強気だ。至って元気な声で、

「明日からの天気次第になるが、近い内にその猟場に連れて行け」

と言われて、留蔵は渋々行くことにはなったが、肝心の猟師である当人があまり乗り気ではなかった。


雨降りもあって、それから三日ほど経っていた。朝から綺麗に晴れた空、太陽の光に照らされて、留蔵が三人の仲間を連れて長七小屋の近くまで来ていた。当時、若い猟師達から見れば五十を過ぎた人間は老人と見えるらしい。集まった猟師達の長七爺と呼ぶ呼び名も声もいつもと変わりない。長七郎としては、爺と呼ばれていささか不満ではあったが、さほど気にするわけでもない。

「野郎ども来たな」と言いながら長七郎が庭先に出ると、留蔵達が家の前に現れた。それを見て、中に入れと手招きをした。

山小屋の岩屋というか住まいというか、仙人の住処にしては意外と中は整っている。部屋の中ほどに、放り出されたように四尺（約一二〇センチ）ほどの細い丸太棒が転がっている。筵を支えるつっかい棒であるが、時によると蕎麦打ちの麺棒にもなる大切な生活必需品だ。それを片付けながら、長七郎が家の中から呼びかけた。

皆が入って来るのを待って、「留蔵、待っていたぞ、今日は行くか。もう来ないのではないかと思っていた。ともかくその辺に腰を下ろせ」と促した。

呼ばれた留蔵は土間に立っていた。中に入ると意外と土間は広く、その片隅には水瓶と竈（かまど）が並んで据えられ、篠竹を編んで作った棚には鍋釜と食器が数個並んでいる。男一人の家の中は意外と綺麗に片付いていて、奥に座敷が見えている。何処から持ち込んだものか、障子を二枚引き違いに取り付けて土間との間を仕切っている。広さは八畳ほどで、豪族の主でもなければ使わないような高価な畳が敷かれている。壁二面は自然の岩肌が露出したままになっている。殺風景な感じはするが、其処に敷かれた畳の整然とした佇まいが、嫌味のない趣を醸し出していた。

留蔵を含め物騒な道具を携えた四人の男が土間に入ると、少し部屋が窮屈に感じられる。

「随分大勢だな。俺は留蔵一人かと思っていたが、多い分には賑やかでいいか。ところで、その弓、狭い場所には手頃でいいな。お前達それを何処で手に入れた」

聞いたが、当人は首を振って何も言わない。猟師の弓は野戦で使う弓より短いが、矢は長めだ。山野の薮の中で扱うため弓は短いのだ。しかし鏃（やじり）は大きめで、鹿や猪を仕留める時の矢は、山草の鳥兜の根から作った毒を矢先に付けることもある。多くは大型動物に使われるが、合戦場や城攻めでも狭い所での戦いに使われる。山の中で大型の獲物を射止める彼ら猟師の弓の精度は高い。山で暮らす者の生活を支える大切な道具だ。

「それにしても、今日は大勢だから、それなりの大物を狙わねばならぬ。皆しっかり頼むぞ」

長七郎の出で立ちは、紺の股引、手甲に皮製の脚絆、着物の裾は短く兵児帯に似た帯を締めている。長七郎の身支度は既にしっかりできていた。菅笠を背に頬被りし、一本刀を腰に差している姿は、いつもと違って一回りも若く見えた。

仲間が大勢加勢してくれて気を良くした留蔵の先導で、山道と言っても岩石の露出部分が多い岩だらけの道を進む。岩のない箇所に来ると、山肌は大笹、小笹の繁みに覆われ人を拒絶している感がある。その中には様々な雑木や蔦が密生した所もある。五人は鹿などが通る獣道を登っていった。

登り始めて間もなく、西方に見える山は深い針葉樹林に覆われ、その一帯は陽が入らず薄暗い。通称三夜沢と呼ばれるこの周辺は、その昔、人が植えたと見える大きな杉の木が繁り、奥行きは深く神域らしく落ち着いて見える。その中にどのような人物がどういう謂われで祭祀したものか、間口三間ほどの立派なお宮があった。近くには人家が二軒あるらしく、神社を祭祀する神官の住まいと思われる。

此処より更に上の方の山岳地は人跡未踏の地と言っても過言ではない。この辺りは留蔵達猟師の世界。熊笹の繁る中に茨の蔦や藤蔓が絡んでいる。そのような場所が雑木林の中に散在する。大きな岩石や倒木が横たわり、朽ちた木には一面に雑草や蔦類が絡み、人間の歩行を困難にしている。更に残雪もまだ多く、深い所は膝頭まで埋まってしまう。

今日の赤城山は天気も良い。いつも通り山歩きは気分が良いが、山道は変わらず険しい。山林の中に、背を屈めれば何とか通れる道が藪の中に伸びている。鹿・猪らの獣道、獣達の専用通路だ。その道を登っていたが、何処に通じる道なのか、留蔵達以外には分からない。初めての者には全く分からない道であった。

この辺りは、山頂を境に上州は勢多の郡と、利根郡沼田の里の山境であるが、山中のこと、誰の領地と決まっているわけではなかった。この辺りの猟師は好きなようにこの山中を猟場としていた。その猟師の世界では、誰が決めたわけではないが、暗黙の仲間同士の約束事は守られていた。赤城山中の猟師達は、間違っても人が先に手をつけた獲物を奪うような行為は、猟師の恥だと思っている。獲物は最初に手をつけた者の権利であり、それを捕らえるためには近くにいる猟師は真剣に、逃げる獲物を協力して捕らえた。それが猟師としての仁義でもあった。

留蔵の獲物を奪ったのは猟師ではない。野伏せり的な無頼の輩で、この辺りが戦場になれば、此処が彼らの活躍の場となる。狡賢い彼らは戦闘に及ぶ部族間を股に掛け、常に敵対する相手方の様子を見ては強い方に付いた。正義などはない。戦場においては敵方の情報の売り込みや、戦いに敗北を喫した方の落ち武者狩り、戦場での略奪が本業なのだ。故に性格は荒く、少しでも弱みを見せたら容赦のない悪党の群れだった。彼らは戦い馴れしていて、強靭な闘争技術を持っていた。今日の争いの相手だが大変危険な群の一味だ。

現在は沼田の郷で、ついこの間までは関東管領、山之内上杉氏の支配を受けていたが、現在はそのようでもない。沼田万鬼斎（顕泰）の手の者達とすれば難しい立場にあるはず。沼田城主の沼田勘解由左衛門尉万鬼斎に寄宿している部族の下働きであろう。忍びの技を身につけ、各地の大名やその臣下の動きなどを調べ、その情報を売っては金に代える、生きるに真義のない賊徒そのものである。

長七郎一行は、留蔵が獲物を奪われた場所に来ていた。長七郎が山中の地形と周りの状況を調べながら、

「留蔵、この辺りでその悪者に会ったのだな。それでは此処で握り飯でも食うか。少し寒いから、枯れ枝でも集めて火を焚け」

留蔵は驚いて長七爺の顔を見た。

「煙を上げて奴らを呼ぶんですか。我ら五人でも奴らには勝てませんよ」

と言いながらも、五人の頭数を念頭に置いて、四張りの弓の弦を調べさせていた。そして相手が二人だったら弓は四張り、二人に四本の矢を射れば当たる確率は高い。それよりも相手が多いと長七郎爺では頼りない。戦いになると難しいことになる。相手は何人か、留蔵は仲間の作に向かって頼りなげに言った。

「作、お前の矢に熊撃ち用の毒薬を塗っておけ。いつでも射るように」

言いながらも長七郎の顔をじっと見詰める。長七郎はそれに応えるように首を下げて、留蔵に「早く火を焚け」と、再び催促した。留蔵が「俺は知らんぞ」と言いたげな様子で

枯れ枝を集め、火打石で火を点けた。燃え上がる枯れ木の上に長七郎が少し湿った落ち葉を載せると白い煙が立ち上った。

「長七爺、これで良いのか、煙は上がっている。奴らが近くにいれば直ぐ此処に来る。俺達は争い事は嫌だよ。我らは弓矢は持っていても、まだ人を射たことは一度もない。それに、相手は二人だけとは限らない。大勢で押しかけてきたら逃げる外ないが、奴らは常人ではない。忍びの技を持つ盗賊と同じだよ。忍者のように強靭な足を持っているし、身体は身軽で動きは鋭い。飛び道具の手裏剣などで襲われたら俺達の足では逃げ切れない。このまま誰も来ない内に退散した方がいいんじゃないか」

顔色を変えて言い募る留蔵を見ながら、長七郎が諭すように言った。

「留蔵、心配するな、四人や五人、この爺に任せておけ。ともかく、留蔵以外は身を隠せ。四半時待って来なければ、今日は奴ら近くにはいないということだ。無駄足にはなるが」

「長七爺、奴らを呼んでどうするのだ。まさか奴らと争うというのか」

「そうだ。一度話をつけておかなければ、お前達が困るではないか。俺がしっかり話はつけてやる、心配するな」

長七郎の話に、留蔵とその仲間は驚きの顔を見せ、この爺さん少し頭がおかしいのではないのかと思っていた。留蔵達は今にも逃げ出そうと落ち着きがない。

しかしこの時は、既にその呼ぶべき相手は近づいてきていた。西に伸びた尾根の方角から、枯れ葉や枯れ木を踏む硬いパシッバシッという音がした。

「来たな、それ身を隠せ」

長七爺がそう言うと、猟師達は立ち木の根元に身を伏せて息を詰めた。

相手は三人だ、やはり猟師ではない。身軽な野袴に脛当てをして、手には単槍と脇差を持って現れた。戦場姿ではないが、その姿は野伏せりそのものだった。留蔵もいつの間にか木の陰に隠れてしまっていた。猟師達は矢を番えて構えていたが、矢は放てば次の矢を番える時間はない。一射で相手を倒せなければ、自分達は槍の餌になる。迂闊に矢は放てない。構えている限りは相手も寄ってこないが、相手は忍者の仲間。先に一矢で仕留めることは難しい。その間、長七郎だけが刀も抜かず、その者達を迎えるかのように立っていた。

相手の男達は長七郎を見つけると、彼の動きを確認し、辺りを見回しながら足元を確かめていた。長七郎から十間ほどの間を置いて相手方は立ち止まった。じろりと長七郎を見ながら、何者かと値踏みにかかっている様子だ。

「また来たな、獲物は捕らえたか。其処に隠れている男、一昨日のことを忘れたのか。捕った獲物は此処に出せ。此処は我らの縄張りだと聞かせたはずだが、忘れたわけではなかろう」

一人の男がそう言いながら、目を長七郎に向けた。留蔵達の存在は既にお見通しだった。

「猟師ども、いつまでも隠れていないで、仲間も一緒に出て来い。それとも、この爺が何か物言いたげだが、言いたいことがあったら聞こうではないか」

兄貴分と思える男は、片手で槍先を長七郎に突きつけるようにして二、三歩近づいた。老人と見える長七郎の姿に、最初から争いの相手としては問題にしていない。せせら笑いながら更に歩を進ませ、槍先で長七郎の肩を軽く叩こうとした。

長七郎の体が少し動いた時は、賊徒が握った槍の柄が手元ぎりぎりの所で切り落とされていた。槍を手にした男は驚き、だが気が付いた時には二の太刀が首元に据えられ、触れた所には既に幾分血が滲んでいる。

「動くな、首が落ちるぞ。そのまま其処に座れ」

刀の先で首の付け根を押さえ込むようにして、膝をつかせた。男は首元を押さえられた刀で皮膚の部分が切れてひりひりと痛み、傷口から血が流れ出ているのが分かる。背筋に悪寒が走る。その刃先から逃れるようにして必要以上に腰を落とし、両手は落ち葉を掴むように地に手を突いていたが、冷たい刃先は首筋から離れない。

「話がある。縄張りのことだ。よく聞け、この山は峰を境に所領は決まっている。しかし暗黙の了解で、野獣の猟は自由であり、特に境界はないわけだ。この山の尾根先の小沼は我が村の所領になる。おぬしらが、何をもって我が縄張りと言うのか聞かせてもらおう。だが話の内容によっては口が聞けなくなるから、覚悟して話せよ。その前に、後ろで槍を構えている二人の男に、もっと下がるように申せ」

長七郎の言葉に、男は手を突いたまま首一つ動かすこともできず、他の二人の男に、

「言うことを聞け。槍を引いて後ろに下がれ」

動かせぬ首をそのままに、必死に哀願の体であった。肩先の刀に力が入るのは、話の先を促す合図。刀に力を入れると傷口が自ずと開いた。刃を首に当てられた男は、

「話は分かった。そなたの申す通り、この山の猟は猟師に限って認められている。我らの心得違い、お許し願いたい」

更に静かに頭を下げようとするが動かせない。今、生死の境にある自分の命、見栄も外聞もない。死を目の前にして本能的に起きる身体の震えは抑えようがなかった。

しかし、後ろに控えた二人の男は、首根っこを押さえられているわけではない。兄貴分の男ほどに切羽詰まっているわけではない。幾多の戦場を生活の場としてきた者達である。最初は一歩下がったが、それ以上は下がらず、手にした槍を握り直していた。

短槍は投げ槍でもある。長七郎に投げて仕留めるのが難しい距離ではない。二人してその体勢に移っていた。首を押さえられたままの男の命などは気にしていないようだ。首に刃を当てられた男も後ろにいる二人の仲間の気配は分かる。自分の仲間が目の前の敵を仕留めても、その前に自分の首も切られるのは間違いない。その場に膝をつき、一心に仲間に懇願した。

「わしの命を助けてくれ。頼む手を引いてくれ、頼む」

首を下げようとしたが冷たい物が離れない。動けば傷口が深くなる。動けぬままに嘆願する。しかし、二人の男は態度を変えない。二人の考えでは、たとえ仲間を殺されても自分が狙った相手は倒す。これが戦国の世の習いだ。自然と手にした槍が肩先まで上がって

きた。長七郎はそのままの姿勢で二人に目をやる。そして微笑を浮かべながら、
「仲間の命と引き換えに我を倒せるかな。どちらかは弓矢の餌食になる。但し、一突きで我を仕留められなかったら三人とも命はなくなる。それが分かるか」

いつの間にか、腹を決めた留蔵ともう一人の猟師の弓矢が一人の男に狙いを定めていた。狙われた男は、矢との距離は十間とない至近距離だし、猟師の弓矢の技量は戦場の小者の腕とは違う。常に走る動物を射ている猟師、両者が共に外すことはない。自然と手にした槍が下がり、やがてその手を離した。

残った男は、それでも槍を上げた姿勢を崩さない。長七郎は一投で倒せる間にある。戦場を渡り歩いた者であり、生死の境を何度も潜り抜けてきた男達だったが、その手先が震え出していた。それを見た長七郎、その男を睨みながら、「お前、俺が一対一で立ち会ってやっても良いぞ。その気があるなら右の峰の方に寄れ。得物はお互いその槍で良い」と言うと、その男が首を静かに動かし承知の意志を示した。そして左の方に寄っていく。
「一対一の立ち会い、面白い勝負だがお前が負ける。自分の死に顔くらい想像しろ」

長七郎がそう言うと、立ち会いを望んだ男が右手の方の峰伝いに移動した。槍投げの姿勢から、槍をしっかり両手に持ち替えていた。長七爺は首根を抑えられていた男に、足を前に出させて立てない姿勢にして、留蔵達に「少しでも動いたら、遠慮はいらぬ矢を放て」と言い置いて、残った男に、
「動くな、其処に落ちている其の槍を借りるぞ」

兄貴分の男の首に当てていた刀を、素早く男の袖で拭うと鞘に納め、五歩ほど先に転がっている槍を拾い上げた。

立ち会いの場所は尾根沿いの峰。その先の向かい側、右側の山嶺は深い谷底に向かって急勾配になっている。その斜面は小笹と枯葉に覆われている。深い谷底には残雪が見える。

男は傾斜のある尾根を峰に沿って上りにかかった。高い所から見下ろす有利な場所から槍を構えた。長七郎は拾い上げた槍を手にすると、尾根沿いに足を運び、峰伝いの低い位置から登るような体勢になった。立つ位置からすればとても不利である。

長七郎が「行くぞ」と、手にした槍の先をひっくり返して、槍の石突きを相手に向けたと思う瞬間、そのまま無造作にぶつかるように突き進んだ。二人が接触し相手の槍が閃いたかと思った時、どうしたことか相手の槍は軽く空に向かって飛んでいた。と同時に、長七郎の手にした槍の石突きがしたたかに男の腰部を突いていた。男はそのまま谷に向かって仰向けに落ちていった。

その姿を見ることもなく、長七郎は首筋から血を流したままの男の所に戻っていた。兄貴分と思える首を落とされかけた男は、そのままの場所で静かに跪いていた。その男に向かって、

「おい、お前ら、これで分かったな。今日から猟師の上前を撥ねることはならん。今日はこれで許してやるが、分かったか」

言われた男は頭を下げながら、

「分かりました、どうぞご勘弁を」

その言葉を聞いて、「しっかりと約束したぞ」と言いながら、長七郎は手にした槍をその膝の上に投げ落とした。

「谷底に落ちた男、当分は歩けまい。急所は外したから、ひと月ほどすれば歩けるようになるだろう。拾い上げて連れて行け。今日の槍の授業料は十両の価値はあるが、特別にただにしてやる。有難く思え。それに命は一つしかない、もう少し大切にしろ」

と言うなり猟師達に向かい、「帰るぞ、久方振りで良い稽古ができた」と言って、さっさと山を下り始めた。

驚いたのは猟師達。気の触れた隠居爺と思っていたのに、今日の一部始終を見て驚くばかり。急に今までの爺呼ばわりから先生に変わっていた。長七郎は歩きながら振り向きもせずに、

「我が家に帰ったら戦勝祝いといきたいが、岩屋には何もない。生憎、酒の肴は干し肉しかないが、今日はそれで我慢するか」

と言っている。猟師達は慌てて後を追っていたが、先に立つ長七郎の足は意外と速い。山歩きに慣れている猟師達も真剣に足を速めて後を追った。

岩屋の家に帰ってからは賑やかになった。猟師達は部屋の掃除をする者、火を熾す者、庭先の土室（つちむろ）から大根や牛蒡等越冬用の野菜を掘り出す者と、それぞれが宴の準備に忙しい。

何処で拾ったものか半分錆びた鎧通を刃先だけ砥いで、それを包丁にして塩漬けの獣肉等を刻む者もいた。人数五人には少し小さいと思える鍋が自在鉤に掛けられた。男だけの野趣たっぷりの鍋だ。猟師達は食べ慣れているので、適度の塩の按配も良くそれなりの宴となった。

主の長七郎を鍋奉行に、猟師達は最初の頃は言葉少なく静かな雰囲気だった。長七郎も鍋蓋の上の杓文字を手にいつもと変わらない様子であった。しかし酒の酔いも回ってくると、猟師達の気も緩み、賑やかな声が飛び交うようになった。

猟師達の日常の生活といえば、時に野に寝、山に臥す、野性味を帯びたものである。仲間同士が話す態度は怒鳴り合っているようでも、お互いの心は信頼で結ばれている。酔いが回ると本性も現れ、言葉も更にざっくばらんなものとなる。

「長爺、長七爺の今日の立ち会いは見事だった。俺はよく見ていたが、実際どうなったのか分からねえ。爺は仙人ではないんだろうな。神技みたいに見えたけど、本当は何様なんだ。俺達は仲間なんだから、本当のことを話さないか」

偉そうに言っているように聞こえるが、長七郎はただ笑うだけだった。

村中では留蔵、作、新作は猟師仲間の居住地を呼び名に付けていた。不動滝の下流に住むことから、滝の名をとって留蔵は滝の留蔵、滝の作、滝の新作などと言われ、もう一人は少し西に行った所の地名をとって新井の熊の呼び名で通っていた。彼の本名は仁吉だが、短い槍を使っての熊獲りの名人である。まだ皆若い二十代前半であるが、お互い仲間の歳に関心はなかった。

宴席の話題は、当然、今日の長七爺さんの山での剣と槍での立ち会いであった。恐れるように首を前に出しながら、作が、

「これからも俺達は長七爺と呼ばせてもらうけど、それでいいのかな。先生では何となく変だし、お師匠もやっぱり不自然だ。失礼かもしれんが長七爺さんと呼ばしてもらうよ。俺達の親爺みたいなもんだから。ところで留蔵が言う通り、爺さんはとんでもねえ業師だな。今日の長七爺さんの動きに、俺は天狗様みていに思うた。動きが速くて、俺達には脇差と槍の動きがどうなったのか分かんなかった。爺さん、お前さんの武芸は神技みていだが、此処に来る前は何をしていなさったんで。言葉や話を聞けば余所者ではないようだがな。とにかくあの早業は神業だ。これからは俺達の親分になって欲しい、爺の指図は何でも聞くから、頼みます」

新井の熊が作の話を聞き取り、

「それはいい話だ。爺に俺達の親分になってもらおう」

全員が合槌を打った。留蔵が、

「俺達の親分となれば、此処では長七爺の生活には不便だ。我の近くの村の長の離れ屋敷が空いている。俺が話せば貸してくれるから、其処に移ったらどうですかい」

長七郎は苦笑しながら、

「留蔵、有難いが、俺はこの家が気に入っている。それにこの家は長年かかって自分で建

てたものだ。俺にとってはこの上ない住処なのだ。お前達だって山に入った時は此処を便利な所と思っているではないか。俺は動かんよ、お前達いつでも自分の家と思って来い。俺も色々と里方の情報が、お前達によって聞けて助かる」

その話を受けた留蔵が話を変えた。

「ところで、長七爺さんの名は、もしかすると長七郎山からとったんでは」

「そうだ、気が付いたか、その通りだ。俺は長七郎山の主だ」

と言って長七郎は大声で笑った。すると熊が、

「道理で強いわけだ。山の神様のようなもんだ」

納得の顔をする熊だったが、皆で大笑いとなった。

時を経て腹も膨れ、食材もなくなったのを期に猟師達が立ち上がった。陽が大分斜めに傾いてきていた。山中での争い事に神経を使った後の酒のためか、留蔵達は大分酔ってはいたが、明日の猟の打ち合わせをしていた。明日、早朝暗い内の集合場所と時間を決めているようだ。

綺麗に平らげた茶碗と炊事道具類を猟師達が片付けると、長七郎に帰りの挨拶をしてそれぞれ帰っていった。

彼らが帰ると途端にこの山の中の岩屋は静かになった。すると、いつの間にか現れた野良猫の斑が、甘えるように長七郎の足に絡んでくる。食べ物の催促だ。

「分かったよ、お腹が空いたか。食べる物が何もなくなってしまったな」

と言いながら、鰯の丸干しを与えた。陽も落ち幾分暗くなっていた。斑以外誰もいなくなると、長七郎は庭に出た。外にいる野犬に食べ残しの骨を与えた。

そして半時ばかりはいつもの素振りで汗を掻いた。やがて西方の雲間に赤味を増した太陽が沈み、千切れ雲も赤く染まった。息を整えながら静かに見送る落日の空が、今日一日の終わりを告げていた。


夜が明けて、早朝の太陽の光が関東平野の東方、二つの峰の影を黒く見せる筑波山を背に、広く拓けた平原の輝きが朝の訪れを告げる。地平線にたなびく朝靄を射透すような太陽が強い光の線を長く引いて長七郎の足元まで届いていた。昨日の夕日と今朝の朝日は別物と思われていた時代である。

赤城山中の岩屋の前で、長七郎は早朝の薄暗い内から起き出し、もろ肌になって素振りを交えた朝の稽古に余念がない。太陽の光がすっかり白さを増してくる頃には、長七郎の朝の日課は終わる。体の動きは一切の呼吸を止めての居合い術、気持ちの洗われる一時である。これで今日の一日が始まる。

長七郎こと一傳斎は、肌を刺す朝の冷たい空気を全身で受けての研鑽を済ませた。だが未だに一刀流居合い抜きの自分の技に納得しきれないものを感じていた。無心のまま、形はなく、身構え中には一切呼吸を止めて自然のままに抜刀。気を動かすことなく無言の居合いの形を創るべく、一筋に己の納得のゆく居合術を求めていたのだった。

約半刻ほどの訓練で玉の汗が浮かんでいた。その汗を拭き取りながら、広く明るく拓けた眼下の大地を眺め、大きく胸を広げ深い呼吸をした。未だ己の納得のいかない剣の筋を思って一息つきながら、目を我が畑に移していた。雑草の発芽とその成長の早さを目にして諦め顔であった。

野趣に富んだ山中の我が住居。その前庭の先にある畑地は、まだ一部分は赤城颪の運んでくる砂埃により灰色の雪に覆われているが、日溜まりの枯葉の間からは、二年ほど前に植えた水仙の新芽が三寸ほど伸びてきている。溶け切らぬ凍った土を押し上げるように、目にも鮮やかな緑の芽を覗かせている。その姿は大自然の春の前触れだが、此処の畑地の中の土はまだ冷たく凍っていて硬い。畑地への本格的な春の訪れは、後半月程度はかかるだろうが、眼下に見える里地には梅の花が開花している。その香りが此処まで伝わってくるかのようだ。里は既に春の農繁期を迎えつつあった。

しかし、この山中の我が家は、まだ暫くは冬の寒気が残る。筧の水場の近くには自然に生えてきた大きく伸びたマンサクの木が、木陰に隠れるように、目立つことなく黄色い帯状の花弁をつけて、赤城颪の強い風に身を震わせている。

長七郎はその開花に気付いていた。黄色い紐状の花弁を静かに眺めながら、いつしか物思いにふけっていた。眼下の里にいる自分の隠し子に、帯でも買ってやりたい思いはあったが、それができない自分の立場だ。人知れず悩んでいた。

だが、そのことは直ぐに忘れていた。長七郎は谷川の上流から取水している、竹をくり抜き繋ぎ合わせて使っている自家水道のことを考えていた。竹筒を伝ってくる筧の水の出が細くなっているのは、百間（一八〇メートル）ほど先の谷川の取水口を枯葉が塞いでいるからだ。沢の水源地に行って木の葉を浚わなくてはならない。

その水の出の悪くなった水場で、既に保存の量も少なくなってきた長葱の皮をむいていた。長七郎の朝餉の支度である。

食事は概ね一日二回、朝と晩。時によって日中腹の空いた時は、山栗や里芋を囲炉裏の灰の中で焼いて、日当たりの良い土手で摘んできた蕗の花芽に、手製の味噌を和えて食べる。この焼き里芋に多少苦味を含んだ蕗の風味が絡み、言葉に尽くせぬほど旨い。

春先など、特に農作業が多い時には、いわゆる小事飯（こじはん）という、作業の合間に食べるおやつだ。握り飯や蒸かした芋などで一時の腹ふさぎ、胃袋を納得させるものなら何でも良かった。これがこの時代の一般的な食生活の基本だった。

朝食を済ますと、長七郎は間もなく山を下りる支度にかかった。

暫く振りに浅山一傳流道場に向かった。道場の運営は後を引き継がせた、一番弟子の山崎十右衛門祐正がやっていて、既に長い間師範代として浅山道場を任せていた。その道場運営の全てを仕切っている十右衛門に会って、岩屋への差し入れの無心をするためだった。地元の農夫で門弟の太吉を通じて山での生活物資の供給を頼み、我が道場の中は覗き見程度でその場は離れた。その後、道場を提供してくれた大家の丑田文衛門老人の所に挨拶に伺い、文衛門の手揉みの茶を馳走になってから上泉村に向かった。

四　上泉伊勢守信綱

弘治元年（一五五五）、長七郎こと浅山一傳斎一存は五十七歳になっていた。現在は隠居の身で山中での仙人暮らし。俗名を長七郎で通していた。

どうにか自分の思うような抜刀術、居合い抜きの基本となるべき形は考案した。この刀剣術は赤城山に入ってから数年かかっての取得であったが、自分なりには納得していたので、開眼できたのは本人としては気分が良い。長年の宿願を果たしての、今日は息抜きでもあった。

上泉村は粕川から二里余、西に向かって赤城の山裾を歩いても一傳斎の足では一刻（二時間）ほど、大胡（おおご）城下を素通りして上泉城の伊勢守信綱の道場に向かっていた。

上泉伊勢守信綱は永正五年（一五〇八）に大胡城の支城である上泉城で生まれた当年四十八歳。平安中期の下野の豪族、藤原秀郷の血を引く大胡氏と同じ系統である。数年後には箕輪城主長野業政・業盛らと共に武田信玄と壮絶な戦いを繰り広げ、「上野の一本槍」とも呼ばれる。

剣聖と呼ばれ、その武勇は全国に響き渡っていた。幼い頃より剣の修行を重ね、やがて新陰流を創始する。鹿島兵法の塚原卜傳との交流の中での開眼である。教養もあり、文武両道に勝れた人物であった。柳生石舟斎宗厳や宝蔵院胤栄（いんえい）、丸目蔵人佐（くらんどのすけ）ら大勢の弟子に剣の指導をして、やがて新陰流は全国に広まることとなる。

上泉伊勢守信綱と浅山一傳斎一存とは信綱が十歳若いことになる。お互い近くに道場を構えたこともあり親しく、剣友としての付き合いの他にも剣術に関わらないところでの交流もあったが、子弟の関係ではなかった。

粕川近くの村中と上泉の郷の間にある大胡城は、天文年間（一五三二～一五五五年）に城の縄張りから始まり、完成を間近に控えていた。上州八家の一つである大胡氏は、藤姓足利氏の庶流である大胡太郎に始まり、平治の乱（一一五九年）の頃から活躍し、鎌倉幕府では御家人としても活動していた一族である。

壮年であり実力派の信綱と隠居の身の一存であるが、その交わりは年上の一傳斎が兄貴株であった。今日は今年に入って初めて、久方振りの訪問であった。中村の道場を通じ信綱から使いが来て、暇潰しの将棋の相手にとの催促に応じての訪問だった。

伊勢守信綱の道場と屋敷は立派である。上泉城とも言われるが、砦の機能を充分に調えた要害屋敷であった。世間体は構わぬ一傳斎とは一目でその身分の差は分かるが、剣の扱いではどちらが上位かは分からない。ただ、信綱は一傳斎を先輩として大切に遇していた。

昨今、この辺りの住民の生活環境は平和そうには見えるが、現実は近隣大名の権力争いが続いていた。この地がいつ戦場になっても不思議はなかった。

この時代、関東地域は東西南北何処でも、領主の戦う相手が変わる度に、住民は望まぬ戦火におののいていた。争いに関わりのない農商民といえども安住の地ではなかった。

山内上杉氏の没落後、小田原の北条氏康は僅か十歳の外甥（氏康の妹の子）の足利義氏を天文二十一年（一五五二）に古河公方として擁立、以降この公方を前面に立てて関東の武家勢力全体に対峙してくる。

当時、西国では弘治元年（一五五五）に毛利元就が大内義隆を滅ぼして（厳島の戦い）中国地方を手中にし、その五年後の永禄三年（一五六〇）に尾張では、桶狭間の戦いにより今川義元が織田信長により敗死する。正に全国各地、戦の絶えぬ世であった。

上野・下野・武蔵・上総・下総・安房・常陸と、周縁国の相模・甲斐・信濃・越後・駿河と、各地域の守護大名や豪族達それぞれの勢力争いも絶えぬが、弱い者は強い権力者に従属するしかない。上杉憲政の去った上野国では、国を守るべき守護がいなくなってしまい、以後は戦国大名の隆盛に翻弄される国となってしまう。此処赤城山南麓地方には古くから豪族や豪農が、城とまでは言えない砦、要塞となる屋敷を構えていたが、これまで以上にその守りを固める必要があった。

西の甲斐・武田氏傘下には真田氏や長尾上杉氏、蘆田（芦田）氏らがいたが、最近になってその一部で小田原北条氏に近づく者も多かった。国峯城の小幡氏、那波氏や河西衆（利根川西の人々）も那波に加勢して北条氏に与同した。但し、程なくその帰属先を変える者も出て来る。生き永らえることを考えれば古くからの信義や友情は二の次と、いわゆる下克上の様相も見せて、相互に警戒しながら、虎視眈々と自領の拡大をも狙っていた。

小大名や豪族に駆り出される野武士らにとっては、一族の生き残りを懸けて、何処の誰の支配に属すかは慎重に選択せねばならなかった。一つ間違えれば一族消滅の危機に瀕するのだ。よって各方面の情勢収集は欠かせなかった。

北条氏康が本格的に武蔵、下野、上野の国に進出して上杉憲政を攻め、那波宗俊の他、箕輪の長野氏をはじめ小幡氏、安中氏等を懐柔しながら彼らを味方につけていた。粕川から東に数丁、膳城を間に挟んでの山上氏の城も上杉氏から離れて、北条氏の傘下に入るのは目に見えていた。

一方、上杉憲政は、足利の長尾当長、横瀬（由良）成繁や佐野氏、桐生佐野氏、大胡氏、厩橋長野氏を頼ったが、棟梁としての信頼薄く強い支援を受けられず、越後の長尾景虎のもとを頼ろうと越後方面近くまで逃れていた。

北条氏康は更に、安中氏、小幡氏、那波氏、赤井氏、富岡氏等、今まで敵対していた国衆に対して、懐柔や脅迫等により己が傘下に収め、上野国一帯への進出を図っていた。天文二十三年（一五五四）には横瀬氏、桐生佐野氏が、弘治二年（一五五六）には足利長尾氏が従属していたと見られる。更に、永禄元年（一五五八）には箕輪長野氏、白井長尾氏も従属したと見られる。永禄元年八月頃、北条氏康は沼田城も支配下に治めていたが、上野国の支配権は確たるものではなく、上杉、長尾氏は心許せぬまましたたかな抵抗を受けていた。

上野地方の近頃の戦況を見れば、如何に長七郎こと、浅山一傳斎の住む赤城山中の岩屋から眺める眼下の農村地帯が、戦火を避けることの難しさが理解できる。

浅山一傳流道場の近辺には小城、むしろ砦と言った方が適切な小規模な要害は数多く見かける。上の山城、膳城、女淵(おなぶち)城、赤城城、大胡城、上泉城等も、それぞれ大軍に攻められればひとたまりもなく、悲惨な戦火の難は避けられない。そのために東国一円の豪族、大大名達の動きを詳細に知ることは集落住民にとっても大切だ。その動静によって自身の身の振り方を決めなければならない事態にもなる。

各地の情勢を探るには多くの情報収集が求められるが、大大名のように忍者に類する草の者を雇う力は誰もが持ち得るものではなかった。周りの戦況が押し詰まったところで生き残りの選択を迫られる場合が多く、困難な状況下で即決を求められることが多かった。

記録によると、浅山一傳斎道場から数丁しか離れていない膳氏の城などは、当時は桐生佐野氏の傘下にあったが、のちの北条傘下となった天正八年（一五八〇）十月には、武田勝頼に攻められ落城している。いわゆる「膳城素肌攻め」とも呼ばれ浮世絵にも描かれている。

隣村の中村の丑田家なども、武士ではなく豪農でありながら、一村が戦乱に巻き込まれないようにと浅山一傳斎一存を招き、その指導のもとに屋敷敷地内の要塞化と、村民達の武力強化を図って戦乱の世に対処していた。強大な武力を持つ勢力に対しては小さな武力では対処できない。一傳斎の戦場での経験による指導のもと、駆け引きなどで無闇に敵対せず、外圧には上手に対処するべく備えていた。ただ戦闘に巻き込まれないための対策や駆け引きは大変難しいが、一傳斎の優れた能力で今まで上手く乗り切っていた。

近隣が戦場になればこの辺り農村部も殺戮の場と化す。恐怖の中、住民は平常心を失い狂気の渦に巻き込まれ、命をも失いかねない大きな被害を受ける。そして一つの合戦が終われば、敗れて敗走する落ち武者や、戦乱の中勝ちに乗じて己を失い暴徒化した雑兵達は、戦場下の地域住民に向けて乱暴狼藉、略奪等に走る。血にまみれた戦場兵士が生きるか死ぬかの戦火を潜れば、当然のように精神錯乱状態にも陥る。戦後に農村を襲ってあらゆる悪事を行い荒らし回る。こうした統制を失った敗残兵達の賊徒化は何処の戦場でも見られることだった。

住民達はできうる限りの防衛対策を講じる。領主は強固な屋敷、砦を築き、事あらば領民達を招き入れ彼らの命を守る。その屋敷には防御柵や空堀が設けられ、闘争術を養成するためには屋敷内に武力訓練の場も構え、自領民に武術の訓練も強いていた。

そのためか、上州の農民達は家族の身を守るために、武芸技能の習得にそれぞれ近くの武芸道場などに通う者が多かった。常に武術の技能習得に励む彼らは、農民とは言え馬鹿にできない技能を持っていた。地形や防御策を熟知した農民兵は、余所から来た侵略兵より優れた戦闘能力を身につけていた。

上野の国は、こうした地域性もあってか、武芸修練指道場が数多ある地域となっていた。修練道場と言っても屋根があればいい方で、ほとんどが野外で裸足のまま修行する所が多かった。領域内に戦火が及べば領主屋敷に集まり、要害化された中にあって、賊徒に襲われた場合に対抗できるだけの充分な訓練を積んでいた。

この赤城山麓周辺は、小さな豪族や豪農領主が多数存在していた。この地域に残る、数ある城跡・要塞跡・砦跡は、武士だけのものではない農民らの要害遺跡と思えるものもあるのだ。

この時代、各地に武力・財力を持った武士団が無秩序の中に生まれ、力による武力制圧が進み、武士と平民の格差が判然と現れてき始めていた。一言で言えば、戦国無法時代とも言える状態が見えていた。一般庶民がそれらの時代に何故生きられたか。農民領主としても己の屋敷の造りは戦時の小さな砦に等しいものとなっている。いざとなれば農民は戦闘員に早変わりするが、強大な大名武士団に襲われればひとたまりもない。大名武士団と如何に干戈を交えないかが生き残る術なのである。また大名武士団としても己の敵となる者は少ない方が良い。地元民が自ら逆らうことがなければ、敢えて敵に回すことはないと考えていた。

侵略側の武士団も、堅固な柵内に籠もったそれなりの戦闘能力を持つ農民兵に戦いを挑み、自軍兵力の多大な損失を考えれば敢えて攻めることなく済ませたい。地域を攻略するための全体的な戦略に差し支えさえなければ、そのままそっと見送れば良いこと。それらを考慮すれば、大軍とは言え防衛策を調えた屋敷を襲うことは控えるものだ。

戦時にあって、防御のために屋敷内に籠もって動かない、辛抱強い農民兵は敵としたくはない。砦は小さくとも其処を攻め取るには、少なからず戦費の消耗は避けられないと感じ取る。敢えて其処を襲えば、自軍の兵力五十～百人の犠牲といらざる戦費を失うことになるのだから、事なく済む方法を考えざるを得ない。

強力な農民兵達を無理に攻めて敵に回したくはない。よく考えれば、恨みも買わずのちのちその地域を統治する際も、事なく済むことを知っているのだ。敢えて彼らには逆らわない。堅固な要害を持った屋敷を攻めるのは避けられていたのだ。

こうした理由から、戦場化された赤城山麓周辺地帯にあって、要害堅固な屋敷の存在により、弱小農民集落は戦火から救われていたのだ。しかし、常にそれなりの自衛のための戦闘能力と防御態勢はしっかり調える必要はあった。

少し時代を遡ってみると、享徳の乱が収まった（一四八二年）と思ったのも束の間、山内上杉家と扇谷上杉家との間で関東での騒乱が再開する。長享元年（一四八七）に始まり永正二年（一五〇五）まで続くこの戦いを俗に長享の乱というが、この騒動によって上杉家は衰退していく。

この長享元年には、駿河の今川家の家督相続による内紛があり、当時当主の座にあった小鹿（おしか）範満が、京より下向した伊勢宗瑞（そうずい）（のちの北条早雲）によって討ち取られる。後北条家の関東進出の始まりである。

鎌倉公方の地位を応永十六年（一四〇九）、十二歳で手にした四代足利持氏から、やがて持氏四男の足利成氏（しげうじ）が跡を継ぐことにはなったが、異を唱える鎌倉公方と関東管領上杉家とが対立、永享十年（一四三八）に永享の乱が勃発。その後、享徳三年（一四五四）に、上杉憲実（のりざね）の後継者憲忠が足利成氏に謀殺されたことにより、享徳の乱が起きたのだった。享徳四年（一四五五）に成氏は、己を指示する国衆の多い下総古河に本拠を移す。古河公方の始まりである。古河公方には当時、簗田氏、結城氏、小山氏、小田氏、宇都宮氏、佐野氏、千葉氏、岩松氏、里見氏など地方有力領主、国人が付いて成氏派を形成していた。長禄元年（一四五七）、幕府は古河公方への対抗措置として、将軍足利義政の異母兄の政知を還俗させて、新たな関東公方として下向させる。しかし、彼は鎌倉には入れず伊豆の堀越（ほりごえ）に留まり、以後堀越公方と呼ばれるようになる。

幕府の命を受け、明応二年（一四九三）に、二代目堀越公方を名乗る茶々丸を攻め滅ぼしたのちの伊勢宗瑞は伊豆を平定、韮山城に居を構え、その後関東の騒乱に乗じて急速に勢力を拡大する。相模の大森氏を討ち取って小田原城を手中にし、やがて武蔵に出兵し、房総半島にも渡る。その子氏綱が姓を伊勢から北条と改める。

二代目氏綱、三代目氏康と、伊豆・相模地方に新たなる北条一族の基盤を築き、彼らは武蔵、下野、上野へと勢力を拡大していった。前述の通り、天文二十一年（一五五二）春に山内上杉十五代当主の上杉憲政を上野国から追い出したのは三代目氏康である。

　赤城山南麓を別に、北西に面した山岳地帯を含めた一帯は豪族沼田万鬼斎が治め、小沢城、幕岩城の他に蔵内城（のちの沼田城）をはじめ、奥利根の諸豪族を従え、奥利根地域一帯の大部分を抑えていた。古くは名門、三浦氏系の沼田氏十二代の沼田万鬼斎は豪勇をもって鳴らし、上州では大物の豪族であった。血縁関係も深く、万鬼斎の正室は豪族箕輪城の長野信濃守信業（のぶなり）の娘で、長野信業の正室は剣聖上泉伊勢守信綱の妹と言われている。したがって、万鬼斎、信業、信綱は義兄弟になるのだった。

　今日の長七郎こと一傳斎は、伊勢守からの久方振りの将棋の誘いを受けていたが、二人は数年前から親しい間柄であった。それもあって伊勢守の繋がりや姻戚関係は知っていた。一傳斎は信綱とは友人としての付き合いであったが、この度はその繋がりを利用して、留蔵達猟師の身の安全を沼田万鬼斎に伝えてもらいたいと考えていた。

　また、一傳斎は沼田氏の支配地域にある片品郷の白根温泉に時々湯浴みに行くことがあるのだが、沼田万鬼斎も白根に湯治に行くと聞いていたので、一言、湯治客として利用することの挨拶も頼んでいた。片品郷の白根温泉は古代から、谷沢の中に自然湧出した温泉で、平安以前よりあると聞くが年代はよく分からない。

　話は逸れるが、その後永禄二年（一五五九）、沼田万鬼斎とその子との間で上杉方・北条方とに割れて内紛が起こり、沼田領は北条が手に入れ沼田氏は没落する。しかし翌年に長尾景虎（上杉謙信）が越山してくると、北条氏は追われ沼田城は上杉支配となる。だがその後、謙信死後の後継者争いによる混乱で、沼田は再び北条氏に奪還される。そして天正七年（一五七九）には、武田勝頼傘下にあった真田昌幸が沼田城に入城することとなり、沼田の地の支配はめまぐるしく変遷する。

そんな混乱の中、永禄六年（一五六三）に上泉伊勢守信綱の消息が消える。

利根川の奥地吾妻地区にある羽尾氏は、鎌原（かんばら）氏との戦いに信綱の応援を得ていた。一方、真田氏を援軍に従えた鎌原氏との戦いで敗れた羽尾氏と共に、上泉伊勢守は上泉城を立ち退いている。羽尾氏に加勢した新陰流開祖、上泉伊勢守信綱は敗軍の兵となり、高弟疋田文五郎（景兼（かげとも））、神後伊豆宗治らと共に故郷の上州を出国していずれかの地に向かったと言われている。残った門弟は四散しながらも新陰流を引き継ぎ、上州の地以外でも新陰流の流れを伝えていった。その中でも有名な柳生新陰流、鹿島神道流など多数の流派の中に息づいている。

話が逸れてしまったので元に戻す。

長七郎は上泉伊勢守道場に着いた。道場とは言えこの場所も砦化され、上泉城と名乗っていた。小さいながらも城と呼ばれるだけあって、防塞は調い堀を巡らした中に道場はある。上泉伊勢守信綱は四十八歳の男盛り。浅山一傳斎一存は五十七歳。伊勢守信綱は今日訪れることになっていた一傳斎を待っていた。

一傳斎にしても伊勢守にしても、ざっくばらんに何事も話し合える真の友は少ない。特に伊勢守にとってはその家柄もあり、周りに門弟は多くとも、腹を割って語り合う相手は少なかった。二人は難しい話は抜きに、自由に冗談話が交わせる間柄だった。真に信じられる友は、伊勢守にとっては浅山一傳斎一人だったのかも知れない。

双方共に剣聖と謳われながら、二人は未だに剣の手合わせをしたことはなかった。お互いその実力は見ずとも承知していた。

久方振りの二人の将棋の手合わせは激しいものだった。挨拶も適当に座敷に上がると既に将棋盤が据えられていた。門弟が入れてきた茶も口をつけただけ、早速決戦に挑んでいた。

一傳斎と信綱との将棋はどちらも早指しで、短時間の内に五番を争って終わっていた。普段から剣の道に生きる両人の指し手の読みは早い。相手の手の内を読む術は剣の道と同じだ。傍で見ている者がよく理解できないでいる内に勝負は進む。一傳斎は年の功か、信綱の年功者への気遣いからか、五番中一傳斎が三番を勝って終盤としていた。

盤上の勝負が終わる頃、伊勢守信綱の屋敷家中の者は心得ていた。一傳斎は早い内に夕飯を馳走になり、訪問の一つの目的であった頼み事の話を済ますと、陽も陰っていた。門弟には威儀を正しながら礼を言い、土産物を貰い受けながら帰りの挨拶をした。

一傳斎が来訪して将棋を指している間、伊勢守信綱の道場の門弟は帰りに持たせる土産作りに忙しかった。道場主から一傳斎来訪を聞くと、師範代が気を利かせ土産物作りを門弟に命じたのだ。門弟が搗いた豆餅を貰い、それを背負って大胡の里の料亭千代松に顔を出す一傳斎だった。

一傳斎とすれば我が岩屋への帰宅の道筋、大胡の郷のこの店で、看板娘の千代の顔が見たかっただけで、見れば顔を出す目的は達していた。伊勢守道場で貰った餅を半分ほど置いて土産とした。店は立て混んで急がしそうだったので、店内を覗き見した程度で、差し出された茶も飲まず簡単な挨拶をしただけで引き返した。その足で我が家、山中の岩屋に向かっていた。

五　夜襲

赤城山中にも日暮れが迫っていた。長七郎こと一傳斎は六つ半の頃、陽が沈む寸前に岩屋に着いていた。中に入ると上り縁には、朝方道場に頼んでおいた食料などの荷物が置いてあった。留守にしていて申し訳ないと思いながら、食料品などを所定の場所に仕舞い込んだ。

今日の遠出に多少の疲れを感じていた。五十七歳の己が年を意識しなくてはならなかった。

夕餉の支度に取りかかった。湯を沸かす囲炉裏の火を焚き付けたが、行灯に火を点すこともなく、竈に近い縁に腰を下ろした。誰の気遣いか酒の入った貧乏徳利が届いていた。冷酒と言ってもこの時代は濁り酒。それを一口あおると、その口先を袖口で拭い、上がり框で少し横になり、一息つくと足の疲れが遠のくように気持ちが良い。そのままに眠気が長七郎を包んでいた。

目を伏せて一眠りと言っても寸時の間、長七郎は独り、静かな雰囲気の中にあった。陽が落ちてしまえば屋内は暗く、いつもの静寂が包み込んでいた。行灯も点けていないため囲炉裏の残り火の微かな明かりが、室内の物の位置を僅かに浮き上がらせている。山の中の穏やかな宵の一時だった。

囲炉裏に火を焚き付けたまま居眠りしてしまっていたのだ。それでも、そろそろ夕餉の支度をせねばならないと思い、起き上がろうとした。

その時、屋外に物の怪の近づく気配を肌で感じた。長七郎は一瞬にして近くにあった脇差を手にした。囲炉裏の中の残り火が微かに燃え残っているため、家の中は真の暗闇ではない。自然の中のこの岩屋には、よく鹿や猪、狐などが、彼らが必要とする塩分を求めてやって来る。時によると熊もこの岩屋に来るので、暫く様子を見ることにした。

野生動物は岩屋の様子を嗅ぎ回る程度で、普段は微かな草を摺る音をさせて立ち去る。今宵、飼い犬は何処かに出掛けたのか、吼え騒ぐこともなかった。普段、ゆっくりと動く動物達の様子を見るのは、長七郎にとっては慰めであり、彼らは仲間のようなものである。時によると少し離れた場所からお互いを眺め合って、その存在を確かめ合っていた。

しかし、今日の物音は、当初動物のものと思われたが、その動きがピタリと止まっている。仙人と自負もしている長七郎、武芸の奥義を極めた浅山一傳斎である。奇怪な外の動きに静かに刀を腰に差すと、刀の下げ緒を外して襷を掛けていた。外にいるのは人間だ。既に暗くなった山小屋に、夜更けて襲う者がいるのが不思議でならない。

囲炉裏の中、微かにゆらぐ火影から身を避け、自身の姿を外から悟られないように静かに土間に下りていた。我が岩屋の入り口の脇には常に狩猟用に使う半弓（はんきゅう）が置いてある。

それを手に、矢を番えながら筵で作った入り口に矢先を合わせていた。暫く息を潜めて待った。暫く経って、微かな風のような物の擦れる音を感じた。

それから長い時間が経って、外の物の怪に動きがあった。住まいの中は暗いが、囲炉裏の残り火の微かな明かりに筵の戸の影が動いていた。長七郎の目は筵戸に注目していた。やがて筵が幾分中に膨らんでくるような動きの中に、何者かの持つ弓の矢の先が見えてきた。

長七郎にはその矢尻の元と感じられる所、人の目の位置は見えなくとも分かる。其処に顔があるのは察しがつく。長七郎は手にした半弓を静かに絞り、見える相手の矢の元に向かって矢を放った。同時に相手の矢も放たれ部屋の天井に刺さったが、外では長七郎の矢を受けて「うっっ」と苦悶する声と物の倒れる音が聞こえた。

外にいるのは長七郎を狙った者だが、人の倒れる物音と共に、その者以外の人間の存在と動きが感じられた。一人ではない、複数の人間がいるのは分かるが、何人いるかは分からない。無闇に飛び出すわけにはいかない。気を静めて外の様子と外気の動きを見ていた。

外の物音は、長七郎の矢を受けた男を運び出す音らしい。四、五人はいる。この暗い中を襲ってくるのは尋常の者ではない。陰の働き手、草の者とも忍びの者とも言われる、忍者の仲間に違いはない。此処は相手の出方を待っている外に手はない。一傳斎こと長七郎は次の動きを待っていたが、物音が戸口より幾分遠のいていった。

長七郎が一番心配していたのはこの家に火を掛けられることだったが、その心配は消えていた。長七郎は入り口に向かい、少しずつ筵を押し上げゆっくりと外を見た。

月は雲の中にあり真の闇だ。真っ暗な中、相手の存在を素早く確認するため見回していた。闇の中の者は消えたと思って足元に目を向けた瞬間、半弓の矢が胸元に迫った。瞬間、身を捻り避けたつもりだったが避けきれず、左腕の肩の付け根外側に激痛を感じた。

矢は腕の肉片を千切りながら後ろの壁に突き刺さっていた。長七郎は咄嗟の判断で家の奥に飛び込んだ。暗闇の中からの次の襲撃を避けるためだった。

剣を極めた長七郎の目をもってしても、ただの侍とは違うと判断した。外は真っ暗で、辺りにいるはずの人の気配がない。真の闇の中、一傳斎の目でも敵の姿は見えない。多少でもよい、微かな明かりでもあれば、浅山一傳流の剣聖の目なら対応できる。一傳斎は一呼吸して次の行動に移った。

素早く家の囲炉裏の中から燃えさしの薪の一片を掴むと、筵の戸を引き開け、外に向かって高くその薪を投げた。五間ほど先の庭先に、高く投げられた薪の火の粉が上がり、一瞬、真の闇に火花が走った。一瞬だが辺りが明るく映って外の様子が寸時見えた。地に落ちた燃えさしが崩れる時に、これも一瞬、光が輝き明るくなったが直ぐに暗くなった。

長七郎はその一瞬に敵の影を読んでいた。賊徒の残りは四人いた。一瞬の火花の明かりは消えていたが、投げられた燃えさしは微かに残り火があった。焚き木の破片は微かながら残り火を見せた。真の闇ではない。闇の中に微かに浮き上がる物の輪郭が感じ取れる。

武術に長けた長七郎の目には微かではあるが、その存在、賊の輪郭をなす影が闇の中に感じられる。その微かな輪郭に動く気配があった。

警戒しなければならない相手の飛び道具、弓矢か手裏剣の飛来に全神経を払っていた。長七郎は剣聖と言われてはいるが、忍者ほどの暗闇の透視力は持っていない。しかし残り火により微かな明かりでも相手の影の動き、気配ぐらいは感じ取れる状況であった。

真の闇から微かな影の動き、物の気配を捉えた瞬間、長七郎の体と剣が外に向かって走った。その先で、賊徒の一人が奇声を発して倒れる。胴払いの一刀だ。軽い手応えはあり、その結果を見定めることなくそのまま横に走り、もう一人の男の腿部を突き刺し、そのまま相手の後ろに回っていた。その者の利き腕を掴み、男の身体ごと体を回して、残りし賊徒の得意とする手裏剣の楯にしていた。

相手としても闇夜の中、日中のように鮮明に見えるわけではない。楯となった仲間を避けるように狙って手裏剣が走った。楯になった仲間は長七郎に逆手を握られている。少し動いただけで、手裏剣の楯にされていた男の胸脇にその手裏剣が刺さったが、急所は外れている。楯となった男はその場に奇声を発してうつ伏せになった。

再度手裏剣を放とうとしている賊徒のいる方向がはっきりと分かった。長七郎は間髪を容れず走った。目に映るわけでもないが、次に飛んでくる手裏剣を飛び上がって避けた。と同時に、手裏剣を射た賊徒の方に向かっていた。長七郎の一刀が素早く走った。それを見て、賊徒は手にした道具袋を捨てると、脇差を抜いて突きかかってきたが、刀を取っては長七郎の敵ではない。しかし戦場の駆け引きに慣れた男、後ろに飛び退きながら、長七郎の剣を避けたつもりであったが、長七郎の踏み込みは深い。一刀の袈裟懸けは手応えが充分にあった。長七郎は返り血を避ける間もなく浴びてしまった。

残る敵は一人、いや二人。その内の一人は最初に長七郎の矢を顔面に受けて、その場に横になり既に戦闘意欲はない。残った一人の曲者、短槍を突き出し構えている姿が暗闇の中に微かに見える。その輪郭が黒く薄い墨絵のようである。長七郎が脇差を右手に持ちながら、その方に身体を向け、

「わしと勝負して勝てると思うか。命はいらずとして来るか。それとも命が惜しければ槍を捨てろ」

と言われた男は動きを止めた。槍を構えたまま其処に制止した。挑みかかろうとしても足が動かない。仲間の者の呻き声が異常を伝えている。賊徒は槍を構えたまま暫く静止して動かない。そのまま長い時間が過ぎていく。一人残った賊徒は何かを考えていたが、やがてその手を静かに下げ、槍を後ろに回してその場に手放した。それを見た長七郎が、

「争いを止めるか。お前達、逆らわなければ命は取らん」

その言葉と共に一歩下がって、懐にあった手拭で脇差の血のりを丁寧に拭い鞘に納め、鞘ごと腰から引き抜き、右の手に持ち替えた。

「お前達は忍者崩れか。俺を襲っても何の得にもならないことを分かっているのか。これ以上俺に逆らわないと言うなら命は助けてやるが、どうかな」

無傷の男一人、暫く長七郎の手元を睨んでいた。その姿に、赤城山中で出会った草の者

が思い出されていた。

「お前達は留蔵の上前を撥ねた男達だな。先日あれだけ痛められながら、性懲りもなく仕返しとは大したものだ。皆、肩を並べて此処の土になるか」

残った無傷の男が俄にその場に手を突いた。

「俺達が悪かった、許して欲しい」

苦し紛れの声を聞いて長七郎は苦笑いする。

「お前達、先日の山中での立ち会いの繰り返しなのか。これ以上無駄なことはよせ。お前達を叩き切るのは易いが、後片付けが大変だ。心から悪いと思うのなら命は助けてやる。その代わり此処の後始末はお前達でしっかりやれ。それと急がねばならないのが怪我人の手当てだ。仲間の命は大切だから、それが先だ。軒先に薪はある。それを燃やして辺りを明るくして湯を沸かせ。これからは、異様な動きすれば命に関わることになるのを肝に銘じたら、言われた通りに従え。直ぐに火を燃やせ、俺は屋内を明るくする」

長七郎が家の中に入り、行灯に火を灯す。

それを見ていた賊徒。怪我人の介抱を命じられた男は、自分達の身がこれで片が付くとは思ってない。暫く身動きもできないでいたが、やがて腰の脇差をその場に置くと素直に指示に従っていた。長七郎はその動きを暫し見ていたが、行灯に火が入ると、

「大分明るくなった。これなら我にもよく見える。早く怪我人を介抱して、できる限り命を助けろ」

言われた男は、燃え上がる灯火に顔を晒されていた。その目は注意深く長七郎を見て放さない。長七郎もその男の目を見ていたが、にっこり笑って、

「男、名は何と言う。これ以上この俺に逆らうのは止め、今までのことは全て水に流そう。その方がお前達もよい。争っても怪我人が増えるだけだ」

言われて男は暫し合間を置いて「重造と言います」と答えていた。その声で、男の緊張感が一時消えていた。

「お前、やはり先日の恨みの意趣返しか。俺を斬っても金になるわけではあるまい。もう少し命を大切に扱え」

重造達一味は、猟師、滝の留蔵の獲物を奪った草の者達である。今初めて自分達の負けを完全に認めたか、素直に頭を深く下げていた。この場で首を斬られても言い訳のできない立場。じっと一傳斎の目の動きを見ていたが、その目から厳しさが消えていた。相手の爺、どう見てもただの農夫にしか見えない。争いは終わりだとの話を信じてよいものか。自分達の取った行動は許せる話ではない。

重造は既に、己の最期を覚悟していた。覚悟ができると心にも余裕が生まれる。素直に人を見る目も変わっていく中で、仲間の苦しむ様に目を向けていた。一傳斎こと長七郎に向かって、「動いてよいか、仲間を介抱したい」と言うと、長七郎の「よし」の声に、ただ一人の無傷の男、重造が怪我をした仲間の介抱をするため動き出した。それを見ていた長七郎は、

「一人の命は助かるまい、初太刀に力が入ってしまった。畑の隅に葬ってやれ、俺が弔う。あとの者は、今、布切れを見つけるから中に入れろ。それでしっかり手当てをすれば命は助かる」

と言いながら、葛で作った篭の中から出した一重の新しい着物を引き裂き、男に手渡した。男は争いによる怪我人の手当ては慣れている。手早く仲間の傷の手当をしていた。

筵の入り口の影で弓矢に射抜かれた男は、顔面は外れていたが片耳はなかった。傷は戦場で負う傷と比べれば浅い方だ。手早く手当てをしてもらい、他の者の介抱を手伝っていた。

袈裟懸けに深く斬られたもう一人の男の傷は深く、既に虫の息だったが間もなく息を引き取った。他の者は命には別状はないと見られた。最初に腹部を軽く斬られ、長七郎の楯にされた男は重造の手裏剣を受けて重傷だった。暫くは動かせない。長七郎はそれを見るなり他の男を介抱していた重造に向かって、

「手を貸せ、この男はひと月ほど動かせない。中に運んで寝床に寝かせておく。暫くは俺が治療してやる。場合によると命に関わる手当てになる。中に運ぶのに一人では無理だ、お前の手がいる。その後、養生する時間がいる。当分の間、此処で俺が預かる外ないようだ」

と言いながら、

「傷の浅い者は、明るくなったらお前が介抱して連れて帰れ。ところでお前達、まさか矢

の先に鳥兜の毒は使ってないだろうな。使ってなければそれでよい。手裏剣は急所を外れている。早く抜き取り手当をすれば大丈夫だろう」

　深い怪我の男の傷口に手を触れながら、

「この男が歩けるようになった頃、およそひと月後に迎えに来ればよい」

　と言うと、重造に指図しながら重傷の男を二人で部屋の中に運び込むと、藁布団の上に横たえた。早速、長七郎は痛さに暴れる男を押さえ込み、刺さった手裏剣を抜き取り、手元にあった薬草の液が沁みた布切れを当てながら、血止めの手当てをした。

　手当てが済むと、手を洗い怪我人をそのままにして外に出た。外は思いの外冷えて身に沁みて寒さを感じた。その寒い入り口の外で、怪我の治療も終わって腰を下ろしていた男が長七郎が傍を通ると手を突いて頭を下げた。助と言っていた男だ。ただ無言のまま深く頭を地につけていた。

　重造は長七郎に言われて、怪我をした助と言われた男を家の中の焚火の傍に連れて行き休ませた。もう一人の男は動くこともできぬまま既に息を引き取っていたため、長七郎が近くにあった筵を遺体の上に掛けた。

　それを見た重造は、軒先にあった鍬を手にし、真っ暗な中を死んだ仲間の埋葬のための穴掘りに行こうとした。それを見た長七郎は、

「重造、少し明るくならないと無理だ、怪我をするぞ。それにまだ地中は凍っているから簡単には掘れない。明るくなってから時間をかけてゆっくりとやれ。それよりも中の怪我

人を見なければならん。中に入って湯を沸かしてくれ、これからの治療に使う。それに俺を呼ぶ時は爺でよい、長七爺だ」

言われて重造は頷いていた。長七郎が灯した行灯で室内は明るくなっていた。重造は薪を運び込み、竈に薪を入れた。長七郎は先ほど出血を抑えて寝かせておいた男の傍に行って、

「おい大丈夫か。今から出血を完全に止める治療をするが、少し痛いぞ、我慢しろ。どれどれ、血は止まったようだがこのままではよくない。おい、相棒、湯は少なくてもいいから早く沸騰させせろ」

言いながら、小さな箱から針と絹糸を出して熱湯消毒を指示した。

当時の武芸者は、怪我の治療はある程度心得ていた。戦場に出た時の自分や同僚の怪我は自己流で、その場で治療をしていた。当然、草の者や忍者もよく心得ている。

用意ができたので、切り口の縫合治療を始めた。「痛い」と手を出す怪我人を重造に抑えさせながら、荒っぽい治療が始まった。荒っぽいだけに治療は早い。短い時間で終わり、後は流れ出た血の拭き取りを重造に任せ、流し場の隅にあった藁包みから貧乏徳利を出して、湯飲み茶碗二つに注ぎ分けながら、

「重造、お前も一杯やれ。俺もお前達に余計な苦労をさせられ喉が渇いた。このような真夜中に、生き死にの稽古事はやるものではない」

重造も恐縮していたが、やはり彼も喉が渇いていた。長七郎の呑みっ振りに喉を鳴らし、

擦り寄るように傍に来て何回も頭を下げながら、静かに手を出した。

「それでは一杯だけ頂きます。宜しいのでしょうか」

言いながら既に茶碗に手が届いていた。

横になっている怪我人も、少ない怪我で済んだ男も酒は好きと見える。重造の飲みっ振りに相槌を打つように喉を動かしている。それを見ながら、

「お前達は、酒はまだ駄目だぞ。傷が塞がるまでは飲むのは我慢しろ」

と長七郎に諭されていた。

草の者の彼らも言われなくても分かっていることだから、恨めしそうな顔をして、痛みを堪え苦笑いしていた。彼らは怪我には慣れている。痛みには耐えられるし、怪我がそれほどとは思っていない。それよりも長七爺の方が気になっていた。俺達は、この爺の寝込みを襲って命を狙った賊徒だ。当然皆殺しになっても当たり前のことなのに、今は、真剣になって賊である俺達を助けようとしている。おかしな爺様だと思いながらも、その善意に、自分達の気持ちとしては逆らえないなと思っていた。

長七爺は軽く二杯の酒を飲むと、怪我人の脇に横になった。

「少し疲れた、夜中の稽古は初めてだ。少しくたびれたので眠くなった。少し休むぞ」

そう言ったと思うと、怪我人の脇で直ぐに横になり、寝たかなと思う間もなく軽い鼾をかいて寝入ってしまった。

重造はこれにも驚いた。俺達は今、この爺様を殺そうとして入って来た悪人。我らは爺

の殺害をしくじった。襲撃した俺達が殺されたり大怪我をしたが、俺はまだ何処も怪我をしていない。刀も傍にあるし、寝てしまった爺さんをいつでも襲うことはできる。そもそも我らが此処に来た目的は、この爺さんを殺害しに来たのだ。当人とて充分に分かっているわけだが、その我らを傍に置いて気楽に寝てしまったのだ。この大胆さは信じられない。不気味さを感じずにはいられなかった。

　この爺様は口には言い表せない、得体の知れない大きな力を持っている気がしてきた。そしてこの我らを敵と見ず、信ずるに足る者として心許したこの行為に、重造は大きな精神的重圧を感じ己を省みていた。重造の心は完全に長七郎爺に奪われていた。仲間が殺され大怪我をしてしまった今こそ、仇を討つべき時と誰しも思うはずが、重造は気持ちも身体も動かない。現実、何の恨みも悔しい思いも湧いてこなかった。

　まだ深く安堵の姿で寝ている。この爺様の何処にも警戒の色はなく、我らを信じきっているのだろう。その気持ちを裏切ることはできない。ただ、今の状況を見れば隙だらけのはずなのに、何となく隙がない寝姿。その姿に気負わされ、手を出せないどころか自然と手を合わせたい気持ちになっていた。

　重造は未だかつてこんな心情に襲われたことはなかった。常に殺戮の世界の中を生き抜いてきて、相手に憐れみや同情心など少しも感じたことはなかった。自分達が戦う相手に向かう時は、相手の僅かな隙を見て逃さず、ひたすらただ己の欲得のために、迷うことなく相手の命と金銭を狙い行動していた。それなのに、今の重造の目の前で寝る爺さんの姿には、恨みすら抱かなかった。眠っている長七爺に、無意識に軽く頭を下げながら、仲間の軽い怪我人に向かって低く声を掛けていた。

「おい、この爺さんは只者ではない。俺達が束になって刃向かっても、どうにもならない不思議な力を持っている。この爺様には俺はこれ以上逆らうことはできない。今、俺達の持つ忍びの技をもっても敵う相手ではない」

と言うと、そのまま暫く考えていた。そして、

「今、俺が考えていることは、爺様に頭を下げて此処に置いてもらい、許されるなら俺はこの爺様の弟子になってもよいと考えている。俺がこのような気持ちになったのは未だかつてない、初めてのことだ。俺としてはこれから先々爺様の下僕となり、何事もこの爺様の指示に従い、俺達の頭として何事も言う通りに従うことに決めたが、お前達はどうだ。それでもいいか」

話の内容や語り口から察するに、重造が兄貴分であるらしい。他の怪我をした仲間達も長七爺の神技に近い刀剣の扱いに何も言うことはなかった。

「俺達は爺様からすれば賊徒、権の野郎は死んでしまったが、悪いのは俺達だ。今、爺様を甘く見て暗殺をしくじった。此処で命を助けられてみれば、俺達残った四人の命の恩人と言ってもいい」

重造の話に仲間は共に合意の相槌を打っていた。

忍びの者の修行は生半可なものではない。精神的にも肉体的にもあらゆる試練に耐えな

ければならない。生身の人間の限界を超えた自分達の修練である。人間業を超えた体力作りでは、肉体のぎりぎり限界に臨む必要があり、苦しい忍耐力を求められる。五、六歳の子供の内から修練に励むのだ。広い世の中、他にこれ以上の人間修行はあり得ない、武術的技能を習得する修行は他にないと信じていた。

それが、今日は見事に破られ、強い敗北感を味わった。剣一筋、此処まで研ぎ澄まされた武芸の技能は神技としか言い表しようがなかった。重造達は、長七郎の武術の技能との差を自覚し、人間業を超えた世界を強く感じ取っていた。

山中の岩屋の夜は明けていた。今朝の家の中が何となく暖かく感じるのは悪人共が大勢いるからか。長七郎がその姿を追って外に出てみると、ただ一人怪我をしなかった重造がいない。

長七郎が起き上がると、ただ一人怪我をしなかった重造がいない。長七爺が起き上がると、

長七郎がその姿を追って外に出てみると、仲間の遺体を埋めようと彼が林の中に穴を掘っていた。今の季節、地表面の下、地中にまだ春は遠い。冬の名残で凍土となっているため、氷の溶けきらない地中は硬く、穴を掘る鍬を簡単には受け付けない。掘りかけた地面を見て途方に暮れた重造の様子を見て、笑みを浮かべながら長七郎が傍に近づいた。

「まだ凍っているので、この時期に簡単に穴は掘れない。その辺にある枯れ木の小枝を集めて、掘る場所の上で火を焚け。一時（二時間）もすれば氷は溶けて掘れる。此処で今更焦ることはない。火を焚きつけておいてから、朝飯を食ってゆっくりやれ」

重造は長七郎に言われるままに林の中の枯れ枝を集め始めた。林の中にある枯れ枝を集

めながら、穴を掘ろうとしたその場所の上に積み、火を焚いておいてから重造は岩屋に戻った。長七郎の作った野趣たっぷりの食事を食した。何分食べるのは四人、独り暮らしの飯釜では小さく、量は絶対的に不足していた。重造はそれを見て取り、軽く一碗食べると立ち上がって礼を述べた。

重造にしても仲間の死は寂しく残念な思いであった。その仲間を思い出してか、髭面に涙が滲んでいた。早々に食べ終わると、重造は一人表に出て行った。

食事前に火を点けていた林の中に入って行った。燃え尽きた焚火の上に新たに枯れた小枝を載せて火勢を強めた。墓地と決めた辺りは焚火の熱で地面から多くの水蒸気が白く立ち上り、地面を暖め土の中の氷を溶かしている。重造は更に枯れ枝を集め山と積んだので火勢が強まり、辺り一面霞のような白いものに包まれ、火は勢いよく燃え上がっていた。

岩屋の中では、長七郎が食事の後片付けにかかっていた。残った二人の内の怪我の浅い方が長七郎に指示されていた。その者は仲間から助と言われている若い男である。

「おい若いの、名は助と言ったな。水汲みくらいはできるだろう。外に桶があるから持てる程度でよいから汲んでこい。人数が増えたから大変だ。誰も満腹とは言えまい。今から粥でも煮る。お前らが突然に来たから食い物も足りなくなった、とんでもない野郎どもだ。これでは俺様の食い扶持が減ってしまう。断わりもなく突然に来て、大いに世話の焼ける奴らだ」

ぶつぶつ言いながら、少なくなった米櫃から米を出して再度の支度にかかった。自分が襲われたことなど全く頭にない様子。

急に人が増え、満腹とはいかない今朝の食事の足しにと追加の粥である。追加の食事の用意は簡単ではある。炊き上がった粥に葱を細かく刻み、唐辛子の粉末と共に軽く塩味を加えた雑炊は意外と美味である。

追加の二度目の朝食も終わり、長七郎も重造の穴掘りを手伝っていた。権と言われた男を葬るための穴である。仏の始末に思いの外時間がかかり、終わったのは正午に近かった。三人で手を合わせながら、長七爺の経としては疑わしい般若心経の読誦で供養は終わった。

戦場に出て人を殺める武士は、無差別的殺人行為の最中は、必死になって自分の身を守り、相手を倒すことしか頭にない。しかし戦が終われば、自分が運よく生き残った現実に戻り、何とも言いようのない寂寥感を意識する時がある。

自分が殺した相手への罪滅ぼしと、人の目に触れない所で手を合わせる。自分に起こったかも知れぬ姿を想像して眺めれば、言葉にできぬ憐憫の情が心の隅に浮かぶのは誰しもある。生死を懸けた瞬間に己のとった行動に対し、心に多少なりとゆとりの時が生まれると、深く罪悪感を覚える。己の胸の騒ぎを鎮めようと死者に対して深く手を合わせ、殺めた仏への罪滅ぼしに、その冥福を神妙に祈る。そして血にまみれた遺体の前で、此処に至った己の行為を深く意識して、自然と罪悪感が心の奥底から湧いてくるものである。

戦場にあって、戦っている時は他人の身など構っていられない。命の瀬戸際にある時は相手を倒すことのみで、罪悪感など脳裏にはない。必死になって、如何にして自分の命を守り、敵である相手に勝つか。その時点では自身の行為に関して、相手への憐憫とか哀れみなどは全くない。ただ相手を倒し殺害することしか頭にないのだ。但し、戦いが終わって心に余裕が生まれ、自分が無事であることを知った時点で、自分が殺害した相手の屍が山野に晒されたその姿を見る。その時、憐れみと共に自身のとった行為に対して、悔いる心が多少起きるのは誰しも同じであった。

気休めであると誰も思わない。心からの南無阿彌陀佛の一声は必然と胸の中にある。戦場に赴く者は自分が殺された時のことを思えば、仏心が一瞬掠める。それぞれが信ずる宗派や教義の違いはあるが、読経めいたものを口ずさみ、それなりに死者の冥福を祈って己の心をも鎮めていた。

当時、武士のたしなみとして、武家の子孫は我が家の菩提寺などで、多くは幼時の内から寺に籠もり、精神修養に一片の経などを習い覚えていた。教養のある武士も、戦場にて死者への供養のために読誦する経は多少知っていた。戦死した者の冥福を坊主に代わって祈ることこそ、戦場にあっては武士のたしなみであった。

やがて、重造と軽い怪我をした草の者二人は長七郎の岩屋を去ることとなる。直前まで共に命を懸けて戦った己の仲間を、自分達が殺そうとした相手の所に残していくことに多少の不安はあった。しかし今はそうする外なかった。残していく者を気遣いながら、軽い怪我人に肩を貸しながら岩屋を後にした。大怪我をして寝ている仲間の心細さは分かっているが、今の状態では動かすことはできない。長七爺は信頼できる人物だと見込んで、一人岩屋に残していった。長七郎に彼の怪我の処置を頼んで帰っていったのだ。

長七郎は残された怪我人の傷の手当のため、草の根を煮詰めて作った独特の練薬を何回も取り替え、更には手拭を水桶で冷やしては傷口に当て、丁寧に看護していた。仲間の射た手裏剣の傷は思いの外深かった。熱も出て来たので動かせない。長七郎は夜通し、怪我をした音松という名の男の看護に真剣に取り組んでいた。さすがに気の荒い野生に近い男も、長七郎の手粗いが理に適った手厚い治療に口も聞けず、ただなすがままになって深い息をついていた。その寝姿を治療の合間にじっと見詰めながら、長七郎が語りかけた。

「これ、音松、松でよいな、暫くおとなしくしていろ。死にはしないと思うが破傷風が心配だ。三日経って何ともなければ大丈夫だ。ひと月ほどで治るから、それまで我慢しろ」

言われた松は目を閉じて、了解したと首を少し動かした。

それを見て長七郎は、自分の命を狙って襲ってきた者に対する己の行為を省みて、ふて腐れたように笑った。

翌日昼近く、重造が岩屋にやって来た。背負子一杯に荷物を積んでいた。怪我人のための着替えや傷の手当の晒し布、米や野菜に魚の干物等、山中の食卓を満たす物が一杯あった。それと共に、大きな鍋と釜も入っていた。それを見て長七爺が重造に言った。

「このように一杯荷物を持って来て大変だったな、有難うさんよ。松もどうやら命は助かりそうだが、兄貴分としても仲間の面倒を見るのは大変だな。それだけは、お前達の心懸けとしては、立派なもんだ」

　その言葉に重造は涙ぐみながら、静かに土間に膝を揃えた。

「お師匠、色々とご指導有難うございます。この度のこと、命を断たれて当たり前のところ、助けて頂いた挙げ句、私共を大事に扱って治療までして頂き、自分は大いに胸を痛めました。これからは私共を、師匠の弟子にして頂きたくお願い致します。師匠の傍に置いて頂き、身の回りのことをさせて頂きながら、真の人間修行をさせて頂きます」

　と言いながら深く頭を下げた。長七爺、その姿をじっと見ていたが、

「重造、わしは弟子を取らん。仲間の怪我が治るまでは出入りは構わんが、俺はその弟子という者に追われて此処に住むようになったのだ。独り暮らしが一番気楽で良いのだ。但し、お前達が勝手に来るのは拒まんよ。師弟関係だとか上下関係だけは窮屈で駄目だ。剣のことなら中村に行け、俺のことを話せば弟子にしてくれるから」

　聞いて重造、長七郎の言葉に充分納得した顔をしながら、その場に両手を突いて頭を深く下げた。

「やはり長七郎様は、浅山一傳斎先生。いつも何処かに行かれていて、道場にはいないと聞いていましたが、恐れ入りました。今までのご無礼お許しください」

　更に深く頭を下げていた。

「これ重造、わしは今行方不明になっている。たまに山を下りた時は一傳斎に戻ることも

あるが、今は長七郎と申しておる。この上のお山の長七郎山の主と自負している。それだから長七爺のままにしておいてくれんか。お前さえ良ければ、こうした形で長く付き合っても良い。但し、俺の命はこれ以上狙わないでくれ」

と笑い飛ばした。重造、恐縮しながら、

「恐れ入ります。これからは勝手ながら先生と呼ばせて頂き、身近で仕えさせて頂きます」

「先生か、それは困る。よいか、俺は長七爺でよい。そのつもりならお前の好きにしろ」

「先生、いや、長七爺様、お言葉に甘えてそうさせてもらいます」

此処に、変な形での師弟とは言えない仲間関係が出来上がった。

それから半月ほど経っていた。今日も重造が山に登ってきて一生懸命薪作りをしていた。長七爺は屋内で馬鈴薯の種芋に竈の灰をまぶしていた。種まきの用意だ。

其処に猟師の留蔵がやって来た。外で薪割をしている重造を見て足を止めた。立ち止まって暫く見ていたが、どう見ても自分達が捕らえた獲物を横取りした、あの時の悪人。憎たらしい草の者と見た。その男が一心になって薪割りをしている姿を見て、これは長七爺さんが追い出され、岩屋を乗っ取られたのではと思った。留蔵は充分に注意して弓に矢を番え身構えた。

その時ふっと岩屋の中に目を向けると、人の動きが見える。紛れもなく長七爺さんだ。不審に思って一歩前に出ると、その枯葉を踏む音に重造は気が付いた。さすがに忍者の端くれ、微かな物音にも敏感だ。留蔵を見つけると両手を広げて前に出し、姿勢を正して深く頭を下げた。

その姿に留蔵は驚きを隠さず、弓を構えたままに少しずつ近づいていった。重造は矢を突きつけられているので、両手を上げたまま真剣な顔で話し始めた。

「俺は重造という者だ。この間は済まなかった。今の俺は長七爺さんの弟子みたいな者で、許された改心坊主だ。お前さん達の仲間にしてくれないか。今までのことはこの通り謝る」

頭を下げる重造の話を注意深く聞いていたが、留蔵は気を許さず矢を構えたまま少しずつ岩屋の入り口に遠回りするように近づいて、岩屋の入り口で首を伸ばして中を覗いた。その姿に気付いた長七爺が、

「おお、留蔵、今来たのか。中に入ったらどうだ」

と声を掛けたが、それでも外の重造に気を取られている留蔵に気付き、

「そうだ留蔵、其処にいる悪者は、この度改心して我らの仲間になった重造という者だ。お前達も腹は立つだろうが、これからは仲良く仲間にしてやってくれんか」

笑いながら話す長七郎の声に、留蔵はどうしたものかと戸惑っていた。其処に重造が恐れ入ったとばかりに寄ってきて、必要以上に丁寧に頭を下げた。

「これまでのこと、お許し願います。俺達は師匠、いや長七爺様のお世話になり、この度、出入りを許された者。これからは私共も仲間に入れてもらい、宜しくお引き回しをお願い致します」

留蔵は、無理やり入り込んできた新参者の重造達からすれば大先輩だ。重造は過ぎた日の悪事を頭に描き、ばつの悪さに頭を掻きながら、丁寧に仲間入りをお願いしていた。

それを見ていた長七爺と、奥で横になっていた怪我人の音松が手を上げていた。音松も大分良くなっていたが、その怪我についても留蔵は何も知らない。長七爺が、

「留蔵、この度のことは水に流して、仲間にしてやってくれんか。俺からも頼む」

長七郎からこうまで言われては仕方ない。留蔵は驚きながら、

「長七爺さんがそう言うなら俺に文句はない。こいつらが仲間になってくれるなら、俺達も猟場で怖いものがなくなるし、山中でも大手を振って仕事ができる。話が事実なら俺達仲間にもよく話を通しておくから、これからはお互い仲良く頼みますぜ」

やっと事情も分かり、手にした矢を外し、弓を入り口の脇に立てかけて背中の荷物を下ろした。

「酒を届けようと思い登ってきたが、途中で雉を捕らえた。鳥鍋で新しい仲間にご馳走しましょうか」

留蔵がやっと気を許してくれて、重造もほっとした様子であった。「有難う御座います」と再度頭を下げていた。

打ち解けてしまえば旧来の仲間と変わらない。お互い心許した酒宴となった。

この季節、野生動物は豊富だった。特に雉や山鳥など鳥類の味は特別美味な季節だ。芋、大根などが一緒に煮込まれ、それぞれ皆の腹を満たしていた。

六　東国における戦国時代

この辺り北関東地方は上野と下野に分かれているが、上野を上州、下野を野州とも呼んでいて、それよりもっと旧い時代には、上・下野合わせて毛野国と言われていた。現在でも上毛・下毛の名が残る。

これと言って地境があるわけではなく、そのために小さな境界争いは住民の間ではあったが、大きな争いになることはなかった。

室町時代から始まり安土桃山時代まで、関東地方は戦国時代そのものであった。幕府も力を失い、各地で他の地域の支配権を狙って戦国大名達の争いが際限なく拡がっていた。この地上州も気を許せぬ世情、荒波の中にあった。特に赤城山の南方山麓地帯は、自然に恵まれた豊かな土地で住みよい里。戦国武将達が獲得したく願う地、草刈場的位置にあった。

南東方面には現在大勢力を誇る北条氏、東方には常陸佐竹氏、南西方面には今川氏、北に越後上杉氏、西に信濃と甲斐の武田氏、その傘下の真田氏が存在する。その間に中小の豪族や武士団が数多くひしめき、それぞれ大大名達の顔色を窺いながら、一族の安全と安定を求めていた。

大名としては、新たに服属させた国人達と共に、各地で成長著しかった地侍を家臣として抱え、その軍事力を増強させていた。彼らとしても絶え間なく戦に勝ち抜いて領国を安定させねば、支配者としての地位を保つことはできなかったので、富国強兵と新たな体制作りに努めていた。

武器などを大量に調達しなければならなかった大名達は、領国内の商工業者を編成し直して城下町を建設して商業を発展させたり、鉱山の開発を積極的に行う者もいた。そうして力をつけた戦国大名が各地にいたのだ。


そうした中にあって、赤城山山麓の農民領主達は、我が農地を守るためと声高に完全中立を宣言し自領の保守に徹していた。だが際限のない、軍事力に物を言わせた武士達の動きには抗しようがなかった。

古くからの地侍達も、元を辿れば血の繋がりもある同族的な関係であったが、その血の繋がりも時代と共に薄くなりつつあった。よって、近隣の力ある大名の力量に圧されながらもこの時代を生き抜くために、頼るべき巨大勢力との提携が求められていた。大名からしても、各地域住民を統括する領主に対して、武力に物を言わせて傘下に収めつつ、上州の支配権獲得を目指していた。

このような時代にある集落では、自己防衛のために領主屋敷などを要害化して武力化を図り、領内の村人達を集めて徹頭徹尾自衛のための戦備を調えている所もあった。仮に襲撃されても弓矢、刀槍を持って守りに徹する態勢が調っていたのだ。

常には中立を唱えながら領内の安全を願い、地域の守りの姿勢をもってじっと戦火の過ぎ去るのを待つ態勢だった。

戦国大名の寄せ手からしても、小さな集落とはいえ中立を維持し、守りが堅くて簡単に侵犯できず、攻め落とすのに大きな戦費がかかると分かれば、攻撃しないこともある。自軍に逆らうことのない集落を無理に敵に回し、余計な出費は避けたい。

たかが農民、そのまま見過ごした方が自軍の怪我人は少ないと見れば、敢えて襲う必要はない。また、平定後の支配に支障が来すことを考慮すれば手を出さない。この時代、弱小の農民達が己の集落を守るにはこの方法しかなかったのだ。

山中の岩屋に住む長七郎、浅山一傳斎の所にも各地の血生臭い話は伝わっていた。

当然、山麓の粕川沿いにある丑田要害屋敷は元々は上杉軍の傘下にあったわけで、その立場は重視しなければならないが、進撃目まぐるしい北条軍からも脅迫に近い自軍受け入れの文が届いていた。

常に戦場となりうるこの地域の豪農の屋敷は、何処も要害と名が付くような堅固な堀や柵が設けられていた。その屋敷を侵犯するのは意外と大変であったため、完全中立の証となる証文等をこれら豪農・豪族から求める催促の文だったのだ。

小さいながらも砦に近い防衛柵を設け、武芸の心得を充分に積んだ農民が命を懸けて守る要害屋敷は、戦時下の充分な機能を備えていた。簡単に蹂躙できるものではない。戦国大名とて襲撃するのにはそれなりの犠牲と損失を考えなくてはならなかった。

片や報償を餌に、味方とすべく脅しと調略で小豪族や農民集落に迫ってくるのだった。但し戦い慣れした農兵達である。農民とは言え侮り難く、味方にさえすれば大いに頼りになると分かっていた。

戦国大名達は、力ある兵士は一人でも多く欲しい。種々の手を使って味方に引き入れようとする。しかし農神側にしても何処の大名が我らが地域の実権を握るかは容易に分からぬ。戦場となり得る地域の生活の安定を求めるには、領主としても迂闊に肩入れはできない。万一傘下に入った方が戦で敗北した場合は、命も含めて全てを失う羽目に陥るからだ。

また、当時、既に死の商人が存在した。金になりそうな大名らに肩入れし、その中に入り込んで兵士らの斡旋や武器調達を生業とする者のことだ。そうした戦時仲買人と思える者が、里の中を訪ね歩いてはめぼしい標的を探していた。そのような者から見れば、浅山一傳斎の剣道場の門人達は、戦時下の今、大名へ売り込む戦闘員としては頼りがいのある存在だった。

七　招かざる客

浅山道場の真の主、浅山一傳斎一存を探し当てるのは大変なことであった。他の地域の者には、一傳斎が何処にいるのか分からないと言われていた。赤城山中と聞き当てたものの、広い山中を探し歩くのは大変なこと。一傳斎に近づこうした死の商人達は大変な苦労をしていた。

その種の男が一人、どうにか山中の長七郎の岩屋に辿り着いたのは薄暗くなる頃だった。この岩屋には、年老いた野犬が一匹居着いていた。この頃の野犬は大体は大型で狼の血を引いていた。人でも熊でも襲うほどに獰猛であった。最近、長七郎に山中で出合い、暫し睨み合う内に彼の鋭い眼力を恐れてか、それとも親しみを感じてか、尾を一振りするとなぜか素直に順従に後に付いて来たのだ。そして、そのまま勝手に岩屋の小屋の片隅を居場所と決めて住みついてしまったのだ。

長七郎としても共に生きる仲間と認めていた。犬は一飯でも与えればその恩は忘れず順従になる動物である。この犬は意外と利口で、自分の立場と役目をよく認識していて、鹿や猪などから畑の作物を守る役目を忠実に果たしていた。

だが元々が野生の育ち、一声吼えながら頭を下げ、侵入者に対し静止を促すのは、大型犬だけに誰もが強い恐怖を感じて一度は足を止める。事実、その威力ある吼え声が長七郎のもとに伝わってくる。場合によると主、長七郎の「かかれ」の一声で獰猛なうなり声と共に誰彼構わず飛びかかっていく。長七郎にとっては忠実な番犬となっていた。

その男は、一時その犬の唸り声による威嚇に、犬の前で足を止めた。大型犬とは言え所詮この家の飼い犬だ。犬とその男は強く睨み合っていたが、男の持つ気迫に恐れをなしたのか、唸り声だけで飛びかかる様子はない。男は犬に注意しながら入り口の前まで歩いて行った。

夕餉の支度に取りかかっていた長七郎は、犬の一声で誰か来たなと感じてはいたが、今頃来る者は碌な話は持って来ない。知らん振りをして味噌汁の味見をしていた。

訪れた男は山中の草葺きの粗末な家と見ていた。厚い筵の下がった入り口まで来て、中へ向かって声を掛けた。屋内から漂ってくる夕餉の味噌汁の匂いは腹の空いた男には堪らぬ誘惑だ。空きっ腹が鳴るのを抑え切れずにいたが、武士たる者が、とそれを何とか抑えていた。

「ご免蒙る。失礼ながら旅の者、道に迷い難渋しております。一晩なりとお世話になりたく、お願いに上がりました。無理を承知でおすがりしたい。失礼は重々承知しておりますが、一晩屋根の下に入れて頂きたい。何とかお願い致す」

言葉を聞けば相手は武士のようだ。よく聞こえていたが、長七郎にとっては一番世話の焼ける訪問者。面倒と思って黙っていると、更に少し声を高くして同じことを言った。

間もなく外は真っ暗になる。この山道を彷徨い歩くことは通常の人間にはできない。人の好い長七郎、舌打ちはしたけれど断われない。夕方の客など独り身の胸中としても面倒なことであったが、何とも致し方ない。このまま放りっぱなしにしておくわけにもいかないと思いつつも、竈の火加減を見ながら、入り口に向かって乱暴に怒鳴っていた。

「誰か知らないが入って来い、いつでも開いている」

するると、暫くしてから筵が動いた。訪問者が、中の様子に注意を払いながら静かに筵を押し上げるように入って来た。考えてみれば訪ねた者も中の人物をよくは知らない。中に入るといきなり斬りつけられては堪らない。それなりの用心が必要だ。そっと顔を見てみれば家中の住人は年配者、食事の支度に没頭して、入って来る者には関心がないのか振り向きもしない。入って来たのは、たっつけ袴に袖なし羽織を着た、中年の域は過ぎたような立派な武士。山中の迷い人を装った男が入り口に立っていた。腰から刀を鞘ごと抜き取り、入り口脇の壁に立て掛けた。初めての家に入るには丸腰になるのは礼儀である。

「突然失礼申し上げます。このお住まいは浅山一傳斎先生のお宅ですか」

と呼びかけていた。長七郎は至極ゆっくりと返事をした。

「此処には先生などはいない。このようなあばら家に何の用だ。今晩泊めてくれと言うのなら、勝手に中に入ってその辺に休んでいろ。我は何も構わんぞ。我は長七郎と言う世捨て人だ。何もしてやれないことを分かっているなら遠慮はいらん」

やっと返事を聞いて、「失礼と」と言いながら中に入って来た相手を見ると、これは正しく武士だ。刀を二本とも入り口に置いた所作を見れば胡乱な者ではない。主人持ちの様子だが、見方によっては地方を放浪中の旅人姿。しかしその侍の体の動きには、荒野を駆け巡る武人の影が感じられる。男は中の長七郎を見て丁寧に頭を下げながら、「お言葉に甘えてご厄介になります」と挨拶を述べ、慇懃な動きで中に入って来たが、その身の置き所に迷っていた。長七郎は漠然と口の中で愚痴る様子を見せた。奥の座敷には男らしい者が一人休んでいるのが見えたが動く様子もなかった。

「夜を迎えて厄介な訪問者だ。今更帰れとも言えないし、面倒だがあり合わせの食事でよければ馳走する外あるまい。水は其処にある、自分で足を濯いで上がれ」

言葉は荒いが扱いは優しい。

「ご迷惑をおかけします。お構いなく、片隅で休ませて頂ければそれで結構です」

「その方は結構でも、我が一人で食べるわけにもいくまい。遠慮するな」

長七郎が作りかけた量では少ないので、一人分の食材を増やしていた。

二人とも土間に切られた囲炉裏の脇で黙々と食事を済ますと、男は佐藤庄右衛門と名乗り、丁寧に威儀を正して頭を下げながら宿泊と食事の礼を言った。食事も終わってから、庄右衛門が姿勢を改めながら、

「ご馳走になりました。先生、名はお隠しなさらずとも一傳斎先生とお見受けしております。私は、信州上田の庄、真田幸隆の家臣、佐藤庄右衛門と申す者。殿より一度、浅山殿

に挨拶に参るようにと命じられました。特別の話があるわけではないのですが、宜しくお願い申し上げるようにと、殿からのお言葉をお伝えに上がりました」

　話を聞きながら、長七郎は心の中で「来たな」と思った。武田もこの地を狙っている。その様子は分かっていた。一傳斎は素知らぬ振りで済まそうとしたが、真田家中の者の挨拶となれば、いい加減に扱うわけにはいかない。それなりの受け応えをしなければならなかった。

「おおう、真田殿か、武田殿の軍師と聞いている。その真田の殿様からの挨拶、それは私共としては身に余る光栄の至りでありますな。なれども私は既にこのように隠居の身、世捨て人である。身分あるお方にも麓の農民共にも深い付き合いは避けていていますょ。遠くは北条殿、上杉殿、近くは沼田殿などからも挨拶は度々あったが、争い事の参加はお断わりしている。私共は平時のお付き合いだけをお願いしているところです。私共がこの戦乱の世を生き残るためには、他人の戦渦に巻き込まれないことが大切。中立を守り、真田殿にもどちらの方にも与力はお断り致す。それをご理解頂ければ休まれるがよかろう」

　難しい話にならないようにと、先に釘を刺していた。それを意識して軽く頭を下げる庄右衛門に重ねて、

「私共、この辺りの身近な里の者は戦場の付き合いはしないことにしている。そのことについてはご理解頂きたい。片寄った贔屓は村の存続に関わる」

　言葉の内容をよくよく吟味すれば、決して丁寧とは言えないが、はっきりと断わってい

た。庄右衛門は驚くことはなく、

「お断りあることは承知致しておりました。殿も深い繋がりを求めてのことではありません。他意はない、均した交流を求めての挨拶であります」

長七郎は話を押し留めるようにして、

「お話の趣旨は分かりました。私共この赤城山南麓に住む者達は意味のない争い事は嫌います。聞くところによると、この地域の空気は少し荒れ模様。世情は全国的に戦場化が拡大され、血生臭い臭いは京周辺よりこの関東地方にも広がっています。我ら農民は恐怖と憂いの中にあって、我が里を戦場にはしたくない気持ちで一杯。我らは誰がこの地方を治めるようになっても構いませんが、我が里はどの武家の争いにも参加をしません。その点はご理解お願いします」

暫し言葉を切って、相手の男の顔色を見ながら低い声で言った。

「しかし、我が里は自分達で守る心得は持っている。他の国の軍兵が我ら一族の守りを犯さずにおいてくれれば、我らは完全に中立、どなたにも戦いは挑まぬ。我が地域が余所者同士の戦場となっても、早く終わることだけを願うだけ。無益な争いに参加することは致さないのが我らの信条。我らが守る村屋敷の砦に誰かが挑まない限り、我ら一党の者は何処の軍にも手を出すことはない。しかし、我ら屋敷の陣所が攻められれば、村と村人の命を守るためには全力を尽くして戦う用意はできている」

気力を込め、念を押すように話した。

「分かりました。戦端が開かれた中で完全中立を維持するのは大変難しいことと思いますが、我らが気遣えば、敵に回わることはないと理解して宜しいのですね」

「その通り、我らが身と地域を守るにはこれしかない。我がこの胸の内を御殿に宜しくお伝えください」

当たり障りのない答えに、庄右衛門は対応しようがなかった。

このような話をしながらも、囲炉裏に粥鍋を掛けているのは、奥に寝ている病人の食事を作っているらしい。一傳斎が無愛想なのは病人を抱えているためでもあるのか、山中の男所帯の大変なことが分かってきた。

佐藤庄右衛門は中村の丑田屋敷のことは調べていたし、浅山一傳斎道場主の存在も知っていた。彼らの扱いは戦時に触れられないのだと胸に納めていた。庄右衛門は一晩山中の長七郎の所で世話になり、翌朝早く、丁寧な挨拶をしてから立ち去った。一傳斎は、一晩泊めて世話した庄右衛門の退去の挨拶も聞こえていないのか、碌な返事もしなかった。このところ元気になってきた音松を労りながら、朝の粥を食べさせていたのだった。

この戦乱の時代にあって、農民やその他一般住民は、戦いの後に残る敗残兵や一時雇いの兵達の暴力から逃れられぬ運命にあった。彼らは自分達の命を守るため、争い事が発生する度に、村の庄屋ら大地主の屋敷に集まっては集団で災いを避けていた。そのような場合にも、屋敷が一種の防衛機能を持つのは大切なことだった。地域住民の命や財産を守るための大切な措置であった。

八　春霞

辺りの積雪は溶けていた。さすがに赤城山中腹でも軒先に植えた水仙が力強く伸びて、緑の葉の先に鮮やかな黄色い花を一斉につけ、己の存在を主張するように輝いている。長七郎は花に寄り添い満足そうな笑顔を見せた。丁寧に花の数を数えると三十四個もあった。その花に軽く手を触れて、在りし日の妻、於信の静かな佇まいを思い出していた。二人きりの時は小娘のように一傳斎に接し、控えめながらも甘えてくる姿が愛しい女だった。目に浮かぶその姿を思い出しながら、水仙に向かって「於信」と呼びかけていた。

山の住まいの周りからは季節の移り変わりがしっかりと感じ取れる。既に木々の冬芽は膨らみを増している。目前の畑にもいつの間にか細かな雑草の新芽と共に、一面に薄紫の豆粒のような花が表土を覆っている。

間もなくこの山中にも花の季節が訪れる。遠方の山裾の方を見ると、山桜が広い山肌に雲を浮かべたように、白や薄桃色の花を咲かせ始めている。春の匂いを撒き散らすようなその艶やかな姿は、我が身の存在を誇っている風だ。

春だ、今年も村人が心置きなく農作業に精を出せることを長七郎は願っていた。今年初めてと思われる早春の強い日差しを受け、暖かみを帯びた空気を胸の奥まで吸い込んだ。今まで外に出たことのなかった野良猫の斑が、初めて外に出て来た。日溜まりの枯れ草の上で伸びやかに肢体を広げ、大自然の恵みを浴びていた。

やがて長七郎は畑の土を掘り起こし、春の種蒔きの下拵えに取りかかった。朝も早い内なので鍬の先には力が入っている。今日の作業は馬鈴薯の種芋の植え付けである。既に用意した灰をまぶした種芋の入った、藤の弦で作った篭が畑の隅に置いてある。

今日は珍しく風もないし、山中も久方振りで汗ばむほど。中村の里から、道場の門人で農業を営む太吉が朝から手伝いに来ることになっている。葱苗と米を持って来る予定だが、品切れの味噌を頼むのを忘れていた。このところ留蔵や重造が度々来るので、貯蔵している食料の消費が早くて多くの食べ物が不足気味だった。特に現在は、味噌が甕の底が見える状態だ。留蔵達が持って来た獣肉の塩漬けだけは豊富なのだが。

畑の土起こしも、新芽の膨らみも見せ始めた水楢などの雑木の陰の部分を掘り下げると、土の中で未だ溶け切れない凍った部分が多少残っている。

午前の五つ（八時）になる頃、太吉が汗を拭きながら、背負子に荷を一杯積んで現れた。長七郎の畑姿を認めると手にした鍬を高く上げながら、「先生、早くからやってますね」と声を掛けてきたが、長七郎は鍬を持つ手を休めず挨拶代わりに片手を上げていた。そして傍に寄ってきた太吉に、

「ご苦労さん。暫く振りだな、やっと雪がなくなったので朝からやっている。里でも忙し

いのに済まんな」

挨拶を受けて太吉は、荷を背負ったまま畑の中で湿った土を見て、「まだ、土の中には凍っている所がありますね」と言いながら腰から手拭を手に首回りの汗を拭いていた。長七郎がやっと土起こしの手を休め、

「毎度このような山中まで済まない。太吉殿、ともかく中に入って休んでくれ。今日一日は手伝ってもらえると、朝から太吉殿の見えるのを当てにして待っていた」

門弟である手伝い人の太吉に対して殿付けでの挨拶は、農作業の応援を如何に期待していたかを表している。

岩屋の住まいは春なので入り口の筵は外していた。足に付いた土を落としながら、中に入った太吉が驚いている。奥の方の布団に病人と思われる人が伏せっていたからだ。その者は男だが、何者なのだと不審に思い、長七郎に振り返って「誰」と聞いた。長七郎は答え難そうに、

「何処の奴か分からないが、音松という。怪我をしているので面倒を見ているが、あと少し経てば治る。それまでは我の大きな荷物だ」

と言いながら太吉の持って来た荷物を引き取り、里の最近の情報を聞こうとした。太吉は質問には上の空で、其処に横たわっている怪我人がかなりの大怪我の様子に不信感は拭えなかった。そのような太吉の様子を無視して、「独り暮らしはこのような時はやはり大変だ」と言いながらも、話し相手を求めるように声高に里や道場の様子を聞いていた。太

吉も長七郎のその姿に、多少くたびれたのを感じ取り笑ってしまった。

太吉から聞く里の近況は、この時期何処でも農民は忙しく、近隣の戦の動きには気が回らないと話しているところに、もう一人手伝いが増えた。通称、新井の熊で通っている仁吉が同じように鍬を担いでやって来たのだ。農民ではないが、住まいの近くに畑を持ち、自家が食べるくらいの作物は作っている。今日は三人揃っての春先の農作業。それぞれ楽しげであった。

一日中天気に恵まれて仕事ははかどった。夕刻、早目に長七郎の鍋料理が用意された。鍋は仁吉が前に持ち込んだ猪肉を、戦さ場で拾ったいつもの鎧通しで叩き、肉は塩抜きをしておいたので、残っていた味噌を使って煮込んだ。中には里芋やたらの新芽が入り中々の味。三人での食事は手作りの濁酒と共に進んでいた。

その酒盛りが始まった途中、長七郎は気付いていた。

「そうだもう一人いた、すっかり忘れていた。音松も少し元気になったようだ。今、お前の食事の用意をするから待っていろ。酒は駄目だが、もう同じ物を食べても大丈夫だろう」

と言いながらも、別鍋に雑炊の用意をしていた。音松も寝床の上で起きられるようになっていた。

このような気侭な山中住まいが里の者にも次第に知られ、長七郎の気さくな人当たりの好さもあって、彼の生活を賑やかにしていた。翌日の農作業の打ち合わせも終わった。春の日差しはまだあったので、長七郎は畑の隅のガレ場から、白く頭を出している山うどを掘り出していた。明朝の煮物に使うつもりだ。

太吉は岩屋に一泊、仁吉は味噌を持って明日も来ると言って帰っていった。

畑の作業は二日間で種蒔きと植え付けまでは終わった。あとはいつ芽が出るかが楽しみであった。


この日は里の道場から丑田屋敷当主の長左衛門の長男・源次郎が、この岩屋を初めて訪れていた。屋敷からの連絡で、一傳斎に至急相談に乗って頂きたいとの十右衛門からの話に、久し振りの山下りとなった。

括り袴に脛当て袖なしの羽織は着ていたが、足元は、最近習い覚えた長七郎手作りの草鞋だった。自分自身の苦心作に納得の行く草鞋を履き、菅笠を背負ったまま野太刀の一本落とし差しの姿は、相変わらずの長七郎の出で立ちだった。自分で編み上げた草鞋の履き具合は今一つの感があったが、何とか無事に道場に着いていた。

粕川の里、自分の開いた浅山一傳流道場の訪問は、考えようによっては帰宅のようなものなのだ。長七郎は久し振りに道場に帰ってきていた。

長七郎こと浅山一傳斎は、世に聞こえた剣客でありながら、剣士としての名声も物欲もなかった。ただ、自分を慕ってくれる農民に仲間扱いしてもらうのが楽しいらしく、自分もその身になって農作業の真似事をしていたのだった。この地で農業にいそしむ農民達を望まぬ戦禍から救うために、粕川近くの村の長、丑田文衛門の要請もあって、総領である丑田長左衛門と相談の上でこの地に農民のための道場を開いていたのだ。在地村民の自衛能力の向上、武力強化の道を開いていたのだった。

中村の浅山道場は順調に門人も増えていた。だが安い月謝は概ね金銭での支払いは少なくて、自分達の田畑で採れた米や野菜などが代価となっていた。道場の維持管理の費用は丑田屋敷の文衛門が負担しているので、道場の運営費はかからないので生活に困ることはない。運営資金を必要とした場合などは、道場の持ち主である屋敷の主に相談、丑田家による資金援助があるので不安はない。

実を言えば、丑田屋敷としても浅山道場の設置は、昨今の近隣武士達の争い事の火の粉を被ることに対する自衛を目的としていた。道場を開くことにより領民の武術の向上、防衛力の強化になるし、門弟が増えることにより更に頼れる人数が増えるからだ。

当然、近在の豊かな農家の若者達や武家の子弟なども多く、上達の早い弟子達の中で特に成長著しい門弟の中から、代稽古として師範に選び出したのが山崎十右衛門祐正であった。諱（いみな）としての祐正は一傳斎の付けた名である。彼は長七郎の代稽古として充分な技量を身につけていた。

一傳斎自身は早い内から隠居を口にしていた。若い時の命を懸けた荒修行時代を経て、己自身の年齢を感じていたのだ。今の自分は山中の小屋に住み落ち着いた日々を送ってはいるが、若き日には、散々戦場を駆け巡り幾多の人々を殺め傷付けてきた。その罪滅ぼしではないが、今は戦乱の世から村人を守ることが自分の余生で果たすべき仕事と考え、道場のことは山崎十右衛門に全てを任せていたのだ。

しかし、隠居として道場を離れるには、一傳斎にとっては別の考えがあった。自分が道場にいて門弟達の指導役に専念していては、近来のこの地域の避けられぬ戦場化の動きに気付かない。忍び寄る周りの武士の一族の動きが見えにくい。村民を守る観点からすれば、常に身を自由にして、他の地の様子を見る眼と共に情報の吸収を怠ってはならないと考えていた。

道場を離れた一傳斎はそれ以来、自分の道場に入る時も、十右衛門の立場などに気を遣いながら、彼に貫禄を付けさせたい意味もあって自身は表玄関からは道場に入らなかった。裏口からそっと無言で入って行く。

今日も、滅多に来ることのないその一傳斎が道場に入って来たのを見て、門人達が慌てて膝を揃え両手を突いて出迎えた。

この日の門人の数は少ない。普段は近在の農民子弟が多いこの道場、今時分は農繁期、道場に来る門弟の少ないのは毎年のことである。道場の多くの弟子達は一族一家の生活をと心得て、多くは田畑に駆り出され家業の手伝いに従事していた。今時道場に来られるのは恵まれた士分の子や庄屋、豪農の息子などであり、今日は三人しか門弟はいなかった。

それを見て、普段の素振りだけで済まそうと思っていたが、なまりかけた自分の腕を試さんがためと、急に思いついた。

「お前達、今日は一人一合（いちごう）（一度打ち合う）稽古をつけてやるか」

それを聞いた三人の門弟は喜んだ。

「有難う御座います。大師匠に稽古をつけてもらうなんて光栄であります」

一傳斎道場主から直々に指導を受けることは滅多にない。門弟達は有頂天になり喜んでいた。

道場の稽古で手にするものといえば当然木刀である。後世の道場稽古のように防具を着けた竹刀での打ち合いとは違う。木刀そのものは、稽古とはいえ相手の身体に触れれば大きな怪我に繋がり、死に至ることもある。したがって打ち込む木刀は体に触れる寸前で止めねばならない。

弟子に稽古をつけるということは、師範の技量がよっぽど勝れていないと危険である。弟子の方はそうした腕は持っていない。何時何処に打ってくるのか分からない。それを我が身の肌で受けるわけにもいかない。師範としての実力が求められた。

力量に差がある師匠であれば、門弟は手加減しないで打ち込めるし、何度打ち合っても手ひどく叩かれることはない。また、思い切り打ち込んでも師の身体に触れることはできないので、全力で稽古に入れるまたとない機会となる。そして滅多に聞けない立ち会いの技法や急所を指導してもらえる。弟子達にとっては幸運な機会であった。

一傳斎が弟子達の指導に軽く一汗かいて外に出ると、其処に山崎十右衛門がいて、笑顔の挨拶と共に門弟達への指導に礼を述べた。

九　道場破り

上州地方の奥地、北方の山々も雪解けの季節を迎えていた。猫柳の木が光沢のある厚い殻を押し破るように、灰色の産毛のような花を咲かせ大きく上に伸びていた。その下には新芽も伸びてきている。地方によっては「ちんころ」とも呼ばれる、春の息吹を最初に知らせてくれる花である。

春の息吹と共に動き出したのは自然界の動植物だけではなかった。相模の北条氏康の動きが伝わり、更には越後の上杉氏やその傘下にある大名旗下の武士達が動き始めた。長七郎の所に入って来る情報に戦の臭いが濃くなってきた。

伊豆半島を抱えた相模国に強い地盤を持つ北条氏は古河公方を傀儡に担ぎ出し、関東平野を視野に関東制覇の行動に移り、上野国での目的は越後兵の関東侵攻前に上・下野州一帯の制圧であった。

前哨戦として既に各地で小競り合いが起きているが、何処の地域も今は農繁期で、現地召集の小者と言われる雑兵の集まりが悪く、大きな戦場は展開されていない。但し、水面下では勢力拡大のための敵地内偵の動きは進みつつあった。

今日もこの地方に対する北条氏康の調略が進み、北条方の広げる侵略地盤と思われる地域に対して、今は追われる形になった上杉方の長尾氏一派は苦しい戦況となっていた。更に甲斐の武田方の動きが静かに浸透していた。

多くの門弟達が噂するところによると、浅山一傳斎は北条寄りの沼田派と見られていたが、それは一傳斎が白根沢温泉を使用することによるらしい。この地域の支配権を狙う沼田万鬼斎配下の者や隣接する武田の旗下、真田幸隆配下の伊賀忍者が、碓氷峠越えをしていつの間にか信州上田の里から、利根川上流の沼田城に近い名胡桃(なぐるみ)の城下に進入して探索活動を行っていて、その者達がこの里にも入り込んでいた。

また、浅山道場の西方近くにある大胡城館の主、大胡重行もいつの間にか本人は在城していないらしく、大胡城は既に古河公方足利晴氏配下にあり、赤堀城、深津の館へも北条方の巧みな調略が進み、以前は上杉方であったがやがて北条方支配となっていく。どのような事情があったのか、完成間近の大胡城の現城主も代わっている。表向きは上杉方長尾系と言われていたが、このところ北条方の圧力に屈した様子が見えていた。

このような周辺の状況変化に、代理道場主の山崎十右衛門は、丑田屋敷と道場を守ることで苦心していた。それに大切な師匠一傳斎を一人山中に放置して、岩屋の隠居家に置くのは万一変事があってはと心配なっていた。今日は、それらの打ち合わせもあっての呼び出しであった。

もう一つは、この戦国時代、多くの者が先々の己の出世を狙い、強い大名への仕官を求めていた。今は武術を身につけることが、有力大名に仕官するのに有利になる。己が武術で名を揚げるためには名のある道場、修練場の剣士を破ることは戦国大名に自分の武術を売り込むための実績作りともなる。己の人生を懸けて剣の修行に励みながら、荒れた世の中でも闘技の達人の域に達した浪人者も多かった。

そのような浪人が、田舎でも名の売れた道場を狙って他流試合の申し入れに躍起となっていた。浅山一傳流道場は一傳斎の指示により、他流試合を受け付けないのが決まりであった。だが試合の申し入れを断わる度に、十右衛門は相手からの耐え難き言動と侮辱に遭っていた。野武士らの放言や悪態に苦しんでいたのだ。

今日は、道場破りの増加に際して、それを避ける意味合いもあってのこと。

浅山一傳斎は、世間では長七郎を名乗って山中に逃げ込んだとも言われている。その長七郎に十右衛門からの相談事は、この度道場に現れて強行に立ち会いを迫る一人の武芸者についてだった。

相手の目的は道場主との立ち会いを望んでいる。山崎十右衛門もまだ若い、剣捌きや立ち会いにおいても破れぬ自信はある。断わり続けるのが忍耐の限界を超えてきた。この度は、一傳斎に特別の許しを求めていたのだった。

呼び出しを受けた一傳斎は山から下りてくると、道場と離れた別棟の道場主の居室、その中の囲炉裏端で山崎十右衛門の話を聞いていた。十右衛門が先に話し始めたのは、武田方の一門の者と思われる者からの要請だった。この地方、粕川一帯で上杉、北条の侵攻により戦火が起きた場合、丑田屋敷と手を繋いで武田に加勢して欲しいとのことだ。それは武田の拠点進出を目的とした調略の一種だった。

一傳斎はその話については、既に真田の使者、佐藤庄右衛門と話はついていることを説明して十右衛門も納得した。そして、同じ武田家家臣の配下の浪人者より他流試合の申し入れがあることについては、道場の規定通りと許さなかった。

一傳斎も道場主として、道場破りを目的とした他流試合の申し込みには長いこと悩んでいた。他流試合を申し込んでも受け付けない道場は、申し込む側からすれば己に勝てる自信がないからと見ていた。単なる草鞋銭稼ぎに訪れる勢いのない田舎道場は、そうした無頼の徒にはもってこいなのだろう。また、自分の名を広く売り込めるような名のある道場なら、道場破りをして名を揚げられる。

浅山道場は田舎道場でもある程度名は売れていたが、門弟の多くは農民だからと甘く見て、強く脅せば金になると思っているのだろう。いわゆる断わりの代わりとしての草鞋銭稼ぎだ。多くの道場では面倒だと草鞋代を払って追い返すのが一般的だったからだ。

その者が要求する金額にもよるが、この度のように金はいらないと言う手合いには一番困る。金額で手を打てない真の武芸者であっても、浅山道場の規定に従うためには断わるのが原則であった。それ故に、こうした申し入れをする者への対応が大変だった。

山崎十右衛門もその点で苦しんでいたのだ。十右衛門としても立ち会って一挙に打ち負かしたい気持ちもある。だがこの道場での他流試合は一傳斎から固く禁じられている。浅山道場に限らず何処の道場でも簡単には受けないのが普通だ。十右衛門としては、威丈高に申し入れてくる奴に腹の立つことはしばしばある。だが真の道場主の許可なくそのような申し出には応じられない。

道場を運営する者にしても、勝負の世界だから日によっては出来不出来はある。また、勝っても負けてもその後には余計な費用がかかり、万一破れた場合を考えれば高くつく草鞋銭を払わなくてはならないから、簡単には受け入れられない。何しろこの頃の道場は、江戸時代とは大分違って、竹刀や防具もなかった。試合中、打ち所が悪ければ即、死に至るか大怪我をする。樫、枇杷など硬い材質で作る木刀は強靭だ。試合となればその木刀での立ち会いになるわけで、真剣と同じで打ち所が悪くて相手が死んだり、または怪我をすれば捨ててはおけない。後始末するにも金がかかるし、葬儀代や治療代の負担は馬鹿にならない。

普通断わられて当然であるが、この度の相手は道場を破ることに執着している。この裁定は、道場主代行としても勝手な結論は出せない。一傳斎に来てもらって二人して相談の上決めたかったのだ。結論としては、この度だけは隠居の身である一傳斎が長七郎の名で立ち会うことになった。勝っても負けても長七郎なら道場の名声には大きく傷が付かない。また一傳斎としても気持ちはまだ若いつもりでいる。

それに、一傳斎としても他流の技能技術を知ることにより、自分の力量を計り知ることができる、との興味も含まれていた。久し振りに若き日の血潮が沸き上がってくるのを覚え、簡単に承知していた。それほどに腕に自信を持って挑んでくる者に対して、興味が湧くのは避けられない。

名目上は浅山道場元門人として、長七郎が個人の立場で立ち会うことになった。

試合を申し入れてきた者としては、相手が道場でどのくらいの位置にある者かは知らないが、その男を倒せば次は道場主との立ち会いに進むと考えていた。その考えは話す彼の言葉からも察せられる。

一方長七郎は、その申し入れる男の話す言葉に甲州訛が感じられると聞いた。駿河浪人で名は加藤和右衛門、流派は京流で京の育ちと言っている。世間ずれしていない訛と、いくらか泥臭さか残る強引な言葉遣いでは、その素性に信じ難きところがあった。

剣の技能にはかなり自信がある様子ながら、その者の語る素性は信じられなかった。但し、申し入れる際の強引さを見ると、その腕にはよほどの自信があるらしい。

試合は道場外で、長七郎こと一傳斎と男との試合となった。

場所は道場から北方に向かって赤城山を登った、室沢（むろさわ）地区の奥の山麓で、新緑に深く覆われた山村は三軒ほどの人家しかなく静かな佇まいを見せている。近くには三夜沢（みよさわ）と呼ばれる所に赤城神社があり、其処からもそれほど離れていない。通称千本松原において、と決まっていた。

試合の検分、立会人は道場主の山崎十右衛門だが、試合相手である長七郎は山鹿長七郎と変名を使っての立ち会いということで話がついていた。三日後の申の刻（午後四時）と決まった。相手の加藤和右衛門は相手が道場主でないことに多少の不満はあったが、やっと納得した。

他流試合は果たし合いと同じだ。この度は一傳斎が隠居してから初めてのものだが、剣の道を究める以前には、幾多の野戦で多くの人を殺傷してきた。戦国時代であり、戦や小競り合いは各地であり、一時の雇い雑兵としても戦場に出ていた一傳斎だ。雇い主の善悪は関係ないまま出稼ぎ兵として雇われ、ただ若い頃の勢いに任せて無謀極まりない戦場に駆けつけていた。生き死になど恐れることなく、若さ、気力だけで走り回っていたのだ。

習い覚えた武術が、実戦では対価として金を与えられる。生きていくための、それが一番の目的だった。多くの戦場では、手当ての相場は一合戦二朱の他に、敵将の首一つに一両の金が得られた。それが若き日の三五郎時代の目当てだった。持って生まれたものか、一傳斎は十二、三歳頃から武術の才能ありと認められ、戦場に出て何回かの戦で敵の武将の首を何個も取っていた。それを認められて同郷の丸目師匠に拾われ、真の剣の道に入り、一傳流の基礎技能となる腕を磨いてきていたのだった。

そして、狂気の若者時代から成人に達する頃に本来の剣の道を悟り、五年間ほど師匠のもとでの修養の時代を経て、更に剣の道を求めて諸国を歩いてきた。この時代は路銀稼ぎの戦場に不足はなく、戦があると聞けば直ぐに参加して功を立て稼いでいた。

戦がなければ商人などの用心棒として、食うことだけは心配のない技能に達していた。

その後、その技能を認められ仕官の口はあったが、自由気侭な生き方に酔っていた時代である。考えに迷いながらも郷里に帰り、丸目主水正師匠のもとで更に修行して、その極意を授かっていた。

現在の浅山一傳斎は居合いの名手としても名が通っていた。この度の試合の申し入れも、その名を聞いての強い申し入れでもあった。

戦場に出て幾多の戦いの中で、知らぬ間に多くの人に戦いを挑み、相手を殺め、少しばかりの報酬を得ていらぬ仇を作っていた若き時代であった。若さ故の勢いなのか、知らずに積み重ねた殺戮行為に、恨みを持たれた者の数は多い。今となって考えれば、無神経な罪作りに励んだ時代だった。そのような過去を持つ浅山一傳斎の心の隅に、一瞬の間、生死を懸けた剣の動きが頭に浮かぶ。その時の勝利感を思い出し、抑え切れない思いが残っていたことを知る。剣の道に生きてきた、闘士としてのうずきが抑え切れない。いつしか燃えるような闘志が湧き上がっていた。

在りし日の戦場で、名に負う武者の挑戦に遭って、一瞬死の陰を意識した時もあった。その時は恐れることなく向かっていき辛うじて勝利した。その一瞬の思いが甦ってきた。

今回現れた加藤和右衛門は、長七郎が一傳斎であることを知らない。一傳斎との試合を求めるには、今日の長七郎を破ってからである。道場主を十右衛門と思っている和右衛門は、まずは元門人を破ってから道場主に再度申し入れるつもりだった。断わられる理由をなくしておくためだが、自分が破れることは頭にない。

試合当日、生憎朝から小雨模様で一傳斎の気は晴れなかった。たっつけ袴に草鞋履き、蓑笠を被り、刃渡り二尺五寸（約七六センチ）、一傳斎にしては長めの太刀を腰に差していた。手には長さ三尺三寸（一メートル）余りの手作りの木刀を杖代わりに岩屋を出ていた。試合が決まった場所は下りの山道。一傳斎の歩足は速い、四半時で千本松原の現場に着いていた。

立ち会いを務める山崎十右衛門はまだ現場には着いていないが、試合の相手は来ていた。初めて相手を見ると、松の大木を背に雨を避けていたが、既に衣服はしっとり濡れている。肌寒さを感じる小雨の中、長七郎は蓑の紐を解き、笠と蓑はいつでも外せる態勢で、松林の中の緩い傾斜の小笹の繁みに足を踏み入れていた。

離れた所から軽く相手に向かって頭を下げた。相手の歳は三十五歳程度に見える。身丈は一傳斎より大きいが細身で、戦陣を潜り抜けてきた身体はしっかり絞まり強靭さを窺わせる。その体から発する覇気に通常では見られないものを見ていた。

一傳斎こと長七郎を見た相手の方もそれに応えるかのように、目を逸らさずに首を下げていた。相手の老人の域に達した姿に意外さを感じていた。後は無言のまま、お互い相手の動きに注目しながら、立ち会いの流れの読みに入っていた。

やがて、十右衛門が弟子二人を連れて登ってきた。立会人がいれば試合は始められる。それを見て和右衛門が松の陰から姿を現した。大きな松の木陰から、襷鉢巻で身を固め、試合を申し入れた日の姿で近づいてきた。加藤和右衛門としては、立ち会う相手となる初老の男の姿に怖さはなかった。

双方の姿を確認する。山崎十右衛門は松の木の陰に身を引いて双方の姿を確認していた。そして手を上げた。試合開始の合図だ。和右衛門が松林の中の小笹の繁る薮原の中に出て来た。

松林の中ではあるがその辺りにだけ立ち木はなく、足元の小笹は低いが雨露にしっとりと濡れていた。歩行に邪魔になるほどではないが、濡れた足元は頭に置いておく必要がある。傾斜の緩い地盤、粘土質、当然滑りやすいことは自覚していた。十右衛門も十歩程度前に出て、改めて相手の顔を確認した。

「山鹿長七郎、加藤和右衛門、試合は一本勝負、この場限りの試合となす」

さっと身を引いて、「始め」。十右衛門は一声掛けると木の陰に身を引いた。

一傳斎は、此処は何処までも長七郎として挑んでいた。和右衛門と向き合ってお互い頭を少し下げると、長七郎が黙って木刀を突き出す。自分が試合の相手だと無言で知らせるためだ。相手も木刀を手にすると、今まで腰に差していた刀を松の根元に立て掛けた。その動作の最中も長七郎への視線は外さない。

長七郎もそれに倣って刀を松の木に立て掛けた。双方言葉もないまま空き地の中ほどで対峙した。松林の中、松の枝からはまとまった水滴が落ちてくる。双方の間は八間（約一四・五メートル）ほど、双方共に三歩ほど歩み寄って木刀を交える。立会人の十右衛門

が念を押すように、

「試合は一本勝負。勝敗に恨み事なく、この場限りの試合である」

試合過程の更なる注意に、双方同時に「おう」と応えて数歩下がる。五間ほどに詰めて対峙する。共に青眼の構えから一歩ずつ寄ったが、そのまま動かない。早朝から振り出した小雨とは言え、松の葉から雫となって落ちてくる雨水は容赦なく頭を打ち、既に肌着まで濡れている。頭に当たる雨水は首筋を伝って流れ、襟首も濡らしていた。

長七郎は、此処何年かは正式な剣の試合はしていなかった。身体が思うように動くか多少の不安があったが、勝負に懸ける気概は充実していた。

このような場合での他流試合は双方共に相手の技術と力量が不明である。お互い相手の動きに神経を集中し、時間をかけても対戦相手の剣の動きと技を見定めなければならない。

相手の和右衛門としても同じ立場だ。このような時に焦りは禁物と自分に言い聞かせながら、長七郎が木刀を右に開き誘うがその誘いには乗らない。相手が使い手であることが分かる。和右衛門も長七郎が一傳斎とは気付かぬままだが、その木刀の動きが分からない。

長七郎は右に開いた木刀を水平に戻し前に突き出す。木刀を握る手は雨に濡れて滑りやすく、しっかり握らないと手から木刀が抜け落ちる恐れがある。浅山一傳流十七種の秘術の中にあるこの剣の構えは水月、無二剣（むにけん）。相手は青眼の構えを変えないまま動かない。相手が動かないことにはその力量の判断ができかねる。

その姿勢のまま一傳斎は一歩前に出た。其処で初めて相手の身が動いた。打ち込みではなく後退した。心の中でこれは油断できないと見た。

長七郎こと一傳斎は、右半身の構えに形を変えながらの三尺剣、胸元に木刀を引き喉元への誘いの剣に移った瞬間、相手の木剣が動いた。水平にそのまま真っ直ぐ突き込んできた。一傳斎は右に飛んで瞬間にその剣を払った。木刀の触れる音が硬く響く。その音と共に双方の位置が変わっていた。位置が変わると同時に一傳斎の剣は青眼の構えに変わっていた。

軽い一合の打ち合いに、相手の動きと剣捌きが読めた。一傳斎が初めて声を掛けた。

「加藤殿、剛剣をお持ちですね」

「………」

返事は返ってこない。

「行きますよ、左」と言いながら、一傳流秘剣の想心の構えに移っていった。相手は一瞬心を乱していた。打ち込む相手に己の狙い先を知らせる一傳斎の心のゆとりに、内心驚いていた。

瞬間的に、左の打ち込みにどのように対応するのか、必要のない迷いが生じた。和右衛門は一傳斎に向かい、己の心に生じた迷いを打ち消すように、「来い」と声を掛けた。

その声と同時に一傳斎の木刀の先が、素早い勢いで長く延びるように目の前に迫ってきた。瞬間的な一傳斎の鋭い突きだった。和右衛門は無意識に身を引きながら、右から袈裟懸けのような形で、一傳斎の突きの剣を払ったが、其処に剣はなく空を切った。元に戻そうとした時は、既に右の手首を軽く打たれて木刀は手から離れていた。瞬時に一傳斎の身体は三間ほども離れた所に着いていた。

十右衛門の「勝負あり」の一声に、一傳斎の身体は更に一歩引いていた。

和右衛門が「参りました」と低い声を出し、目の前の己の木刀に目をやってその場に両手を突いて頭を下げた。

和右衛門は相手を年配の身と甘く見たのと、左に行くとの声を受けて一瞬迷いが生じ、間合いの読みが遅れて意識のないまま破れていた。当然真剣ならば太刀を手にした手首はなく、返りの一太刀で絶命していたことに一種の戦慄を覚えた。

加藤和右衛門は実は信州浪人で、加藤山城を名乗り信濃の葛尾城主・村上義清の軍門の中では豪傑の名が高かった武将の一人だった。

武田信玄の信濃侵攻によって、天文二十二年（一五五三）に村上軍は戦いに敗れ、村上義清は長尾景虎を頼って越後に落ち延びた。村上軍は四散して多くは上杉方軍門の中に飲み込まれていったが、中には和右衛門のように腕一本脛一本で各地を巡り歩き、武道指南や稽古などで浪々の身を食い繋いできたが、大酒飲みでその立場をもなくした時もあった。だが今は、剣一筋に生きるのが己の道であると思っていた。

数年を経てから武田軍門に下り、身分を低く押さえて草の者、忍者の組織の一部を統括する立場を得ていたのだった。この度の試合の申し込みも、上野の地への侵攻を念頭に置いての実態調査の一環だった。

試合の結果、敗北はしたが、この地に根ざす実力ある者の実態、侮り難き田舎剣法を知って、ある意味では目的の一端を果たしていた。浅山道場の実力を知っただけで、充分なるこの地の現状を認識していた。

一傳斎は、千本松原の試合に勝ちを得て、そのまま赤城山中の岩屋の住まいに戻っていた。朝餉を抜いて出掛けたので腹が空いていた。早速、その味わいを胸の内に描きながら食膳の支度をしていたが、途中、意識しないままにその場に腰を下ろしていた。

どのような試合でも、武芸の試合は常に命を懸けたものとなる。生死の境を行き来する厳しい神経戦を鋭利に保つためには、腹は空きっ腹の方が有利であることは、多くの剣を扱う者ならば心得ていた。そして、終われば空きっ腹を意識すると共に、言い知れぬ身体の疲れを覚える。

外は雨、だが春の雨は優しい。時々雨が降っているのを忘れてしまうようなこの優しい雨音は、多くの草木の芽吹きを促している。

他流試合と言っても、この頃の手合わせは果たし合いと変わらない、生死を懸けた戦いである。身体と共に想像を絶するほどの精神力、気力を消耗する。動きの少ない短い時間ではあるが、終わった瞬間、心身共にその場に身を投げ出したい気分になる。

岩屋に帰り来て、音松に声を掛けてから、草鞋を履いたままの姿で食事をしようと竈に火を点けていた。点けた火をそのままに上がり框に腰を下ろしたが、気の緩みか、いつの間にか居眠りしていた。挑まれた他流試合、くたびれた一傳斎だった。

しかし、直ぐに目が覚めた。此処に帰れば長七郎に戻る。「さて飯を作るか」と独り言を言いながら、残り火となった竈に薪を足し、出る時に研いでおいた米を釜に入れ竈に載せた。

腹を空かした時の独身の食事作りは数少ない楽しみの一つである。食材の味を頭の中に描きながら自分で作る料理は楽しかった。料理の出来は上手くなくとも、自分が作ったものだから、それなりの満足感を味わえる。菜は昨日食べ残した沢庵と、味噌汁は出来立て。その熱い味噌の香りで口中に唾が溢れ、腹が食物を催促している。

腹の求めに応じようと、小さなお膳に着いた時、外に居る犬の唸り声が低く聞こえてきた。外に立つ何者かの気配を感じる。耳を澄ますと、筵戸の向こうで人が佇んでいるのが感じられる。長七郎が外に向かって声を掛けた。

「どなたかな、用事があったら中にどうぞ」

外では人の動く気配があった。筵の戸が押し開けられて、大きな男が顔を出した。見ると先ほど生死を懸けて戦った相手、加藤和右衛門ではないか。一瞬自分の刀の置いてある場所に目を向け、それを確認したが、そのままの状態で、

「如何なされました。まだ我に用事が御座いましたか」

と聞いていた。和右衛門は中に入ると、直ぐに土間に膝をつき、

「先ほどは失礼致しました。先生には真なるご指導有難う御座いました」

と両手を突いていた。

「わしは礼など言われる筋ではない。我に対してまだ他に御用でもおありか」

「はなはだ恥ずかしきことながら、浅山先生、私を弟子に加えて頂きとう御座います」

その言葉には、長七爺も怪訝な顔を向けた。

「お主、わしの弟子になりたいと申すのか。何かの間違いではないのか、今のわしは弟子を取る身ではない。ご覧のように一人住まいの隠居の身、弟子などとんでもない。弟子なら中村の道場主、山崎十右衛門殿の所だが、その方の腕なら今更修行の必要はない。自分で道場でも開いて弟子でも取っては」

と言われた和右衛門は、更に頭を下げて、

「私は、先生のもとで人間性の修行がしたいのです。今までは剣の使い方のみに徹してきました。師匠のようなゆとりのある心の修行が全くできておりません。ここのところ、師匠の生き方を見聞きしてきまして、心から感銘致しました。私も先生のように欲を持たない生き方、心の広い人間修行が必要と存じます。今まで剣の道一つで生きることを考えていましたが、年を取るに従い、生きることの目的を失いかけています。自分を取り戻し、これから先生きるための人間修養のため、師匠の心ある指導を受けたく弟子入りをお願いします」

武田の間者であることはおくびにも出さない。さすが草の者達を纏めるだけの器量はあるようだ。

「済まないが、我は弟子を持たない。それは断る」

とはっきりと断わったが、

「私も見た通り浪々の身、弟子にさせて頂いても支払うべき謝金も払えません。ただ、先生の身辺に置いてくだされば、自分の食い扶持ぐらいは自分で働きます。傍に置いてくださるだけで宜しいのです。お願い致します」

一傳斎は苦々しい顔を見せながら、

「我は知らんよ。弟子ではなく、ただ、暫しの間此処に置かせてもらいたいと言うことだけなら、別に駄目とは言わん。お前さんの好きにしろ」

「有難う御座います。無理な願いを早速聞いて頂き有難う御座います。今夜より遠慮なく一緒に住まわせてもらいます」

一傳斎、自分の意に沿わぬ同居人ができてしまった。

「煩わしいことだ」と小声で言ったが、和右衛門は聞いていた。長七郎にとっては事実、頭の痛いこととなった。和右衛門の真の目的は、このまま此処を草の者達の繋ぎの場所にしたかったのだ。一傳斎はそれを知ってか知らでか、

「長く住みたいのなら、隣の空き地に自分で住まいを造るのだな。色々と大変だが人間修行にはなる」

とは言ったものの、自分としては独り身の気安さが失われることを案じた。

一方、自分で住まいを造ればとの話は厳しいものであったが、和右衛門には初めてしっかりした自分の目標を示されたような気がしていた。

翌日からは、長七爺の手伝いをしながら、合間を見ては我が住処の築造を始めた。長七郎の住まいを参考に、木材等の収集に入った。長七郎も口では厳しいことを言ってはいたが、家を建てるための道具の使い方や組み手の指導などを説明していた。

しかし、これは長続きはしなかった。加藤和右衛門は武田氏の禄を離れたわけではない。此処を忍び小屋にするつもりでいたが、一個の小屋でも新たに一人で建てることは大変だった。

この時分から赤城山周辺も、戦火の臭いが更に濃くなってきていた。北条方軍団と上杉軍の衝突はこの地でも避けられぬ状態になっていた。それを見て、沼田方面一帯を支配している沼田勘解由左衛門万鬼斎も動き出していた。過ぎし日の天文元年（一五三二）には蔵内城（沼田城）築城、地域の守りの地固めを始めていた万鬼斎、この人の動きも気が抜けなかった。

現在は、武田信玄の信濃侵攻が始まり、のちの世に名を残した川中島の合戦へと時代が向かっていた頃である。

上杉憲政を名代に、長尾景虎（のちの上杉謙信）が一族と手を組み実権を掌握し、関東にある長尾系一族を纏め、越後地方の覇者となっていた。関東に進出して相模の北条氏康をはじめ、甲州の武田信玄と対立。信濃から上野、下野にかけて、地元豪族を戦渦に巻き込みながらの争いはこれ以降、激化の一途を辿ることとなる。

現在、北条氏康は本拠地の相模に関東進出に有利な環境を作り、心置きなく北条軍を武蔵から下野、上野へと、虎視眈々と侵略の手を伸ばしていた。既に上州一体を傘下に押さえる兆しを見せて動き出していたのだ。また長尾景虎も、国内地盤を纏め、信州では武田氏と対峙しながら、越後から関東再進出を目指し、沼田万鬼斎などの動きにはしっかりと気を緩めることなく、関東の戦況を見ていた。

北条軍の北関東進出を機に、武蔵、下野、上野の武士達は上杉方か北条方か、自分達の身の振り方に迷っていた。地元の者には判然としない勢力図を注視しながらも、沼田万鬼斎が赤城山南麓を巻き込むように南下を狙っているのは分かった。

浅山一傳斎には欲はなかった。ただ、この赤城山麓一円の村を戦火から如何に守るかが第一。赤城山山中にありながらも各地の動きに目を配り注視していた。

まずは近くの存在、沼田万鬼斎の動きには注意が必要だった。上州一円、今、自分のいる場所が誰の支配下にあるのかも判然としない状況である。お互い恨み言があるわけではないが、それぞれの武家達の支配欲には際限がない。それに加え、武田方の旗下としての真田家。真田幸隆も何を考えているのか、これも無視できない存在だった。

真田の旗下は岩櫃（いわびつ）城からは、名胡桃（なぐるみ）城下を通じ沼田地域は目の前にある。現在、表面上は上杉氏に属するとの話もあるが、現実は北条氏側にあると見える沼田万鬼斎は、石井郷、渋川、厩橋への進出を狙うとの噂もある。油断ならない状況下にあると、表向き友軍である北条軍も万鬼斎には気は許してはいない。それに上杉氏、武田氏の大大名達に狙われて、逆らうことのできない地元小豪族はいずれに属するか、その選択に迷っていた。目の離せないのが武田方旗下の真田の動きと、その傘下にある武家が最近挑発的と思える行動に出ていることだ。

そのために赤城山麓を中心に、その裾野周辺は静かではあるが緊張状態が続いていた。赤城山中の岩屋に住まう長七郎の周辺も何かと騒がしくなり、のんびりとした環境を求めての隠居生活の場に入って来る様々な情報は、意に反して戦場の臭いが更に濃くなっていた。

浅山一傳斎こと長七郎の岩屋住まいに、勝手に潜り込んできた加藤和右衛門は、武士としての剣技の能力は持っていた。仕官先に不自由はないようだし、自身その腰を据えるべき選定には苦しんでいる様子も見せた。暫くの間留守にすると言って山を下りていったが、それ以来音沙汰はない。長七郎は「何処に行く」とも聞かなかった。

この時代、地域の民は力の弱い他国大名側に付いたら結果は見えている。自分の命も身分も消えてなくなる。この地で生きていくためには、如何に将来が期待できる陣営に付いて、勝ち残る領主を選ばないと自分の将来はなくなる。和右衛門にはそのような下心があるような話はしていたが、長七郎は全面的にその話を信じたわけではなかった。

一方、沼田万鬼斎の配下と思われる重造達も時々は訪ねてきていた。重造一味にはここのところ仲間が増えていた。今日来た時も一人増えて四人の顔触れが揃っていた。その仲間の他にも何人かいるらしい。表向きは、今、抱えられている沼田万鬼斎の旗下の細谷弥兵衛に属しているが、弥兵衛は信じるに足る親方とは思っていない様子。支給される扶持によっては何処に仕えてもよい者達、自分達の存在が世のため人のためになるとは考えたこともない彼らだった。今初めて、長七郎爺の生き方に感化され共鳴して、他人のために生きる意義を理解し、自分達で勝手に長七郎の門人になったつもりでいた。

猟師の留蔵と仲間達、彼らも早くから長七爺を自分達の棟梁と思っていた。元々己の生活確保のために生きている者達、必要以上の欲はなく、爺の言うことには何事も素直に従っていた。当然、中村道場に通う門人達も、剣の指導だけとは思っていない。村を守るためには、一傳斎の指示により、いつでも命を捨てる心意気は持っていた。手に持つ鍬を木刀に代えることで、戦いへの自信はついていた。

赤城山麓、各村の若者達にも声を掛ければ、百人、二百人の若者が戦闘員として直ぐに集められる長七郎爺であった。単に道場主と言うだけでなく、丑田屋敷の要請により一種の地域指導者的立場が自然と出来上がっていた。農民達が望まぬ戦火の迫る中、できる限り彼らが無難に生きてゆくための方策を立ててきた。

浅山道場においても、現在の戦場は刀よりも有利な戦闘武器として、主に長い柄を持つ槍や薙刀が使われていた。弓矢の稽古にも特に重点を置いていた。野戦を基本にした防衛戦に力を入れた指導が多くなっていた。

戦場での経験の少ない農民は、身を敵の近くに寄せての戦いは不得手。できるだけ敵と離れて戦える柄の長い槍を持っての完全な突き、そして弓矢はできるだけ近くに寄って確実に仕留める。その精神と度胸を据える鍛錬は、最も重点を置く指導であった。

地元民も、一傳斎の指導の目的は分かってきていた。戦いの真の強さは自分の心にある、敵を前にして恐怖に負けてはならないことを自覚していた。そして、一傳斎の指導の中にあるのは、村の生き残りこそが全てだと分かっていた。それには自分の腕に自信をつけ、自身の奥底にある恐怖心に負けないことであると、精神面の指導の意味も分かっていた。

元来が欲のない生き方が里人との心の繋がりを生み、人望を集め、信頼を築いてきた。多くの村人は、一傳斎を自分達のただ一人の指導者として頼っていた。仲間意識もあるが、彼の全ての指示に素直に従っていた。

求めぬ戦火から赤城山麓の地域住民の生活を守るため、各地の村人にも自衛の力を蓄えるようにと説いてきた一傳斎だ。剣の技能を身につければ、武士も農民もその強さに変わりはないと説いてきた。農民道場を開き、戦火に追われて逃げ迷うことのなきよう、自分を信じる村民達のために、一傳斎は何かと苦労していた。

十　赤城山麓の動き

赤城山の北西は緩い傾斜の山裾を経て多くの谷川に繋がる。その水脈を集めて奥利根川の急流が深い渓谷を刻み込むように流れている。関東平野の西北部の奥地、沼田地域は利根川上流にある山岳地。森林に囲まれた広いとは言えない平地は、あまり豊かな魅力ある地域とは思われていない。それなのに、古くから複雑な権力争いの絶えない所であった。

沼田周辺地域を支配する沼田万鬼斎一族と、その奥地、奥利根西側に沿って名胡桃城下があり、その南西に武田氏傘下の真田氏の息の掛かった岩櫃城があり、更にその西奥地には長尾景虎の旗下、羽尾源六郎が丸岩城を構えている。狭い地域の中で此処は越後路越えの通路でもある。碓氷峠、三国峠と共に、信濃・越後との接点でもある。そのためもあってか、長い期間、この地域には焦げ臭いにおいが漂い、小競り合いが長く続いていた。

其処には、関東管領を称する上杉憲政が越後の長尾景虎傘下に入ったのち、小田原に本拠を置く北条氏が江戸や南関東に攻め入り、沼田万鬼斎に肩入れして勢力拡大を狙っていたが、武田氏が真田幸隆、昌幸親子を傘下にこの地の支配権を狙っていた。

それに長尾景虎が、与力として羽尾源六郎を支えながら支配下に置いて進出の機会を狙っていた。この地方には、なぜか複雑な争いに絡まる関係が生まれていた。その繋がりがそのまま、赤城山南山麓に向かって抗争域を伸ばしてきていた。

それでも赤城山一帯の現状は、沼田万鬼斎の支配下にあったが、完全支配圏とは言えなかった。潜在的には上杉氏、長尾氏に対する北条氏の、この地域統括に向けての動きが顕著であった。


初夏を迎えていた。一傳斎がこの赤城山中の岩屋に住むようになって三年余が経っていた。この住まいのある辺りから赤城山の頂上に向かって、その山容は傾斜を強めていた。このような山中には、猟師や山菜採りの農民ぐらいしか入る者はいない。山麓と違い、時代を反映した権力争いの影は薄かった。

その山頂への一般的な上り口から数丁の所に、承和六年（八三九）以前より七百年の歴史を持つ旧い祠が存在した。古来、山岳は神霊のすまう他界として崇められてきた。修験者らの信仰を得た霊験あらたかなる神の存在と、信仰を奉じた神域の進展と共に現在の赤城大社の基礎はできていた。近隣の信仰厚い信者の集う地方神社としてその格式は高い。のちの赤城神社の前身である。

神社の資料によると、この時代にも、この地を狙う大大名の上杉氏、北条氏、武田氏や上野国内の地域豪族や領主の信仰を集め、多くの金品が奉納されていた。その品々や寄進者の名は現在も残されている。

長七郎も赤城神社にはよくお参りに行った。但し、赤城山頂には一度しか行ったことはない。その時は自然林に囲まれた大沼・小沼を抱える外輪山系を一巡。長七郎山に登って粕川の源流を確認した。その時から浅山一傳斎こと長七郎はこの山中に住むことになった。深い意味があるわけではないが、浅山一傳斎は山中に居住することになったその時より、勝手に長七郎山の名を頂くことにしたのだった。

長七郎山は、赤城山系旧火口の外輪山の中では標高は低い方であるが、南麓からは山の位置が手前にあるため一際高く見える。他の外輪山連峰に比べると、高さでは目立たないものの、少し変わり者の一傳斎には気に入りの場所であった。

仙人の住む小屋にも見える住居。初めての人が見れば鬼でも住んでいるかと思えるだろう。その住居の前の畑で、今日も一傳斎は農作業に励んでいた。一傳斎こと長七郎にとってはこの時間が一番、本来の自分を取り戻し、無心の境地の中にもゆとりを感じる時である。畑の土の中に手を入れて根菜に触れて、収穫の時を頭に描き楽しむ。中腰の農作業による腰の痛さに堪えながらも、他の事柄全てを忘れていた。

山中の夕日もかなり傾いてきていた。農作業の合間の一時、腰を伸ばしながらいつものように山裾の平原を静かに眺めていると、眼下に動く人影があった。この山道を一人の農夫が此方に向かって登ってくる。

身体つきから見て粕川沿いに住む農夫の太吉らしい。だが太吉の姿を見ると、今日は荷を運ぶ荷台もその肩になく、いつもと違う身軽な足取りに一瞬不審を感じ取った。やがて立っている長七爺の姿を認め両手を上げた。太吉は急ぐように歩を速め、息を切らしながら寄ってきた。

「太吉、どうした。何か変事でもあったか」

太吉は頷き、息を整えながら、

「先生、山崎先生から命じられまして登ってきました。正午頃と思われますが、苗が島の作次郎が、月田の宮の森の中で殺害されているのが見つかりました。心の臓を一突き、出血の多い傷跡から即死であったと思われます。他に首の脇に切り傷があり、近くにこれがありました」

と言いながら、普段見慣れない金物を手にしていた。

「このような武器と思われる物が少し離れた所にありました。これによって傷を付けられたと思います。倒れていた周りに大きく争った跡はなく、作次郎は丸腰で笹藪の中で死んでいました。現場では曲者の足跡などはよく分かりません」

太吉は自分も見てきたのか、意外と現場の様子を細かく報告していた。長七郎が太吉の差し出す金物を見た。

「これは手裏剣の一種だ、武田忍者の物だ。其処に殺害に繋がる何かがあったのか。作次郎は、通常なら容易に殺されるような者ではない」

その言葉を聞いていた太吉が、

「作次郎は農民でありながら、家の手伝いはあまりやりたがらないものの、道場での剣の扱いにかけては山崎先生が褒めるほどの使い手です。その者が何の手も出さずに殺害されていたのは不自然です。作次郎は性質もおとなしく人の恨みを買うような者ではないので、殺された理由が分からないのです。腕は立つが、人に喧嘩を売るようなことは考えられないと若先生が申されておりました。これはただごとではないと、早い内に大先生に知らせろと言われまして連絡に参りましたが、それだけであとは何も分かりません」

「それはご苦労さん。帰ったら山崎に、このことは皆によく知らせるようにと伝えろ。近い内に、またこの辺りが戦場となり戦いが起こるかも知れない。不審な者がいたら注意深く観察して報告しろと言っておけ。但し、何があっても手出しはするなと言っておくように。俺は明日にでも山を下りる。作次郎の所を訪ね、最近、余所者で作次郎に関わる者がいなかったか、調べておくように」

と命じていた。夕暮れ時でもあり、暗くならない内にと太吉をその場で直ぐに帰すと、長七郎はそのままその場所で、最近起きた里の状況を深く考えていた。

これは手裏剣の一種であり、一度見たことはある。武田信玄はよく甲賀の忍びの者を使っていた。武田の忍びは大きな組織だし、多分その類の者の仕業であろう。元々、忍びは伊賀者が多いが、甲賀系の忍者も使っていて、これは加藤和右衛門の配下に違いない。

この当時、多くの戦国大名は忍者に類する者を何人かは抱えていた。名の通った甲賀忍者よりも数の上では伊賀忍者が多く、その者達は名を変えて全国的に動いていた。武田は甲賀の忍者が主で、その忍びの術は大きくは他と変わらないが、使う武器などはそれぞれが特徴ある物を自分で作り使っていた。

特に飛び道具である手裏剣は、当初は小柄(こづか)や小型の刃物を投げて敵を刺撃する武術の一種であったが、室町時代末期、投げる武器そのものを手裏剣と言うようになった。形によって忍者の属する集団やその流れを表していた。多くは一般的な家臣とは違い、独立した組織の中で目立たぬように活動していた。

その忍者に類する者が、最近この地域に入って来たということは何かが起きる前兆である。武田氏なら家臣の真田の指示を受けた手の者が動いているはずだ。伊賀者の組織は各地に数多く、暗躍の動きは名胡桃、沼田地域にあるのではないかと思われる。

翌日、長七郎は岩屋の住まいを暗い内に出て中村の道場に向かった。道場に着いた時は既に朝日が地平線を離れ、強い光を放ちながら道場のある屋敷の森を浮き上がらせるように昇ってきた。振り返って見上げる赤城山は、青く深い空の下に木々の若葉の繁みが浮き上がり、山が強い光の中に耀いて見えた。

粕川に沿った道場のある丑田屋敷は樫の木の生け垣、高い防風林に囲まれ、その樫の葉は今落葉の時季を迎えていた。春から初夏、今頃の季節になって、前年の葉を落としながら新しい葉に覆われていくのが樫の木の生態らしい。

生け垣の外側には幅二間半程度の堀が回っている。新たに手が加えられ、堀幅も以前より広くなっていた。防災堀は戦が近くなると草が刈り込まれ、堀の側面には泥土が塗り込まれる。其処に水を掛ければ、攻め来る敵は一端堀底に下りても、堀の急な傾斜側面の泥土により滑って登ることができなくなる。一度、堀に入ると簡単には堀の外に出ることはできない。また堀に入れば、その内側に回された防柵が楯となり、その柵の陰から弓矢の狙撃の的や長柄の槍の餌食となる。当時の中小要害の防柵と堀を併せ持った構造である。

この時代には、現代に残るような城址としての石垣積みは全国的にまだ少なく、戦国時代後期の城造りから石垣が造られ使われていたが、この辺りではまだ見られなかった。織田信長の築城した壮大な安土城に使われた野面積が時代としては早い方であった。

初夏の日の朝は早い。七つ半（五時）を過ぎると、今日も蒸し暑くなると予感させるように、大地一面が強い光に覆われてきた。

屋敷の周りに巡らした防御のための掘割は、水深一尺（約三〇センチ）程度と浅く、普段は夏の日の子供達の遊び場でもあった。大川が近くになくて堀を埋め尽くすだけの水源には恵まれていない。赤城山から流れ来る川が水源である。

子供達が素裸で川魚、泥鰌や鮒、小海老等を追っていた。子供の遊びとは言え、捕れた川魚はこの辺りでは大切な蛋白源であるため、単に遊びとも言えない。その子供達を横目で見ながら、一傳斎は屋敷西側の堀に沿った場所にある道場に向かっていた。

既に道場は開いていた。道場の戸障子はほとんど開け拡げられ、床一面に光が行き届いていた。五人の門弟が雑巾掛けをしていた。長七郎こと一傳斎はいつもと変わらず道場を遠回りするような形で裏口に回った。裏玄関の上がり框に腰を下ろすと、門弟の差し出す雑巾で足を拭いた。間もなく山崎十右衛門が現れた。道場を任せてから三年が経っていた。一段と貫禄のついた体躯になってきた。その姿を見て一傳斎が、

「おお、先生久し振りです。変わらず元気な様子何よりだ。早速だが、涼しい内に朝稽古を一手ご指導お願いします。我もこのところ稽古不足で、碌な汗も掻かないので体が鈍って困っている」

と、笑いながら声を掛けた。十右衛門にとっては願ってもないことだ。道場を任されて今日に至っているが、一傳斎の技能を完全に収得したわけではない。師匠との立ち会いはこの一年ほどはしていない。それが一番の悩みでもあったのだ。

「師匠、それは大変有難いお言葉。最近は、私も同じです。刺激がないので腕の動きが鈍って、時によると持て余すほどの門弟もいます。是非ともお願いします」

十右衛門にそう言われ、一傳斎は笑いながら道場に入って行った。一傳斎は襷を掛けながら、「年を取るといかん。少し気を許すと身体は直ぐに鈍る。少し引き締めてくれ」と言うと、道場の中ほどに足を運んでいった。十右衛門も襷鉢巻姿で中央に進み、

「師匠、暫く振りのご指導、それでは宜しくお願いします。最近私も鍛錬を怠り、怠け癖がついていますので、厳しく鍛えて頂きたい」

と言いながら、道場の板を三度ほど強く踏みつけて気合いを入れた。

早くから来ていた門弟が六人ほど、二人のことを知って道場に駆け込んできた。道場の

師匠同士と言っても難しい。どちらが道場主なのか、最近入った門弟には分からない。門弟達にとっては山崎十右衛門が道場主であるが、その道場主が一傳斎を師匠と呼んでいる。そんな二人の立ち会い稽古は滅多に見られるものではない。

道場の中ほどに立って二人は対峙し一礼すると、一傳斎が満足そうに、「いや、最近の浅山一傳流道場は大分評判が良い。大いに繁盛していると聞いて安心している。色々と人任せにして済まないが、どうかご勘弁を」と言いながら、さほど済まなそうな顔でもない。頭を下げ合うと、道場の壁に取り付けてある木刀掛けから無造作に取った一本、取り出して素振りをかけていた。雑巾掛けが終わったばかりで床はまだ濡れている所がある。門人達も道場の隅に固まり、正座して稽古を見守った。

二人の稽古は気合いが入っていた。普段の門人達が振る木刀の音と違い、打ち合う音は一際甲高い。お互いそれなりの腕を持っている。安心して触れ合える木刀の動き、その早さが違う。居合わせた門人達は、その木刀の触れ合う音の激しさに驚いていた。

この当時の剣の稽古に使う木刀の素材は堅木だ。まともに当たれば肉は千切れ、骨は砕けてしまう。打ち込みの木刀は相手の肌の一寸手前で止めなければならない。稽古中は真剣な高度な技が必要だ。

激しい稽古は四半時ほどで終わり、一汗掻いた二人は井戸端に出て上半身裸になって汗を拭きながら、お互い無意識に軽く頭を下げていた。身体を拭き終わると、山崎十右衛門が先に立ちながら、自分が住む道場付きの屋敷に向かった。山崎代理道場主の奥方、於篠の入れた冷たい茶を啜りながら、今日の話題に入っていた。

作次郎の事件から始まり、殺伐とした話には際限がなかった。あとは屋敷の防塞の話から、道場運営から人間関係全てにわたり語り合った。一時以上かかっての話し合いはこれで終わりとはいかなかった。しかし、作次郎の家に顔を出すことと、作次郎の家に近い事件現場の月田神社に行って、森の中を覗いてみようと二人して道場を出た。

丑田屋敷から山裾を七丁（約七六〇メートル）ほど登った所にある月田神社、境内の木立の中の作次郎の殺害された現場に向かっていた。作次郎が殺された現場は山裾の小高い所にあり、其処まで行くと村人が五人ほど集まって話し込んでいた。道場主の二人が傍まで行くと、見慣れた顔の村人の中には門人もいて、二人に向かって一斉に頭を下げた。作次郎の最近の様子などを聞きながら、殺害された現場を調べていた。発見した者の話だと、作次郎のその日の行動には特に変わったところはなく、命を狙われるような理由もなかった。

彼らが語る殺害の状況からは、何が真実かは分からなかった。十右衛門が、

「師匠、作次郎は見てはならないものを見てしまったのかも知れません。事実はただの口封じであり、作次郎は運が悪かったのかも知れません。最近見慣れない者をこの近くで見かけるとの話はよく聞きます」

古河公方方の北条氏と関東管領の上杉方、それに信濃を席巻している武田氏も、この度

の件に繋がりがあるのかも知れない。

「真田方と思える忍者と、北条方に寄り添う沼田万鬼斎の忍びの者が、見えない所で争いを起こしていると聞きます。これから見ると、どちらも忍者の類の者の仕業。作次郎は普段から身のこなしも良いから、敵対する者と間違われ、不意を衝かれて殺害されたのかも知れません。本人は何も知らぬ間に、とばっちりを食ったのかも知れません。近い内にこの辺で忍びの者同士の小競り合い、常に油断のできない物騒な時代になってきました。近い内にこの辺で忍びの者同士の小競り合い、戦場が展開されるかも知れません」

話を聞いていた一傳斎が、

「もう既に起きている。戦が始まると大変なのは民百姓なのだ。多少年貢の取り立てが厳しくとも戦火は避けたい。今は北条方が優勢に動いている様子だが、その内に上杉方の家中の纏まりができると、越後に控える長尾一族の方でも黙ってはいまい」

と言いながら一傳斎は頭を掻いていた。そして、歩きながら話そうと連れ立っての会話は一傳斎の方から、

「何しろ侵略者が三つ巴とも言える。この地域の争奪戦は何処が覇権を握るのか分からない。我らもしっかりとそれらの動きを見て対策を練らねばならないと思うが、どう思うね、十右衛門殿」

一傳斎にとってはいつになく暗く、歯切れが悪い言葉だった。

この辺りへ迫り来る戦況は、地元民には関わりのないもの。余所者同士がこの地で争い

事を起こすのは、地元民には予測不可能。諸般の動きやその状況に苦しんでいるせいか、一傳斎の髪の毛はこのところ目立って薄くなり白髪が目立っていた。坊主頭のような頭を掻いているのかとも思える、小さな丁髷の載った結び髪が後の方にあった。その頭に手を置きながら、この地が戦場となるかどうかの判断に苦しむ自分に、心にもない含み笑いを見せていた。十右衛門が、

「戦が始まりますか。屋敷も防備のための余計な費用がかかる。ここのところ、屋敷周りの旧い柵の根元が腐り始めているので修理はしました。まだ彼方此方と、戦が始まる前に取り替え補修をせねばならない所が多数あります。堀も底の土も浚っておかないとならないし、できれば掘り幅をあと三尺ほどは広げたい。今のままでは長槍の柄などを使って一気に飛び越えてくることもできるから。また、柵の近くに弓矢を射るための防柵と矢除けのついた小屋を造りたいし、その場所も検討しなければならない。安全を確保できないと、農民達が怖がって集まってこなくなります。できる限り防護柵は充実させねばならない。敵の寄せ手側が安全柵を見た時点で我らの守りの強固さを認識してもらわねばならない。農民達にも防御の堅固さとその強さを見せる必要があります。農民の身を守るための砦は強固に見えなければ、農兵自身も安心して持ち前の力を出しきれず、悲惨な敗戦を避けることができなくなります。できる限り対策の強化を図るようにして、周りの領主達にも生き残るための準備を怠ってはならないと勧めています」

十右衛門のその話を聞いて、一傳斎は言い難そうに、

「道場に金はあるのか、いや、あるわけないな。直ぐにでも丑田様に相談して早く手を打て、早いほど良いな。それに屋敷周りの草を七寸ほど残して綺麗に刈り取り、打ち合わせの通り、割り竹の埋設を進めよ。できるだけ細かく充分に植えさせろ。その状況を寄せ手が下見に来た時に良く見えるようにな。また、夜襲に対しては藁塚を堀の外各所に二十間ほど離して造り置くように。暗くなったら火矢を持って藁塚に火を点けて、寄せ手の姿が良く見えるようにする。柵を越えて攻められてからでは勝てぬ。相手がこの屋敷を攻める気にさせぬことが大事だ」

「分かりました。明日にでも皆を集めて対策を練ります」

十右衛門との打ち合わせには長い時間がかかった。屋敷周りの堀の外側の草叢に埋め込む割り竹や落とし穴、足絡み等の修復を急がせ、弓矢と槍の不足がないようにと指示し、一傳斎は夕方、暗くならない内にと言いながら山中の岩屋に戻っていった。

翌朝、一傳斎こと長七郎は、近辺から倒れた木材を拾い集め、畑の隅で大きく火を焚いていた。以前忍びの重造から貰っていた粉薬を燃え盛る火の中に入れると、煙が赤味を帯びていた。狼煙の一種だ。重造達一味の者が気付いてくれればと思いながら、煙が大きくなるようにと湿った落ち葉を焚火の上に被せた。風もなく、赤味を帯びた白い煙は真っ直ぐ天に昇っていった。

長七郎は、焚火の周りの塵や木の葉を綺麗に掃き寄せ、安全を確認していた。辺りへの移り火はないと見たので、馬鈴薯の出来具合を見るために、その足で畑に入って行った。青い葉の中に薄紫の小さな花をつけた繁みの根元に手を入れ、土の中を探った。まだ小さいが手応えはあった。にっこり笑いながら満足の体であった。

一時半（三時間）ほどすると重造がやって来た。狼煙の効果があったらしい。今日の重造は一見農民には見えるが、一傳斎の目から見れば草の者としての雰囲気は隠しようがなかった。通常の忍者としての出で立ちに、強い緊迫を感じられた。長七郎が、

「やあぁ、重造殿、呼び出して済まん」

「師匠、初めての狼煙に、間違いではないかと迷って少し遅くなりました。溝呂木（みぞろき）の先で不審な男を追っていましたが逃がしてしまい、先生の呼び出しもあったので探すのは諦めました。が、どうやら真田の草の者と見ました。沼田を預かる万鬼斎殿が、このところ名胡桃城下の動きが気になると仰っているらしく、我らにも厳しい探索強化の指令がありました。北条側の指示でもあるのか、万鬼斎殿の指示かどうかは分かりませんが。此方も新田郷から金山城の辺りまで足を延ばして探索しているところでして、現在、我らの仲間は皆東方に出張ってその地の探索に入っています」

と言いながらも、手不足を暗に伝えていた。大変な時期にありながら、長七郎に好意的な目を向け、呼び出したわけを聞こうと待っていた。

「それは忙しいところを呼び出して申し訳ない。外でもないが、粕川の近くで村人が一人殺された。我が門人だ。武田の忍びらしく、目的は分からないが指示を出しているのは真

田の幸隆・昌幸親子と思える。岩櫃に指示する者がいるらしく、名胡桃城下に配下の隠れ家があるらしい。その者達が何を目論んで動いているのかを知りたい。北条、上杉、それに武田の真田が動いている様子。それらの相手が掴もうとしている情報を知っておくことも大切だと思っている。地元民などの噂話の中から何かの情報を得て、その裏を取っておく必要があるのではないかと思っている、その点をしっかり頼む」

一傳斎の指示を聞いた重造は、

「先生、よく沼田の方の情報まで得て対策を講じてらっしゃいますね。このような時期、我らにしても新しき情報は大切です。ただ、今は探索の人手が足りなくて、何処の族長も困っているらしく、我らも既に五年ほど前に引退した者まで駆り出しています。武田の忍びも、今は若造の織田信長台頭に危機感を持ち、近辺の諸侯と情報のやり取りや連携を深めているらしいです。考えられることは、武田も上京を目指してその対策に苦慮している模様。忍びの者の本拠地、伊賀・甲賀でも多くは此方に回す余裕はないと思われますが、真田は独自の忍びが何人いるかが分からず、油断できないところではあります」

長七郎は、頭を軽く上下に振りながら、

「重造、色々な噂によると、沼田万鬼斎は臣下の心を完全には捉えていないようだ。万鬼斎本人、気まぐれなところがあり、自分勝手な我が侭な行動はよいことではない。この混迷の時代、勝手な動きをしてこの時代に生き抜けると思うか。ともすると、沼田一族は気付かぬ内に力を失っているのかも知れない。武田は信濃で上杉との争いで大変なわけだが、真田は中々の痴れ者、何を考えているか分からない。だが沼田の万鬼斎の地盤を狙っているのは確かだ。万鬼斎は真田に狙われ、北条に牛耳られ、そう長くは続かぬかも知れぬ。このままではこの辺り周辺は、北条、武田などの大国に呑み込まれてしまうかも知れない。お前達も自分の身を大切にするには、己自身の引き際が大切だと思わぬか」

重造は長七郎が何を言うのかと耳を傾けていながらも、自分のことを考えれば、長七郎の話は思い当たらずでもなかった。更に長七郎の話は続いた。

「お前達、草の者が忙しくなるということは、近い内に戦が始まる前兆だ。お前達も含めて多くの人間が死傷する。今のお前達の雇い主、沼田万鬼斎が万一滅びた場合、お前達はどうなる」

「雇い主が戦に負ければ、大方は死ぬか、流れ者として何処かで隠れて生きていく外ありません」

「それで、お前達自身は満足できるのか。お前の一生は、母親がお腹を痛めて産み落とし、愛しいと思いながら育て上げた。親達は、それなりに生活が苦しくて、思うようにしてくれなかったかも知れない。しかし、一人前になって元気で生きていてくれればと、恵まれた人生を掴んでくれと願っていることを思えば、荒れ果てた粗末な生き方をしては親不孝というものだ」

重造もそれは分からないでもなかった。

「先生、今更お説教を頂いても遅いですよ。それよりも、先生としては道場と屋敷の防塞が大切、皆が安心できる対策はできているのですか」

長七郎は、この野郎生意気なことを言うと思いながら重造の顔を見ていたが、笑いながら、

「そのことは、お前に話すことではない。危ない、危ない、お前に大切な屋敷の情報を盗まれるところだった」

その笑いにも困惑した思いが籠もっていた。重造はむっとした様子を見せた。

「先生、それはないでしょう。俺達はまだ信用されていないのですか」

横を向きながら、低い声で不満顔を見せた。長七郎はそれに気付いて、

「済まん、今の話は取り消しだ。つまるところは俺にも自信はない、分からんのだ」

長七郎は笑いで誤魔化していた。

重造と話をしながらも、どのようにすべきか、確信のない自分の計画に実際戸惑っていたのだ。近頃の見えざる水面下で進む世の動きに、自分なりに気付いた事柄、注意すべきことを話していた。暫く間を置いてから、

「重造、生きることに魅力がなければ死んだ方がましかも知れないが、何の意味もなく、ただ何がしの金を貰って大切な命を捨てて死ぬことに、お前達は満足できるのか。何の目的も持たずに野垂れ死にするなら、一人の人間としてあまりにも惨めなことだ。己が死ぬ時は、自分でその死を生かす方法もあるのではと思う。自分の死を誰でもいい、心から感謝してもらえるような死に方をする。また、生きることによって誰でもいい、全くの赤の

他人にでも、お前達の行為が心から感謝されればと思う。同じ生死を懸けた戦いでも、己が戦うことに生き甲斐を感じられるなら、その生死に無駄はなく、自分を生かすことができるのではないか」

話の内容は、聞きようによっては何か裏があるとも思える。重造としては、言われている意味は難しかったが、幾分分かる気もした。

「先生、大分難しい話になってきましたが、俺達にはよく理解できない。自分をもっと大切にと言われると、俺達は何をすれば良いかが分からない」

と溜め息をついた。暫し二人の間に静かな空気の流れがあった。

時を置いて顔を見合わせると、お互い声を上げて笑い出した。そして重造が、

「俺達は夢や希望は何処かに忘れてきたかな。俺達だって人間らしい夢も見たかった」

「重造、これからでも遅くない。大切に生きればまだ二十年、三十年はあるぞ。今生きていることと、これから見る夢はお前達の大切な宝物だ。しっかりと考え、自分を大切にしろ」

笑いながら一傳斎は重造の顔を見詰めていた。重造に考える時間を置いたつもりだったが、返事はない。

「里の人達が戦火を避け、安全に暮らせることが、俺の仕事だと思っている。村人がいつかは俺のこの思いを知って、感謝してもらえることが、我なりの夢であり生き甲斐さ。お前の命も使い方によっては大切な命なのだ」と言ってにっこり笑った。

「ところで、来てもらったのは外でもない。作次郎の死を無駄にしたくない。何故殺されたかを調べて、これ以上犠牲者を出さないように対策をとるためじゃ。お前達、蛇の道は蛇の諺もある。俺達には分からない裏道も知っているだろうと思うから、少し知恵を貸せ」

「分かりました。先生の指示を第一にこの胸に納め、できる限り調べ上げます」

「そうしてくれるか、いつも無理を押し付けて済まん」

一傳斎が頭を少し下げていた。

「私もまだ、今の親方を通して多少なり手当てを貰っているし、生活も懸かっている。ただ向こうの仕事もやることは一緒で、報告することが多少違うだけだ。仲間四人と必ず協力しますので、差し詰め、何を調べるのですか」

「作次郎を殺したのは、多分真田の草の者の組織だ。その動きをよく知りたい。この件に関わることは命懸けになる。相手も忍者、あまり深入りして気付かれるなよ。我が道場もあいつらの敵にされたくないが、あいつら組織には協力もしないつもりだ。だからと言ってお前達の親方も手伝わない。それが俺達のただ一つの防衛策だ。俺の思いは罪のない弱い人達を戦禍から守りたい、というのが今の心情だ。分かってくれ」

突然厳しい表情になって訴えていた。

「長七爺、俺達の命は爺に預けるから、信じて使ってくれ。俺達に役に立つものがあるのなら、遠慮はいらない、生きた使い方をしてくれ」

重造の眼は何故か輝いていた。

十一　隠し子

浅山一傳斎の岩屋住まい、殺伐とした世相にあって、一つの地域を戦禍から守り平和を維持することに腐心しながらも、山中での侘しい独り身の生活は、他の人から見れば変人としか思えない。何を好き好んでと奇異に思う人も多い。しかし長七郎は粕川近辺の者にとっては粗略にできぬ存在で、村人から強く頼られていた。

そのような長七郎にも人の知らぬ、誰にも語ることのできない過ぎた日の出来事があった。一傳斎として生涯忘れることのできない過去である。

それは、今から二十年ほど前に遡る。まだ三五郎と親の付けた名で通っていた時代、長い浪々の生活から目を覚まし、自分の生き方を見直す年代に入っていた。それまではただ強くなりたい一心で、剣の修行と言いながらも、各地の戦場で命を楯に無謀にも戦っていた。三五郎なりに、それが何のための修行なのか自問していた時でもあったが、答えが見つからなかったのだ。

当時の武術修行と言っても、後世のように剣法の道場などはなかった時代である。度胸と腕力だけで戦場に出て、命を懸けて戦う経験が修行であった。常に諸大名の権益を懸けての戦場であった。自分にとっては戦の正・不正など念頭になく、ただ雇われ兵として命を懸けた戦いが腕を磨く場であったのだ。

但し、今、無事で生きているということは、運が良いだけなのではないか。負け知らずといえども、いつかは破れる時が来る、と初めて自覚した頃だった。幾度かの戦いの最中、これが最後との危機に遭い、死を覚悟した時の自分を思い出し、見詰め直していた。これが我が身の最後と意識した時に、諦め切れない自分を知ったのである。

このまま死を迎えれば、我が生涯には何も残らない。最期、山野に晒される我が身を思えば、我が人生が味気ないものになってしまう、と寂しい思いが湧き上がってきたのだ。生きている内が自分であって、死をもって己の人生の全ての良し悪しが決められる。何が生き甲斐だったかは分からないが、何となく人生に悔いが残る思いがあった。自分の生き方や考え方に幾らかの変化があったのか。その時、三五郎にも自分を省みる心が生まれていた。

今まで多くの者との命を懸けての戦いで、相手に再起も覚束ない怪我をさせたり、死に至らしめたりと、あまり後味のよくない戦いをしてきた。戦いに勝っても一時の勝利感を味わうだけで、時が経つに従い殺傷した相手の姿を思い出すことがあった。何の恨みもない者と対面した時に、湧き上がるような殺気が先に立ち、ただ勝つことだけしか念頭になかったのだ。

その結果、勝って勝利感が消えれば、幾らかの手当てが入るだけで後は何も残らない。争いに勝っても、一頃のような勝利感はなく嬉しくもなかった。ただ自分だけが死を免れ、多くの人が倒れるだけ。一時の勝利感が直ぐに消え、俺は運が良いと思う自己満足も消え、後に残るのは暗く寂寥とした冷たい空白だけであった。

今の俺は、誰と立ち会っても退けを取らない自信はある。しかしこの道で、剣を通じて人を倒すことが勝利という、一瞬の思い以外に心に残る満足感はなくなっていた。これから先、今までに得た剣の道を生かして、如何に生きるべきかを考えるようになっていった。

年を経ると共に心の持ち方、己の生き方を考えるようになっていたのだ。大人としての心構えや己独自の考えが生まれていた。幾分心に余裕ができれば誰しも考えることは同じだろう。今後の生活をどうするか、何処かに落ち着いて人間らしい生き方、暮らしはあるだろうか。殺人剣、人を斬るための武術を生かした生き方を考えねばならないと思うようになっていた。

実家からも、現在の有り様を心配して落ち着くようにと言われていた。剣の腕を生かして、何処かの武家のもとに務めるのが一番だが、気侭な放浪生活と責を負わない日常に慣れた者が、上司の指示に素直に従っていけるものか。果たして自分にそれが務まるのか疑問だった。

自分を見詰め直すものの、己が将来どう生きるべきかに迷っていた。元々自分にできることは剣の扱いと、戦場に出て暴れ回ることだけである。それ以外は、子供の頃に無理にやらされた農業の手伝いぐらい。だからと言って今更百姓にもなれなかった。

そのようなことを考えながら、厩橋（前橋市）の街中を彷徨っていた。特別これと言った目的もなく、今夜の宿は何処にするか、小さな城下の街中を三五郎は漠然と歩いていた。やがて街の片隅から聞こえてくる弱々しい木刀の触れる音を耳にして、何気なく引き寄せられるようにその方に近づいていった。其処は、当時としては珍しい寂れた道場であった。剣の道場は全くと言っていいほどなかった時代である。

これが道場かと思えるほどに小さな建物の高窓から、何となく中を覗き込んでいた。そして、鄙びた道場の侘しい看板を何気なく見ると、「京流無心派、岸源信道場」と書かれていた。この頃はまだ、剣の流派などには興味もなかった三五郎である。

中から聞こえてくる聞き慣れた木刀の音は、それのみに生きてきた三五郎には、無視して通過できなかったのだった。中を覗くと門弟も少ないようで大方は町の商人であろう。若者や子供が多く、剣の道のみを歩むような門人は見当たらなかった。これは大した道場ではないとは思ったが、その身はいつの間にか、引かれるように玄関口に向かっていき、侘しい門を通っていた。

門を潜ると、奥行き四間ほどの広くもない道場の玄関先であった。この道場の当主と思われる人物が上がり框に腰を下ろしていた。生気のない目が此方を見ていた。玄関先まで出て来て、入って来た者がいるのに何も言わない。三五郎も別に用事もないのだが、黙っていても不審がられると思って、心にもない入門を申し込むための条件などを聞いていた。

当時はまだ三五郎時代、少しは大人の考えもできるようになっていたが、まだ若さが先走っていた。今まで歩んできた経緯もあり、剣の扱いに自信もあったせいか、三五郎の言葉には多少横柄なところがあった。

三五郎は、その気もないのに無責任な入門を申し入れたが、此処は自分の来る所ではないと最初から思っていた。胸の内では適当なことを言って立ち去ろうと考えていた。

玄関先にいた人物を改めて見ても、此処の道場主に間違いないと思われる。その道場主が静かに三五郎を何者だという顔つきで見ていた。明らかにその身は健康を害しているのが分かる。興味半分、入門の意志を改めて述べると、それでも月謝のことなどに対応してくれた。その静かな対応に何か惹かれるものを感じる三五郎だった。

岸源信道場主は年配でもあり、その姿から病弱の様子が見て取れた。どちらかと言うと、若い弟子達を既に持て余している感じすらした。年齢的にも男の盛りは過ぎている。当然、若手の過激な剣の指導は務まらないように見える。老いと病が身体全体を覆い、少なからず衰弱しているその姿である。それでも道場主の直接の対応は意外だった。巷に見る剣の指南者のように強がりを見せる高慢なところがなく、若い者として見下げるような態度も見せない。その様子に今更何でもないとは言えない三五郎としても、改めての挨拶となっていた。

道場主は暫く三五郎を見ていたが、「お上がりください」と丁寧に迎え入れた。

三五郎は道場に通された。此処の道場でも定法通り身分や生い立ちを質し、一種の技能の検分もあった。

あまり広くもない町道場、子供達が遊び半分の稽古をしていたのだが、三五郎が中に入ると静かになり道場の隅に並んで座った。しっかりと教育はできているようだ。三五郎は早速腰の刀を木刀掛けに掛け、検分を受けるため木刀を手にしていた。握り具合を見るため一振り振ると、それを見ていた道場主が、

「そなたの入門を認めます。入門料も月謝もいりません。但し、この道場においての代稽古、師範を務めてもらいたい。少ないが指導料も払うが如何かな」

聞いて三五郎は驚いた。あまり乗り気のないままの入門申し込みに対して、代稽古の話に飛んでしまったからだ。三五郎は少し戸惑ったが、実は今夜の宿も決まっていなかった。実際はどうでもよかったのだ。これからどうしようかと迷っていた時であり、我が身の置き所など決めてはいなかった。幾分投げやりな気持ちから、差し当たり今夜の休む所のことを考えれば、まあいいかと。暫く時間潰しにはなるか、自分の取るべき道が決まるまではいいかと思った。

結局は、申し出を受けて、翌日からずるずると師範代を務めることになったが、その時は長く留まるつもりは全くなかった。しかし自分の腕を試しもしないで、木刀一振りで師範代に迎えるという道場主。真実、何処まで信じて良いのか、三五郎としてもさすがに疑問を持った。

稽古に来ている門弟はと見れば、子供と町の恵まれた商家の若者が、商売の合間に来て

遊び半分に木刀を振っていた。道場主はそれらの動きを見て、言葉で指導はしているが、木刀を手に取っての指導は滅多にやらない。

稽古中の門人にそれとなく道場主の身体の様子を聞けば、心の臓を患ったらしく、過激な動きはできなくなっていて、昔の面影はないとのことだった。現在はこの近くの人達によって支えられた道場のようで、その中で静かに生きている人物と聞いた。

三五郎には代稽古に望まれた意味が分かった。三五郎としても、いつかは自分の道場を持ちたいと考える時もあったので、その日のための経験にもなろうかと思い、暫く居続けることにした。


三五郎が岸源信道場の代稽古をするようになって、早いもので半年が経っていた。

三五郎の道場での日常は、門人とも言えない子供達の訓練に真剣に取り組んでいた。道場内での素振りの稽古に入る前、若い門人や子供達には一里程度の駆け足が規定の訓練に加えられたが、あまり人気がなく不平を言う者もあった。それでも子供達は元気だ。命じた駆け足から帰ると、基本通りの素振りをする。また、若者達の訓練と指導も厳しくなった。三五郎の指導は真面目であった。中には、そのために辞めていく者もいたが、話を聞いて新たに入門してくる者もいた。道場内には少ずつ活気が生まれ、全体的には門弟が少ずつ増えていて、何とか道場は現状維持していた。

しかしこの時代、道場と言ってもまだ剣の技能を磨く所は少ない。商家の物置に手を加えたような建物は旧く、大分くたびれた道場の姿に人からは甘く見られていた。修行中と称する浪人者の他流試合の申し入れは草鞋銭稼ぎが多かった。源信はこれまでは試合の申し入れは断り、草鞋銭は払わなかったし払うお金もなかった。断わると、さんざん罵られ看板などは外され足蹴にされていたようだ。それでも源信はその看板を静かに拾い上げ元の場所に掛けていた。それを見ていた者達は源信の腕を少なからず蔑んでいた。

源信はそのことはよく分かっていたが、此処三年ほど心の臓を患い、余命いくばくもないことを自覚し、過激な動きはできなくなっていた。それ故に将来、剣の道に進まんとする者は他の道場に移っていった。

腕のある門弟は見当たらなかったが、三五郎が代稽古を始めてから、流派の違いで筋は少し違うが、しっかりした剣の道場らしくなっていった。噂を聞いて真に剣を学ぼうとする門弟も入門したため活気が生まれ、研鑽の場、剣の道場らしい雰囲気が生まれていた。

既に自分に先のないのを悟っている源信は、自分の学んだ流儀は深くは伝えられないが、三五郎の持つ剣の扱いに不満はなかった。道場が果たしていつまで続けられるものか。自分の命がいつ果てるか、それほど長い年月ではなかろうと自覚していた。

三五郎は思っていたより良い技能を持っていた。短い期間ながら、この道場は三五郎にそっくり引き継がせても良いと思っていた。夜など二人だけの時は、少しずつ京流の奥義も、他の話題と共に語られそれとなく伝授されていた。

此処に来て三五郎の技能は、新たに教える・指導するという立場を得て成長を見せていた。源信としては三五郎に自分の持つ技能の全てを口頭で伝えようとしていた。そんな道場主源信の考えを少しずつ感じ取っていた三五郎である。道場にあって、更なる存在感を見せていた。源信も剣を合わせての指導ではないが、手に取るように口頭で京流原派の極意を伝授していた。

新たな指導のもと、三五郎は何を思ってか、この時点で名を浅山内蔵助と名乗り始めた。定まった住居に落ち着いたことで心のゆとりも生まれてか、しっかりとした剣の道を求め、門弟の指導の合間を見ては新たなる剣の扱いを探っていた。

時たま道場破りを目的に試合を求めてくる者もあったが、今では、誰でも喜んで三五郎が応じていた。代稽古の三五郎は強い、多くの道場破りを目的に訪れる剣客は逆に打ち負かされ、指導料を請求され退散していた。

真夏を迎え、このところの暑さに町全体の動きが緩慢になっているようだった。

日中の岸道場は子供達の遊び場のような所でもあった。道場稽古と言っても、三五郎の訓練は子供達には人気があった。遊んでいるような訓練指導は子供達を飽きさせない。今も子供達にいつもの駆け足の指示を与えておいて、三五郎は井戸端に出て、動かなくても出て来る夏の日の汗を拭っていた。

道場の傍の井戸は、この辺りに住む人達が共同で使用するものだった。町場の貧乏長屋に住む女達の、世間話や巷の情報交換の場でもある。何軒もの人達がこの井戸を使っているので、三五郎は近所の女達とも既に顔見知りになっていた。

三五郎が来てからは、何か集落の井戸端は活気づいていた。道場の中のことについては、近くの商家の人達はあらまし知っている。当然新入りの師範代はまだ若い生きの良い男、女達も直ぐに気が付いていた。寂れた道場の大きな変化に話題は尽きなかった。

内蔵助と名を変えた三五郎は、生死の境を彷徨ってきただけに、締まりのある顔立ちで男らしい。代稽古として迎えられたことは、長屋の新しい話題にもなっていた。無口の方ではあったが、気軽に挨拶はするし、時には井戸の水汲みも手伝うような優しさもあり、男ぶりも悪くない。武道で鍛えた締まった肉体。色白で面長の顔には凛々しさがあり、男らしいその容姿は女達には好ましいものであった。

三五郎はいつの間にか近所の女達の人気者となっていた。時には食事時に煮物の菜などが届けられるようにもなっていた。

剣の指導も次第にその実力が知れ渡り、その道を目指す真の門弟も増えていた。また、町のならず者なども、今までのように近くに来て野次を飛ばすこともなくなった。長い間、不法な因縁をつけられたりして困っていた人達も、道場に来て内蔵助と名を変えた三五郎に助けを請えば、多くは簡単に解決してくれるので町の人達にも人気があった。

最近では三五郎が井戸端に現れると、大した用事もないのに女達が集まり賑やかになる。夕方など、井戸端に多数の人が集まり騒がしくなるが、慣れもあってか、女達にもてる三五郎は多少は浮かれた気分にもなる。但し、多くはお内儀さん、いわゆる小母さんである。彼女達の話し相手にされてしまうと後が大変だ。適当に話を合わせていると際限なく時間が過ぎていく。その場を離れるきっかけが中々見出せないのだった。

そうこうしながらも、落ち着いた日常を過ごす三五郎こと内蔵助にも心に余裕が生まれ、人並みの人間に戻っていった。いつの間にか、ゆとりを持って道場の周りを見る目も生まれていた。

道場の立つ位置は、商家の多い街の中心地に近い。道場も長屋と共に道路に面していたが、長屋の並びの向かい、大通りを挟んで大小の商家が並んでいる。隣には井戸があり、この井戸と通りを挟んだ向かいに旧い大きな商家があったが、その店は商売が繁盛しているようには見えなかった。其処の商家には、いつしか三五郎が気を惹かれた娘がいた。

その若い女が隣の井戸端に来ることはなかった。厩橋の宿場でも旧く大きな店だけに、商家専用の井戸があり此方の井戸に来る必要はなかったからだ。店先に出て道路の掃き掃除などをしている娘をそれとなく見かけたが、その容姿から奉公人ではないと思っていた。その店の娘に違いなかった。三五郎好みの美人である。

三五郎は最近その娘に心惹かれ、日が経つに従い更に気になっていた。しかし、改めて顔を合わせることもないし話をする機会もない。偶然に目が合っても三五郎には声を掛けることもできず、その知らぬ振りをして自分の気持ちを気付かれぬように眺めるだけだった。三五郎の初恋は片思いであった。

長屋の女達からそれとなく聞くと、昔は盛大にやっていたらしいが、現在は開けたり閉めたりの状態だという。店の主人は身体が弱く、今はほんの少し麻を扱っている程度だという。旧家らしいが、今は活気を失って暗く沈んで見えた。

三五郎はその娘に心惹かれながらも、自分が恋しているとは気付いていなかった。何分にも経験のない初めての恋であった。三五郎としてはどう処していいかも分からぬ、声を掛けることもできぬ気の弱さ。近づくこともできず娘との間に恋の進展はなかった。

そんな思いを抱き始めてから一ヶ月ほど経っていた。

道場の一日が終わり暗くなると、いつも通り三五郎は道場を閉めてから、毎日の日課として一里半ほどの道程を駆けていた。それは、雨の日も風の日も休むことはなかった。我が身の体力の減退を避け、その維持に努めていたのだ。

今日も秋風が強く感じられる中、宵の走りを終わっていつものように井戸端に来ていた。そして流れた汗を拭きながら、気になる商家に自然と目を向けていた。辺りは暗くなってはいたが、いつも通り変わりない周りの様子を眺めた後、道場に向かおうとしてふと足を止めた。一瞬、少し気になる光景が目の奥に残った。向かいの店の脇にある裏木戸が、しっかり閉まっていないように感じられたのだ。

いつも商家の女のことを気にしているので、少しの異変ながら気が付いたのだ。三五郎は人目を気にしながらも、人影のない道路を経てその裏口に近づき木戸を見ると、戸締まりがされてなく僅かながら開いている。完全に閉められた状態ではない。これは無用心と思ったものの、暫く立ち止まって考えていた。気になるので、辺りを憚りながらも木戸に手を掛けてみると難なく開いた。中を覗くと闇が広がり誰もいる様子はなかった。商家としては大変無用心だと思いながら、家人に注意をするつもりであった。

善意の行為であるのに、人の屋敷に黙って入り込む自分を盗人のように感じてしまう。忍ぶように勝手口と思われる所に近づくと、戸の間から明かりが微かに漏れている。そっと近づき覗き込むようにしながら、勝手口の戸に手を掛けると、手を掛けた戸も簡単に開いた。三五郎としては自分の行為に覗き見の不遜を感じながらも、一種の不審を抱いた。戸惑いと、直感的に何か言い知れぬ戦慄を覚えていた。

異常を感じながら更に中をよく見ると、見慣れない人の影があった。若い男のようであった。尻をはしょった、この店にはあり得ない男の姿だった。

更なる不審を感じながら、ゆっくりと戸を開けて足を中に踏み入れた。その途端、薄暗い闇の中から何かが飛んできた。土間に這うようにして身を伏せると、一尺ほどと見られる匕首が、開いた勝手口から飛び出していった。

その時、女のものと思われる短い声も聞いた。その声に異常を感じ、三五郎は勝手口から土間に向かって走った。中は行灯の明かりが一つ、薄暗いが暗闇の中から走り込んできた三五郎には明るく見えた。広い店舗の中は、麻を入れた菰(こも)袋が三個置かれただけの広い土間であった。しかし、その現場を見て驚いた。

眼前で目にしたその光景に三五郎は息が止まる思いであった。初めて目にした男女の重なり合う乱れた姿に大きな戸惑いを感じ、咄嗟にどうすべきか迷った。上半身裸の若い女に、男が覆い被さるようにして乗っている。三五郎が入って来たのに気が付いて、男は此方を向きながら大きな声で何か喚いた。仲間と思われる男も数人いる。その男達に向かって腰を上げて立ち上がり怒鳴った。その言葉を聞いて、少し遅れて三五郎は現実に気が付いた。女を足元に置いたまま立ち上がった男が喚いている言葉の意味が分かったのだ。仲間に向かって、

「手前ら何している。入って来た邪魔者など叩っ斬れ」

怒鳴ったその声で三五郎は我に返った。最初に匕首を投げた男が長脇差を引き抜くと、それを手に三五郎に向かってきた。今、この大変な状態がはっきりと分かった。

怒鳴られた男が何の躊躇いもなく、三五郎めがけて長脇差を振って迫ってきた。三五郎は「危ない」と感じながら、宵の口に走る時だけ身につける一尺五寸（約四五センチ）の短い脇差を引き抜くより速く、その男の振り下ろす長脇差を払い、その男の右の腕を切り落とした。男は奇声を発して上がり框から転げ落ちた。男は倒れたまま、血のほとばしる切り落とされた腕を左手で抱えもがき苦しんでいた。そして、「やられた」と叫びながらわけの分からぬことを喚いていた。三五郎はその姿を無視して、「何奴、お前達はこの家に入った賊徒だな」と言いながら、女の上に乗っていた男に向かった時は、男は素早く立ち上がっていた。傍にあった脇差を手早く抜いて三五郎に向けたが、目の前で自分の仲間

に対して見せた剣捌きに、一瞬躊躇いを感じていた。

その場に倒れていた半裸の女を脇下に抱え上げて、三五郎の太刀打ちを避けるための楯とし、更には女に刃を向けながら三五郎に対して、「手前何処の若造だ、余計な邪魔をしてくれたな。この女はお前の女か、それ以上近づくと女の命はないぞ」と喚いた。三五郎は男の啖呵よりも、女の半裸姿を見て息が止まった。女は三五郎が強く惹かれた思い人、その女の乱れた姿だった。体中に血がたぎってくるのが感じられた。一瞬、女の裸身に自分を失い、何故か身体の動きが利かなくなっていた。躊躇いが一時その動きを制止した。

その時、別の男が黙って三五郎の背後から近づき、同じように脇差を構えて振り込んできた。三五郎は其処で初めて我に返ったが、考える余裕はなかった。剣の道で鍛えた腕は直感的に躊躇うことなく身を沈め、一太刀で男の脇腹を引き裂いていた。男はその場に鮮血を散らしながら、脇腹を押さえて躓くように倒れた。そして断末魔の苦しみに暴れ狂っていた。致命傷だったようで、その場でのた打ち回り呻いていたが、直ぐに動きが少なくなり痙攣を始めた。この一瞬の動きで三五郎は呪縛から解き放たれたようになった。

女を抱え込んだ男は、二人の仲間が一瞬の間に斬られ、言い知れぬ怒りに包まれていた。だが手際の良い相手の剣捌きに、自分の今の立場に気付いた。

逆に三五郎は、自分の発する吐息が抜刀と共に発する気合いと同化していた。だが自分が今日にする現実に気付き、常々愛しく思っている女の乱れた姿に、言い知れぬ怒りが湧いてきて自制心を失っていた。抑え切れない怒りで殺気立った顔になっていた。

女を抱いた男はその形相を見て強い恐怖心を覚えたか、震える声で、それでも強がって喚いた。

「やい、よくも仲間をやってくれたな。女の命はないものと思え」

「やい、悪党。生憎とその女は俺には関係ない。斬ろうと殺そうと勝手だが、お前の身体もそのようにしてやる。間違いなく、女の身体を斬った箇所をそのままその通りに斬ってやる。分かったら早くやれ、お前の身体もそのままでは済まないんだぞ」

言われた賊は、自分が楯にしている女を斬れとは言われたが、言われたままには斬れない。この男の剣の腕は尋常ではない。間違いなく女を斬ったと同時に同じように自分は斬られる。男は、自分の身を守るのはこの女の体しかないことを悟っていた。

「寄るな」と言いながら女を抱え直した。女は既に生きているだけである。恐怖のためか意識がないのか、なすがままの姿は動く気配もない。今は抱えられたままで無抵抗である。男はその女の身体を引きずるようにして、店の表木戸口の方に向かった。

三五郎は離れず近寄らず、同じ間隔を開けて付いて行く。男の腹は分かった。今は女などうでも良い、出口に近づき逃げる算段だ。表戸は開いていないし閂が掛かっている。それを外さないと戸は開かない。閂を外すため、女を抱えた手は一瞬放さなければならない。三五郎はそれを既に読んでいた。その時、賊徒は女を手放すだろうから、斬るのはその時だと考えていた。幾分気持ちに余裕もできたし、しっかり事情も飲み込めていた。

更に余裕を持って見渡すと、老人と思われる人物が倒れているが意識はあるようだ。その奥の部屋には別に女がいる様子。店の奥の縁側寄りに店の者と思われる男が倒れている。その男の前の上がり框に、物盗達が持ち去ろうとしたらしい品物が置いてある。押し込み強盗であることは判然とした。

女を抱えた男は入り口に近づくと女の手を離し、閂に手を掛けて表戸を押し開けた。三五郎の読んだ通り、男は戸が開くと女を突き放し、潜り戸から一目散に闇に向かって逃げ出した。三五郎も直ぐに出口に向かって走った。戸を風の如く潜ると脱兎の如く男の後を追った。

三五郎のいつもの宵の駆け足がこの時は役に立った。時を要さず、一丁と走らぬ内に賊徒に追いついていた。盗賊の首領と見える男は観念したのかその場に身を伏せると、

「ご勘弁を、お願いします」

刀も何も放り出して、その場に座り込んでいた。追いついた三五郎は一瞬の躊躇いもなく脇差を振り下ろしていた。目の前で見た女の惨めな姿と、三五郎のその女への思いが絡み合い、激しい憎悪が湧いて気が立っていた。

「悪党が」

その一言で男の首は飛んでいた。その転がり落ちた生首を、道脇の溝の中に蹴り込んだ。目にした自分の思い人の乱れた姿が三五郎の憎悪を掻き立てたのだった。首のない男の身体が痙攣を起こしているのを横目で見ながら、急いで商家の店先に戻った。戸は開いたまま、中に微かな明かりだけが見えていた。隣の家の者が何かあったのかと、男が一人首を

出して辺りを見ていたが、何も気付かなかった様子で既に戸を閉めた。

　三五郎は急いで商家の中に入って行った。入り口付近で此処の主と見える年配の男が娘の介抱をしていた。年老いた下男とも見える男が怪我をした盗賊に、鳶口を持って逃げぬように見張っていたが、この下男も襲われた時に怪我でもしたのか腰は伸びきっていない。どうにか腕を切り落とされた男を見張るのがやっとだった。

　主が入り口で倒れている娘を抱え上げようとした。この家の主が泣き声を上げている。娘と思われる女を労わるその姿を見て、三五郎がその場に行くと、主は急いで娘のはだけた衣装に手を掛け胸元を整えながら女を抱え上げようとした。だが、その主自身も何処か怪我をしているのか、体を動かすのに苦心している様子。よろけながらも何とか手を動かし娘を抱えているが、定まらないその腰では持ち上げることはできない。

　三五郎はそれを見て親娘の傍に寄り、女の顔を見るといつも気にかけていた女に間違いはない。意識は朦朧としていて、今の自分の立場は何も理解できていない様子。両の腕を顕わにして、ありのままの肌を見せる胸元に、それでも無意識に襦袢の襟元を掻き寄せようとしているが、力のない真っ白な腕は思うように動かない。三五郎としてはこのような形で女の肌に触れるのは初めてであり、危険な物に触れるように遠慮がちに、父親の手から女を取り上げ抱え上げた。ずっしりと女の体重を両手に感じた。そして座敷と思われる方に運んでいった。

　此処の主であると思われる男は、動きから見てもこの娘の父親であると思いながら、「親御さんか、何処に運べばよい。見たところ娘さんには何処も怪我はないようだ。それより貴方の方は大丈夫か」と聞くと、「はい」と、その時はよろけながらも、主が先に立って部屋の襖を開けていた。三五郎は開けられた部屋に女を運び込んだ。その座敷には、先ほど垣間見た母親と思われる年増の女が、おろおろしながら寝具を整えていた。三五郎はその寝具の上に娘を寝かせ、顕わになった太腿に着物の裾を揃えて掛けてやった。白い太腿が自分の目に入るのを避けたいような心持ちだった。

後は母親が静かに布団を掛けながら労わるように話しかけていた。おぼろげながら幾らかは娘に意識は戻っていた。床に入り落ち着くと、本来の自分を取り戻した様子が見えていたが、後は小さく声を上げて泣くだけだった。

三五郎はその姿を見て、気もそぞろに直ぐ部屋から出ると、先ほど乱闘のあった店先を見た。徳と言われる下男が、それでもしっかり片腕の男を見張っていた。そして三五郎に向かって、「この悪人、如何致しますか」と聞いてきた。倒れている盗賊一味の男を見ると、腕の出血がひどく既に顔色はなかった。三五郎が男の脇差の紐を解いて、斬った腕の元をしっかりと縛って止血をしたが、男は自分で動く力は失せていた。

もう一人の男は既に絶命していた。三五郎は徳と言われた下男に至急医師を呼んでくるように指示してから、死んだ男の方に、土間の隅の方にあった商品の麻を包むと思われる菰を掛けた。

三五郎にとって、一瞬の出来事ではあったが、とても長い時間が過ぎたように感じていた。何か悪い夢を見たような気分であった。

まだ宵の内、医師も起きていたとみえて直ぐに駆けつけてきた。このような田舎町、大した医者はいない。藪医者だが怪我の治療は病気ではない。生き残って片腕になった男の顔を見ただけで医者は首を振っていた。手を尽くしても助からないということだった。それよりもと、下男の徳と呼ばれた男の怪我の手当をして帰っていった。

その後、町の世話役が来て後始末をしていったらしい。この時代は奉行所のようなものはなく、事件を通知する所もなかった。町中を仕切っている顔役の指示で三人とも何処かの無縁墓地に埋葬されたらしい。三五郎は其処までは関わらず、そのまま道場に黙って帰り道場付きの小部屋で横になっていた。夜更けとなっていた。横になったが何故か寝付けなかった。今までも人は何人も斬ったが、このようなことはなかった。気持ち良く睡魔が襲ってきて直ぐに別の世界に入っていたが、今日は何故か寝られない。何回も寝返りを打っていたが、益々目が冴えて眠気を感じなかった。

いつも気にしていた女の裸を目の当たりにして、その姿が頭から離れないのだ。女を寝かせた部屋を出る前に目にした二本の白い足がちらつき、ただそれだけのことなのに、三五郎の神経は苛立ち、冴えるばかりだった。

この事件が三五郎の人生を変えた。ひと月ほどして元気を取り戻した娘の於信は、初めて三五郎こと内蔵助の存在を身近に知った。

道向かいの小さな道場にいる内蔵助はたまに見かけてはいたが、今まで意識したことはなかった。あのような形でその男に我が身の危機を救われるとは思ってもいなかった。

この度、危機一髪のところを救ってくれた内蔵助の行為を知ったのだった。その時の様子を母親から聞かされ、自分の顕わな姿態を見られたばかりか、寝室まで抱えて運ばれてきたことを思えば、羞恥と共に体中に熱いものを感じていた。

麻問屋の娘、於信の気持ちは時が経つに従い、内蔵助への感謝の気持ちを超えて、慕う思いへと高まっていった。あの夜の危機に瀕した際のことを知るにつけ、内蔵助を慕う心は強い恋慕に変わっていったのだ。その娘の気持ちを家族の者も理解できていた。三五郎に対しては親として特に異存はなかった。道場にあって、内蔵助と名を変えた三五郎の評判は近所の女達からも聞こえてくる。悪いところはないことは両親共に聞いている。店のことはともかく、娘の将来を託せる人であれば、娘の連れ合いとして異存はなかった。やがて、全てが許された二人の思いは達せられ、いつともなしに三五郎は於信のもとに通うようになっていた。

二人にとっては、予想もしなかった幸せの中、共にその行く末を語り合っていた。

やっと人並みの生活を掴んだ時から数日後、粕川沿いの中村丑田屋敷から使者があり、道場開設の話があった。それは厩橋に来る一年ほど前から丑田家当主より求められていた道場主のことであり、断わり難い条件の要請であった。

内蔵助こと三五郎としては現在の於信との関係から、既橋の岸源信道場を離れたくはなかった。当然、今の源信の体の状態では、三五郎が離れることは岸道場の閉鎖も考えなくてはならないし、それより何より、於信と離れて暮らすことは考えられなかった。

岸源信の道場に来る以前に立ち寄った際、中村の丑田屋敷で三五郎を迎えての道場建設の話が出た時は、三五郎は丑田屋敷の主、文衛門が本気で考えているとは思っていなくて、軽く承諾の返事をしていたのだ。半分冗談と思っていたのだが、文衛門は本気であった。既に道場は棟上げも終わっているという。三五郎にしては話がこんなに早く進むとは思っていなかったし、このことに関してはそれほど深く考えていなかった。どちらかと言うと、既に約束したことなど忘れていたのだ。しかし、文衛門にとっては真剣な真面目な話だったのだ。

話があった時に三五郎は、このようなことになるとは全く思わなかったので、確かに良いですよと軽く返事をしたのだった。しかし、丑田文衛門は本格的な道場の在り方などを三五郎から聞き、間取りや広さも聞いて、それを参考に建設設置を進めていたのだ。その時話に出た三五郎の考えた道場とは夢のある立派な道場で、自分の夢をそのままに描いた計画であった。文衛門はそれを参考にして立派な道場を建てていたのだ。

三五郎としては、今更断わることはできなかった。この事実を於信に話した。於信にとっては大きな驚きだった。しかし自分の意に沿わなかったが、三五郎の立場を考えた。

「私を妻として認めてくれるなら、その話引き受けてください。私も一緒に行きたいので

書　名				
お買上 書　店	都道 府県	市区 郡	書店名	書店
			ご購入日	年　　月　　日

本書をどこでお知りになりましたか?
1.書店店頭　2.知人にすすめられて　3.インターネット(サイト名　　　)
4.DMハガキ　5.広告、記事を見て(新聞、雑誌名　　　)

上の質問に関連して、ご購入の決め手となったのは?
1.タイトル　2.著者　3.内容　4.カバーデザイン　5.帯
その他ご自由にお書きください。
(　　　)

本書についてのご意見、ご感想をお聞かせください。
①内容について

②カバー、タイトル、帯について

弊社Webサイトからもご意見、ご感想をお寄せいただけます。

ご協力ありがとうございました。
※お寄せいただいたご意見、ご感想は新聞広告等で匿名にて使わせていただくことがあります。
※お客様の個人情報は、小社からの連絡のみに使用します。社外に提供することは一切ありません。

■書籍のご注文は、お近くの書店または、ブックサービス(0120-29-9625)、セブンネットショッピング(http://7net.omni7.jp/)にお申し込み下さい。

料金受取人払郵便

新宿局承認

7552

差出有効期間
2024年1月
31日まで
（切手不要）

郵便はがき

160-8791

141

東京都新宿区新宿1－10－1

(株)文芸社

愛読者カード係　行

|||||||||||||||||||||||||||||||||||||||||||||||||||||||||||||||||||

ふりがな お名前		明治　大正 昭和　平成　　年生　　歳
ふりがな ご住所	□□□-□□□□	性別 男・女
お電話 番　号	（書籍ご注文の際に必要です）	ご職業
E-mail		

ご購読雑誌（複数可）	ご購読新聞 新聞

最近読んでおもしろかった本や今後、とりあげてほしいテーマをお教えください。

ご自分の研究成果や経験、お考え等を出版してみたいというお気持ちはありますか。

ある　　ない　　内容・テーマ（　　　　　　　　　　　　　）

現在完成した作品をお持ちですか。

ある　　ない　　ジャンル・原稿量（　　　　　　　　　　　　　）

すが、今は此処を離れることはできません。貴方様にとっては大変でしょうが、月に一度でも良いのです、この私の所に来てくれるなら、私は我が侭は言いません。貴方様の妻として待ちます。いつかは貴方様と一緒に住める日のあることを望んで、それを待つことに致します」

もう一方の源信の方も大問題だったが、此処の道場の代稽古を引き受けるのに、特にいつまでとの約束事はなかった。しかし、一概に「はいそれまで」というわけにはいかない三五郎自身の気持ちがあった。源信としては、今、三五郎に出て行かれては道場が続けられなくなる。三五郎は悩んだ挙げ句、丑田文衛門には一、二年待ってもらおうと考えた。今の様子では源信も長く生きられるとは思えなかったからだ。

考えた末に、三五郎はありのままの思いを源信に話していた。すると源信は、

「三五郎殿、男が口にしたことは守らねばならない。中村に行きなさることです。この道場はこれ以上続けていっても先は見えている。この身体、生活のことについてはこの道場を処分すれば良いことだ。どう見ても長くはない命、その間くらいは何とか食っていけるだろう。俺のことは心配するな、中村に行きなされ」

と言われ、再び悩んだ挙げ句、渋々文衛門に了解の返事をしたのだった。

結果、内蔵助こと三五郎は、中村行きを機会に旧姓を捨てて浅山一傳斎一存と名を変え、中村丑田屋敷内の道場主となったのだった。そして於信との関係は約束通り、門弟指導の合間を見ては厩橋の商家に通っていた。二人は改めて祝言を挙げたわけではなかったが、

夫婦として誰も疑う者はいなかった。傍から見ても大変仲の良い幸せそうな夫婦だった。

しかし、そんな二人の幸せは長くは続かなかった。運命の於信との永の別れの時が迫っていたのだ。於信が一傳斎の子を宿し、喜びの中の初産の後のことであった。於信は元々身体が丈夫ではなかった。産後の肥立ちが悪く、於信は寝込んだまま起き上がることはなかった。初めは横になったまま生まれた子に乳を与えてはいたが、それは長い期間ではなかった。一傳斎の泊まり込みの介護の甲斐もなく、半月後には帰らぬ人となってしまった。


それから十七年が経っていた。於信の影は三五郎こと一傳斎の心を離れることはなかった。そんな夕暮れ時の一傳斎には、待ち遠しかった今日の日であった。

半月ほど前、この地方を季節外れの嵐が襲っていた。近辺の住民家屋には大きな被害があったが、丑田屋敷は大丈夫だった。しかし村内の田畑も荒れ、粕川も大きく流れが変わっていた。三五郎改め一傳斎は、村人と一緒になって災害の復旧に従事していた。

暫しの間、村中は大騒ぎであったが、ひと月ほどして災害復旧も終え落ち着いてきた。災害復興の采配を振っていた一傳斎にも、やっとゆとりの持てる時が来ていた。このところ天気にも恵まれ晴れの日が続いていた。当分雨の降る様子はない。陽の暮れる頃、珍しく一傳斎は山を下っていた。何の用事があるのか、今時分里に下りれば帰りは暗くなる。夜道が少し心配だが、暦を数えてみれば今夜は十一夜月、曇らない限り山道とはいえ全くの真っ暗闇にはならない。それを頭に置いての山下りである。

小さな城下町である大胡の集落を目指していた。大胡は城下町と言ってもそれほど大きな集落ではない。この地元豪族、大胡氏が新しく築いたばかりの城下であるが、その規模は城とは言えそれほど大きなものではなかった。土地の豪族、大胡氏の有するものであるが、大胡氏は今此処に在城していない様子である。事情は分からないが武蔵の国に向かったと聞いている。ある話によると、戦乱の世に飽きて城を捨てたものか（武蔵野の地、現在の埼玉県秩父市荒川久那字諸に室山城祉があり、其処は大胡八郎築城とも伝わる）。

この時の大胡城の在城主は北条旗下の新田氏の支配下にある者で、農民らからの年貢を取り立てていた。その大胡の城下の情報が得られれば、多少なりとも現実の姿が拾えるかも知れないと一傳斎は思っていた。そうした思いとは別に、今日の一傳斎は浮き浮きした気分になっていて、普段の戦備への備えはなかった。心惹かれるものを胸に、大胡の集落に足を向けていたのだった。

大胡城と言っても、のちの江戸時代の城郭とは違って砦と屋敷を兼ねたようなもの。城郭は広いが、建物自体はそれほど大きなものではなく、他の戦国大名との戦いに通用するようなものではなかった。これまでは上杉管領傘下にあったが、現在は一般領民には分かりかねる。今の大胡城は北条傘下の者が支配しているとの話もあり、城代の家臣と言っても前から城勤めしている農民出の中間に下働きの若者達多数、士分として扱われている者は十人程度で、その半数は大胡氏の元からの家臣だった。生き残りを懸けて領地の領有を維持しているわけではない。現在の大胡城は立地的にも大変難しい中にあった。

その大胡の城下に入ると、城主は誰の支配下にあるのかよく分からないものの、北条氏の息が掛かっているのは間違いないようだ。いずれかの家臣と思える小者が見回りをしているが、顔を合わせれば全く知らぬ顔ではない。元々は大胡氏の使用人、お互い顔見知り程度ではあるが、擦れ違いに頭を下げて短い挨拶程度の言葉は交わす。

城下の商人街も繁華街とは言えなかった。それでも街中には造り酒屋などもあり、昼間は近在の農家から買い物に出て来る農民で結構賑わう市があった。夜は数少ないが居酒屋が数軒、飯屋を兼業していて結構繁盛している。

長七郎が目指す小料理屋程度のものも他に二軒ほどあった。酒場があれば当然のように夜の商売を営む女郎屋があり、若者達や浮気親父の憩いの場となっていた。田舎町にもそれなりの夜の賑わいがあった。

長七郎が一年の内に五、六回は顔を出す小粋な小料理屋、店の名を千代松と言った。昼頃から簡単な食事を出して、夕方には小料理での食事と酒も出すが一人当て二本（四合）までという変わった店。五十の歳を過ぎたと思われる店主の松吉は、女房の於蔦に娘の千代、忙しい時は隣家の農婦が二、三人手伝いに来ていた。

この店の娘の千代が評判の看板娘。酒は二本までの厳しい縛りの料理屋なのに、遠く厩橋や赤堀、伊勢崎の方など遠方二里、三里の道のりを通ってくる客がいるほど評判の店だった。夕方五つの刻（午後八時）になると店仕舞いで、暖簾が外されて客は追い出される。と言っても店主松吉の客扱いは上手で、客はぶつぶつ言いながらも素直に帰っていく。

中には帰るのを渋って粘る客もいるが、この店の主の松吉、愛想も良いが一剋（何かというと直ぐ怒る）でも有名である。店の決まりを破り粘っても、力ずくで追い出だされてしまうのだ。

店主の松吉は身体は大きい方ではないが、中村の浅山一傳斎道場の古参弟子であり、長七郎が一傳斎を名乗る前の三五郎時代から、剣は共に鍛えた間柄である。

この店に来て誰にも何も言わせないだけの腕は持っていた。浅山道場内では商人ながら上位の位置にあり、今でもその地位を保つ立派な武術者だ。地元に住む者は誰もが知っていた。店に来て強く逆らう者がいないということは、必然と店の中で大騒ぎをする者もいないので、近郷の一般客は安心して来られる店でもあった。それに松吉の作る料理は人気があり、美味しいものを作る小料理屋として中々評判も良かった。

時々、上泉村から上泉伊勢守の道場の者が食事をしに来るが、師匠の信綱から強く注意されているらしく、店の中で問題を起こしたことはなかった。千代松にとっては上客である。

今日の長七郎がこの店に来た目的は、特別のものではなかった。店でゆっくりと過ごすのが一番の楽しみらしく、店が閉まるまで、時によると別扱いで泊まっていくこともあった。松吉夫婦は長七郎が来るとその都度泊まっていけと勧め、時によると話が弾んで朝まで話し込むこともあり、曙を見て慌てて布団に潜り込むことも多かった。また、二人の武辺話に、千代も遅くまで付き合っていた。こんな時間が長七郎の一番心を和ませる時であり、落ち着ける場所でもあった。

此処で、長七郎とこの小料理屋との、隠れた内々の話をしておかなければならない。この店は、十五年ほど前に浅山一傳斎によって建てられていたのだ。

一傳斎が若き三五郎時代、松吉と共に剣の道に夢中になっていた。松吉は箕輪の里の中産農家の三男であり、お互い気侭な立場。同じような環境の出である松吉と知り合い、仲の良い友となっていた。お互い家に縛られる立場ではない。若き血潮のたぎるまま、気の向くままに彼方此方と渡り歩き、喧嘩闘技と剣の修行を兼ねた、気侭な日常を共に過ごし遊びにいそしんでいた。

争い事の多い土地柄、時には共に戦場へ出稼ぎに出ては生活費を稼ぎ、戦場で武芸の技能を習得しながら、遊興費・生活費を稼いだりしていた。

一傳斎が剣技の腕を上げた若かりし頃、幼名の三五郎から勝手に内蔵助と名乗っていた時代もあった。その時代は戦場において実践で鍛えた荒々しい剣の使い手で通っていた。そのため、大きな商家や豊かな農家などの用心棒や争い事の仲裁、揉め事の解決など、若い身でありながら重宝がられていた。それなりの収入はあって、懐具合はいたって豊かだった。

また、大きく農業を営む実家からの仕送りもあり、生活するに不安はなかった。そのような一傳斎を箕輪の松吉はいつとはなく兄貴のように慕い、己の師と決めて、師匠に対するような態度で接するようになっていた。一傳斎はそれを嫌っていた。心許せる松吉とは同じ仲間としての付き合いを望んでいたからだ。

二人は変わらぬ関係を続けながら、浅山一傳斎の道場開きには最初の門弟は松吉となり、道場には滅多に顔を出さないものの高弟として扱われていた。

そんな一傳斎にも他人には知られたくない若き日の秘密があった。松吉の店の看板娘の千代が、実は一傳斎が内蔵助時代に於信との中にできた娘であった。一傳斎の人生にとって何物にも代え難い宝としている娘だった。一傳斎のただ一人の女、於信との深い愛情によって生まれた一人娘。これは一傳斎にとって誰にも言えない秘めたる宝であった。

その娘、千代を自分が親友と信じる松吉に預けることは、自分としては悲しく情けない思いもあった。松吉はその大切な一人娘の預け先であった。一傳斎にとっては、此処千代松が何よりも大切な場所であり、己と血の繋がった、ただ一人の娘千代の住む所であった。千代以外に自分の血を分けた者は他になかった。

生まれたばかりの娘の千代を何回か抱いた程度で、名を付けただけの父親である。一傳斎としては、物心ついた娘を自分の子として愛しく抱くことは少なかった。また、真実を伝えることもなかった。自分の傍に置いて育てたかったが、男一人ではそれができなかった。一番弟子の松吉夫婦に子供ができないのを幸いに養育を頼んだのだった。

このような事情から、千代を預けるに当たって、この千代松の店を造って娘を預け、養育の全てを任せたのだ。松吉は女房の蔦と苦心して小料理屋を繁盛させていた。自分達夫婦に子のない松吉は、千代を実の子として育てた。松吉達の娘と信じ誰も疑う者はいなかった。千代自身も松吉夫婦の娘であると信じて暮らしていた。ただ、千代の大柄な容姿と、持って生まれた器量よしには誰も首を捻っていたが、真実を知る者はいなかった。

その実の親の一傳斎が、今日も店に現れていた。

長七郎を名乗る浅山一傳斎、まだ若き時代は剣に対する執念が深く、好きな女ができても女第一とは考えず、剣の道以上には愛することはできなかった。但し、於信をただ一人愛し、他の女に心惹かれることはなかった。そんな於信との短い同棲期間の果ての永の別れであった。運命に逆らうことはできなかった。永遠の別れとなった後も、於信を愛しく思う一傳斎の心は変わらぬままであった。

於信の死は、三五郎こと内蔵助時代の耐え難い衝撃的な別れであったが、於信の実家でも一人娘の早死にを深く悲しんだ。於信が残した子、孫である千代はその両親に預けられていた。於信の父は店の跡取りであったが、身体は丈夫ではなく間もなく亡くなってしまう。続けて母親も亡くなり、千代は健在であった祖母が育てていた。だが、祖母も一年と経たぬ内に、於信の両親の後を追うように亡くなってしまった。千代の父親である内蔵助は、我が娘千代を自分では育てることもできず、困り果てた。

病気がちの年取った祖父に乳のみ子を預けるわけにもいかず、一傳斎は迷った末に、三日と空けずに道場に顔を出す、まだ子のない松吉夫婦に相談した。そして娘の千代を引き取ってもらったのだった。松吉夫婦は自分達に子がなかったので大喜びし、自分の子として育てることを誓い、一傳斎が付けた千代という名の娘を大切に育てていたのだった。一傳斎が娘、千代のことを忘れたことはなかった。しかし、千代を我が娘と思い育ててくれている松吉夫婦に気兼ねして、娘に会いに行くのはできるだけ控えていた。それに気付いていた松吉夫婦から、娘らしくなった千代に会いに来るようにと誘われていた。一傳斎は彼らの気持ちを嬉しく受け止め、最近になり、素知らぬ振りをして店に訪れるようになっていた。

一傳斎こと長七郎がこの店に来るのは、それとなく自分の娘、千代の顔を見に来るようなもの。千代本人は血の繋がりも何も知らないままに、父親、松吉の親しい友達である客としての一傳斎に懐いていた。時には長七郎との血の繋がりを知っているかのように、甘える仕草を見せながら迎え入れていた。

松吉夫婦も、他の客には煩いほどに注意はするが、長七郎が来た時には何も言わないし、自分の師匠としてそれとなく特別に面倒を見るようにと言っていた。時には千代に肩を揉ませていた。千代も何となく、両親の長七郎に対する他の人にない細やかなあしらいに、自分も他人のような気がしない。知らず知らずの内に甘えるようになっていた。そんな態度が長七郎こと一傳斎の何よりの慰めであった。

今夕も、長七郎が暖簾を分けて静かに中に入って来て、

「ご免よ、久方振りで山を下りてきた。入れてもらうよ」

その姿を見て、他の客のお膳を揃えていた千代が、「あら、長七小父さん暫く。今日はゆっ

くりしてくれるの」と笑顔で迎えた。

「今日は久方振りなので、少しゆっくりと千代さんの顔を見ながら、松爺さんの手料理を味わいに来た」

と言いながら、千代の顔を見る目は優しい。その後も店の中で働く千代の姿を、一傳斎こと長七郎の目が必要以上に追っていた。それは何とも言い難い優しさ溢れる老爺の姿だった。長七郎の気持ちとしてはいつも、此処に何日でも泊まりたい思いだった。

店も定時を過ぎると、早々に残りの客を追い出した松吉は、長七郎のご相伴をしながら、最近の大胡城下の動きなどを話していた。其処に千代が新しい猪口を持って来て、長七郎にお酌をした。長七郎はそのお酌する千代の手に触れてみたい気持ちを抑えるのに苦労した。真っ白なその手に、自分と於信の血が流れているのを心に思っていた。その手を目前で見ることが、長七郎に許される最大の行為だった。

於信に似た千代に、昔、強く愛したただ一人の女の面影を求めていた。千代にしても、長七郎には言葉に表せない親しみ以上の何かを感じていた。酒を注ぎながら膝の上にそっと手を置く千代のその仕草を傍で見ていた松吉としては、血は争えないとは思いながらも、一瞬恨めしさを感じていた。

その晩はかなり遅くまで飲んだが、長七郎は酔い潰れることはなかった。

十二　謎

千代松からの帰途は朝帰りとなってしまった。深夜を過ぎてからの千代松での一眠りに、目覚めは遅かった。冴えない頭を抱えて寝不足の足取りに元気がない。

朝の野道はまだ朝露に濡れていた。足取りはゆっくりと、しかし気分は段々良くなってきた。通称、大前田(おおまえた)と言われる辺り、農地として早くから開けた耕作地と雑木林の混在する中の林道を登っていく。寝不足のためか、半分は眠っているようにも見える長七郎がゆっくりと山中の我が家に向かい登っていく。結構急な上り、その足の動きに何か満足そうな様子は隠し切れない。

間もなく、昔から自然に存在する沼（貯水池）の所まで来ていた。水面には丸い睡蓮の葉が数枚浮いていて、その中に枯れた去年の茎が突き出ている。その脇に小さい蕾が一つ水面から覗いていた。沼の脇の道からそんな光景を眺めながら、次第に細くなる山道を登っていった。

老人の域に達した身に、昨夜の寝不足が多少利いているのか少し足は重かった。何とか暑くならない内にと思い、坂道を喘ぎながら中ほどまで登っていた。道の両側は繁った雑木林で、その木立の葉が山道に覆い被さるように繁っていた。まだ、夜露が残る朝だというのに、早くも蝉の鳴き声が聞こえてきた。

山の中腹まで来ると、まだ朝方なのに、林の奥の方で村人が十人ほど集まり何か騒いでいる。それとなく聞こえてくる話し声とその場の空気に、何か強い緊張を感じた。長七郎は何かあるな、と直感的に異常事態の発生を感じていた。

近づいて足を止め、林の中に目を向けながら道脇に立っている若者に、「何かあったのか」と声を掛けて皆の方を覗き込んだ。若者は長七郎の顔を知っていたらしく、

「これは長七爺さん、よいところに来てくれた。今、其処の藪で人が殺されているのが見つかって、皆がどうしたらいいか騒いでいたんだ。俺達にはなぜ此処で殺されたのか、事情が全く分からない。死体もそのままにしてあるから見てくれないかい」

と、人だかりに向かって指を指した。長七郎が、

「何、人が殺されている。大分物騒な話ではないか。村人か」

若者の答えはしっかりしていた。

「違う、身なりが少し変わっているから、旅の者だと思う。心の臓を一突きらしく、右手に脇差の柄は握っているが鞘走っていない。一瞬の間の出来事かも知れない。辺りの下草はあまり踏まれておらず、長い時間争った様子はない。その周りの笹藪もそれほど荒れてはいない」

そう聞いて、長七郎が村人の騒いでいる場所に向かった。藪の中の死体の傍に行って見

れば、若者の言う通り、脇差を抜く間もない内に心の臓を刺された様子で、大きく争った跡もない。一目見て、かなり手慣れた刺客の技と長七郎は見た。中村と隣り合わせの月田神社の神域であった事件が頭に浮かんだ。

長七爺は死体の傍に寄って体を改めたが、他に傷跡はない。心の蔵一突きの手練の技、これは草の者の仕業と見て取れる。死人の懐を探ったが巾着に小判が一枚と小銭が五枚入っていたが、他には何もなかった。この山麓の見えない所で何かが起こっているようだが、一両の金が残っているということは盗賊の仕業ではない。

また戦が始まるのか。北条方に付いた桐生佐野氏がただならぬ動きを見せているこの頃、この辺りが戦場になる前触れなのかも知れない。暫く考えていたが、死人の傍で騒いでいる村人の一人を捕まえて、「この近在の肝煎りは誰だ。ともかく誰でもいいから、このことを肝煎りに話して、村の人達にも注意するように伝え、相談した方が良い」と言い置いて、暫く周りを探った。周りの状況や死体からは、殺された者の身元も此処に至った経緯も分からなかった。手にした巾着を近くにいた農夫に渡しながら、他の村人に軽く挨拶をするとその場を離れた。

この時代には犯罪を取り締まるような機関もなく、死人が出ればこの地の頭が遺体の始末を村人に指示する。それがこの地を領する者の務めであり、村人達皆で埋葬処理を行うのだった。

長七郎は山中の岩屋、我が家に向かって山を登りながら考えていた。

伊賀忍者の生まれた伊賀の国（現在の三重県北西部）は一向宗徒の多い地域である。隣国の今川や美濃の一族、織田氏の意に沿わぬ忍びの一族に一向衆徒がいた。同じ郡、同じ郷の忍びの者同士でも、雇い主同士が敵対していれば、相手側の情報を得るためにはお互いに命を懸けて戦う。互いに狙い狙われる間柄だ。

甲賀、伊賀の忍者は特殊な技能を持っている。奈良時代以前より山岳信仰や自然界の理解し難き現象などを奉祀する修験者らの流れを汲む一族や、修練を積んだ山伏などから忍法の起源を引き継いできたらしい。厳しい修練体験の中から特殊な闘争技術を得、生まれ出たのが忍術と思われる。全てが生きるための命を懸けた長年の修練から生み出された技能だ。雇い主の敵対者の動きを探る情報探索が主なる仕事である。

日本では古来、山岳は神霊のいる他界、別の世界として崇められてきた。しかし奈良時代に入り外来の仏教や道教、儒教の影響を受けた宗教者達が山岳で修行した上で、経文を唱えたりして呪術宗教的な活動を始めた。のちに修験道の開祖とされる役行者（役小角〈えんのおづぬ〉）も葛城山で修行した山岳修行者の一人だ。最澄や空海による山岳仏教の提唱もあって、密教僧達も好んで山岳修行を行っていた。

修験道とは、日本古来の山岳信仰が外来の密教や道教、儒教などの影響を受けて、平安時代末に一つの宗教体系を作り上げたものだ。平安時代の初めには、本地垂迹〈ほんじすいじゃく〉説なる考え方が広まる。仏や菩薩が衆生を救うために神という仮の姿で現れたと説くもので、仏や菩薩が本来の姿（本地）ではなく、神という仮の姿（垂迹身）となって人々を救うという神仏同体説である。例えば熊野権現の本地は阿弥陀如来というように、多くの神社には本地仏が定められ、これは明治時代の神仏分離まで続いた。

奈良時代には国家の保護を受けて発展した仏教であるが、政治と深く結びついたがため腐敗する。だが、山林に籠もって修行する僧も多くなり、やがて彼らの動きは平安仏教の母体となる。最澄による天台宗、空海による真言宗と、新たな仏教が成立し、寺院も多く建てられ仏像・仏画も多く作られた。

その後、武士の世の鎌倉時代を経て南北朝、室町時代へと時代は移った。その間、各宗派に分かれての争い事もあり、それぞれが自宗を保守するための目的として武術を求める者もあった。宗派宗徒の中には忍法の基本となる闘争技能を基とし、その技術修練をした者達を組織化するものもあった。宗派間の闘争や武士同士の戦いにも忍法が導入されていたのだ。和を奉ずるはずの宗教であるが、己が宗派の教義と信仰を守るためと武辺が求められたのだ。技能を求める者達は山里に入り、厳しい修練により得た独自の技術を収得していた。特に伊賀者と呼ばれた者達は甲賀者と違い、身分の低い農民の三男・四男など、家に残ることのできない者が多かった。この者達の神仏に対する信仰心は薄く、殺伐とした人の道を外れたその行為に神経は鈍磨していた。教義などは無視し自身が生きることのみを重視していた。

忍術を引き継ぐ者達は、優れた技能を得るために子供の頃から厳しい修行と訓練を積んだ。身につけた特殊な技能を更に殺戮のために特化した。その厳しい修練の末に得た技が、戦国時代を迎えて重要視される。今では一種の特殊な生業として、諸国の戦国大名に雇われ、密偵・情報収集・謀計・暗殺など、影の戦士として働いていた。

伊賀の国は豊かではない。優れた技を身につけても、地元ではその技に値する収入を得る機会も少ない。忍者の多くは生活するには不安定なその地を嫌い、全国各地に働き先を求め散らばっていた。

己の将来が見込める戦国武将の品定めをしながら、その技を売り込んで傘下に入る者。敵対する大名や大寺院などから敵地情報の探索などを依頼され、その傘下に入る者。中には覇権を狙う者の意に沿わず、敵対を顕わにしてきたため強い迫害を受けた者達もいた。彼らはお庭番とか草の者と呼ばれ、変装・隠形（おんぎょう）・詭計（きけい）などをして人の虚を突き、大胆・機敏に広く行動していた。

関八州に跋扈した忍者は、宗教とは関わりの薄い忍びの者達で、生国を捨て各地に散った者達の一部である。その多くは信州の武田信玄らへ帰属を求め、伊賀忍者の一集団は甲州方面に移っていた。その集団が更に二つに分かれ、一部は伊賀忍者の元締的存在のもとにあって、纏める者の指示で動く者。今一つは完全に伊賀の忍者集団とは縁を切り、武田や多くの領主の直属の忍びとなった者達である。

信濃の国、深志城（のちの松本城）を拠点とする武田信玄の傘下にあった、真田幸隆の指図のもと、草の者達が沼田の地を探っているという。沼田の庄を預かる沼田万鬼斎もそれに気付き、配下の草の者に彼らの動きを追わせていた。その更なる傘下にあって、探索の指示を受けている重造から、概ね話は聞いていた一傳斎だった。

それらの動きに絡んでの、草の者同士の命のやり取りに違いない。それにしても殺された者が草の者と見れば、沼田万鬼斎の手下の者か武田忍者。この傷跡を見れば、殺害者は忍法の相当な達人かそれなりの剣の使い手と言えた。

殺されたこの者は重造達とは全く関係のない、沼田万鬼斎の直属の草の者らしい。重造達は万鬼斎の下で働いてはいるが、だからと言って直属の家来とは別の形で属していた。

草の者同士の争いによる死には何も残らない。雇い主との繋がりはその死によって消え去る。多くは山野の中で人知れず死屍を晒し、野獣に食われるか自然に朽ちるのを待つ。人知れず儚い人生を終えその地の土となるのだ。

重造達とは別の組織であっても、生い立ちは同じ忍びだ。自分達組織の仲間以外には関わりはほとんどなく、当然重造達との交流もない。しかし、こうした動きは重造達にも注意を促しておかねばならない。重造達はしっかりとした組織の中で動いている者達とは違う。この時代に生まれ、戦時の陰にある無所属の情報屋に近い存在。金になれば誰の仕事でもする、情報の仲買人みたいな者達だ。

但し、雇い主が敵対する相手に、依頼人からの情報をむやみに流すようなことはしない。信用第一の仕事、そのようなことをすればこの世界で生きていくことはできない。常に命に関わる機密情報を扱う者が信用をなくすと、忍者として仕事の依頼が来なくなる。

この時代、支配層もそのもとで働く者達も一つ所に落ち着く様子がない。選ぶ相手を間違えば即、自分の命に関わってくる。支配者からその足元にある者まで、今の荒れた世情の中、気の許せない状況であった。

長七郎が山の岩屋に着いてみれば、我が手によって作られた畑の作物は元気に生長している。畑の中の野菜は麓の里より半月以上は遅れているがしっかり成長している。高地でできる作物の味は良い。今は、長七郎による手入れや収穫の日を待っている。此処山中は静かで平和な世界だが、それでも望まぬ敵もいる。鹿に猿、猪、鴉などは長七郎にとっては手に負えない敵でもありながら、共棲する仲間でもあった。

この岩屋に帰ると、下界の悩みも薄れ気も落ち着きほっとする。それと引き換えに、何事も自分でやらねばならない雑仕事が一杯ある。毎日の食事と農作業は待ったなし。今やるべき仕事が終わらない内に、次にやらねばならない仕事が頭に浮かぶ。特に夏の時期を迎え畑の雑草の生長の速さには困っていた。

このところ作物の手入れは遅れがちである。寸時を惜しんで雑草取りに畑に行く。その作業の手を休ませることなく、頭の中は最近起きた事件の先行きに大きな不安を覚えていた。どのように手を打つべきか悩んでいた。しかし本当のところは、山中の岩屋に帰ってくれば実際何も考えたくはなかった。目の前に、夏の盛りを迎えた畑の作物の生長が見られるのだ。長七郎は畑に足を踏み入れ雑草を引き抜いていたい。

いつの間にか草むしりに夢中になり、他の何事も忘れていた。頭に浮かぶのは、今夜の食事の食材には何が良いかと、食べ頃の菜を収穫しながら胃袋の要求を聞き悦に入っていた。

其処に、突然一人の男が登ってきて、畑の縁に立ち此方を見ている。前に長七郎の前に現れ試合をした真田の侍、加藤和右衛門が丁寧に会釈しながら畑の隅に立っていた。長七郎がその方に目を向けながら声を掛けた。

「何か御用か、そなたはもうこの地に用はなくなったのではないのか。それなのにこのような山中に態々お越しとは」

和右衛門が頭に手を載せて、

「格別御用と言うことではないのですが、先に世話になったまま碌な挨拶もしないで山を下りてしまいました。改めて挨拶方々、先生のお顔を拝しながら、何かご教示頂ければと思いやって参りました。それに先のご指導の謝礼の意味も込めて、大変失礼かとは存じますが、常に私の頭の中にあったものですから。無骨者の考えるのはこんなことと、好意に取って頂いて、笑ってお納めください」

と言いながら、懐から出した布包みを渡そうとした。長七郎は躊躇いがちに出された物を静かに受け取ったが、手にするとずしりと重い。手にした途端、長七郎には金属製の品物と分かった。

「ほう、これをわしにくれると申すか。早速中を見せてもらうが、何か物騒なもののようだな」

呟きながら包みを開いた。普段武士などが隠し持ち使ってもいる、五寸（約一五センチ）ほどの長さの手裏剣が三本出て来た。普通見かけるものと少し違うのは、両方が鏃（やじり）のようになっていて後先のない、良くできたものだった。

「これは物騒なもの、良くできた手裏剣ではないか。我は使ったことはない、猫に小判になる。それとも使い方でも伝授して頂けるのか」

中から一本取り上げながら、かざすように見る目が笑っていた。和右衛門それを見て、

「先生ほどのお方、半時も手にしていれば充分に使いこなせます、収めて頂きたい」

「有難く頂戴するが、何も返す物はない。快く頂くが」

と言いながら家の中に入って、貰った手裏剣をそのまま竈の脇の食器棚に置いた。竈の前で腰を屈め、灰掻きを手に竈の残り火を掻き集め、追加の薪を放り込んで火が燃え上がるのを待った。和右衛門は後に続いて静かに中に入り頭を下げていた。一傳斎の後ろに立つようにして暫し、何かの指示があるかと待っていた。

一傳斎は和右衛門に背を向けたまま、竈に向かい火の点くのを待っていた。背後の気配には充分神経を集中していた。手裏剣を渡され手にした時点で、和右衛門は忍者としての修行を積んだ身と長七郎には分かっていた。

一傳斎は他人が身近にいる際の、武芸者としての心得は持っている。竈の前で腰をすっかり落としたりはしない。腰を落とせば万一後ろから抜き打ちされれば避け切れない。中

腰のまま、手には灰掻きを持っていた。和右衛門を警戒したわけではないが、剣術家として気配りは欠かせなかった。

「態々のお越しだ、立ち話もできまい。立派な土産まで頂いて済まない、話を聞こう。俺もひと休みしたいと思っていたところだ」と言いながら、竈の前で立ち上がって座敷手前の上がり框に腰を降ろすと、和右衛門にその脇に腰を掛けるよう勧めていた。和右衛門が静かに腰を落とした。長七郎はその方を向くことなく、

「加藤殿と言ったな、今茶を入れるが今少し待ってくれ。朝帰りで火を切らしてしもうてな。湯が沸く間、よかったらその辺で横にでもなって休んでいなさい。此処では気遣いはいらない」

言いながらも、一傳斎は家の中に入って来た和右衛門をまだ一度もまともに見ていない。和右衛門もその様子に不安を感じていた。腰に差した刀は鞘ごと抜いて脇の壁脇に置いてある。

「浅山先生こそお気遣いはいりません。特別用事があっての訪問ではなく、気軽に剣法についてお話などお伺いできれば幸いと。よしなに願います」

遠慮がちに言いながらも、その立ち居振る舞い、物腰は常人とは違った。何処となく隙のない気配を感じる。気の許せない者ととったが、それがどうというものでもない。一傳斎が、

「此処では、武術の話を含め物騒な話が出なければ良いのだ。俺は争いに繋がるような面

倒な話はご免だ。それでこのような山中に逃げ込んだのだ。そのことお分かり願いたい。ところで話のついでにお聞きしたいのだが、宜しいかな」

言われた和右衛門は、一傳斎の脇に座っているわけだが、その目は一傳斎の足の爪先を眺めていた。足の指先の動きなくして何の行動も取れないことを知っているからで、武辺者として上位にある者はよく心得ていた。それに、未だ一傳斎が気を緩めた気配がないためだ。和右衛門は一息間を置いてから聞いた。

「どのようなお話ですか、何なりと」

一傳斎は竈の火をいじるために、手にした灰掻きを持って腰を伸ばし手を伸ばして竈の燃えさしを押し込んだ。

その動作をじっと見詰めている和右衛門に対して、一傳斎は自分の背後に神経を集中していた。一傳斎が気が抜けないのは和右衛門の再度の訪問にあった。此処に来る理由が分からないためだ。

千本松原での他流試合の敗退に遺恨を持っているとも思えない。

和右衛門は、長七郎の胸の内を悟っているのか、長七郎の足の動きをじっと見詰めたままだったが、この先、何を言われるのか息を呑むように言葉を待っていた。

「加藤殿は、今朝人を殺めましたな。何か事情がありましたか。私が里から帰る途中、その者の遺体を見て参りました。殺害したのは独特の技を持つ者と見ましたが、如何なものかな」

その言葉に和右衛門は一瞬たじろいだ様子。暫く長七郎の背を眺めていたが、この人の目は誤魔化せないと悟ると共に警戒される理由も分かった。

「恐れ入り申した。浅山先生の目は誤魔化せません。申し上げます。あの者は沼田万鬼斎の手の者。私の身分を知っておりまして、昨日の夕方私を襲おうとしました。でも、私も相手に気付き、その場は巧く逃れました。不慣れな土地の夕暮れ、下手な動きは危険だと、近くにあった農家に身を避けました。その農家に頼みまして一晩世話になり、翌日早朝、夜の明けぬ内に早立ちをして、相手の目を避けるようにしました。万一の場合を考えてのことです。相手は、当日の晩の襲撃はできませんでした。私は逃げ込んだ農家の好意で一晩泊めてもらいましたが、あの者は必ず我を襲ってくると見ていました。

私も農家の庭先などでの戦いは避けたかったが、相手は放ってはおかないだろうと見ていました。必要のない危険を避けてと暗い内に旅立ちましたが、夜もまだ明けきらぬ内なのに既にあの者に後を付けられていました。我が身の隙ができる時を狙われていました。幸いにもその者の存在に早く気付き、人目につきにくい所と、それとなく林の中に誘い込み、先手を打ってあの場にて討ち果たしました。

この身は、常に陰に生きる草の者と変らぬ身、似たような者同士、同じ道を生きる者の相対する組織同士の争いは避けられません。私ども、陰に生きる者の宿命です。私達は元々同じ地域の出生。しかしそうでありながら、雇われた先が違えば敵となります。お互いに争いの中で会えば、立場は敵で戦いは避けられません。相手が私の誘いに乗り我の後を追って林に入って来ましたが、その動きは良く見えました。隙を窺い私が先に手を出し殺害致しました」

と、一気にありのままを話していた。話を聞いて長七郎は、和右衛門の話の終わるのを待って、

「和右衛門殿は、そのような話をこの私に話して宜しいのか」

長七郎は前を見たまま、後ろの和右衛門の気配に神経を注いでいた。和右衛門の今の立場としては、この事実は知られてよいことではない。

「先生の慧眼には恐れ入ります。ありのまま、事実の通り話しました」

と言いながら、静かに腰を上げて壁際に置いた刀を手にした。

「我らは影の者、身を明らかにすることはあってはならない。知られればそれをしっかり断ち切るか、命を捨てるか以外にありません。この道で生きる者の宿命です」

「それでは、我を斬らねばならない。斬られる我も宿命ということだな」

冷たく笑いながら、一傳斎は一瞬に立ち上がり三歩前に出ると振り向いた。手には長さ二尺程度の長さの灰掻きがあった。

「加藤殿、来るか」

灰掻きとはいえ鉄棒でできている。抜き打ちに斬りかかっても一流の使い手には刀と同じ。ただ、抜き打ちを掛けても払われることは分かっている。忍者の修行をした者と言っても剣の道に秀でた者、面と向かって立ち会ったら簡単には勝てない。離れた所にあって

飛び道具や忍者の持つ目眩ましなどで有利な態勢をつくり、独特の武具によって相手を圧倒する。その技は一傳斎を目の前にしては近すぎて生かせない。

和右衛門は観念した。この状態で立ち会い勝てる相手ではないことは、既に充分に分かっている。

「師匠殿。私が立ち会って勝てるお方でないのはよく分かっています。我が身の処置、如何様にもなさってください。無駄なあがきは致しません。腹切れと言われれば従います」

刀を座敷の離れた所に投げ出して頭を下げた。一傳斎はそれを見て、灰掻きを竈の傍に静かに置きながら、低く静かな声で、

「お前様を斬ったとて何の益もない。我の命を狙わないと誓えるならそれで良い。加藤殿、私はこの近くの農民を益のない戦火に巻き込みたくはないのだ。私の胸中にあるのはそれだけだ。加藤殿に如何様に申し込まれても、戦場となった暁にはお味方はできない。但し、無闇に敵もつくりたくはない。その意味がお分かり頂けますか。私共はこの度、この地が戦場になっても何処までも中立でありたいのだ。争い事を私達住民は望まない。我らにとって、この地での余所者同士の争い事など何の関係もないことです。ただ、我らは身を守ることだけを考えているのだ。それを真田の殿に伝えてもらいたい。前にも話した通り、同じ家中の佐藤氏とやらにも話してあることで、考えは変わりません。我らは敵をつくらない、攻められない限り中立は守ります。この話をお殿様に宜しくお伝え願います」

一傳斎のありのままを伝える静かな語りであった。

和右衛門は、一時は死を覚悟した。顔面は蒼白になっていたが、話を聞いて少しずつ血の気が戻っていた。静かにその土間に膝をつき、一傳斎を見上げながら、

「一傳斎殿には、この私の命を助けてくれるのですか。此処の村人達を戦に巻き込むなどのお言葉、私の力で及ばないかも知れませんが、その向き、しかと心に入れました。命に代えて努力致します」

和右衛門のその言葉を一傳斎は真実と見た。

「加藤殿、今のお言葉、私としては真にもって有難くお受け申した。今日はそなたに会えて良かったと思います。話が決まればゆっくりと、この山の良い雰囲気を味わいなされ。今、美味しい山の料理を作るからお待ちあれ」

それを聞いて、和右衛門は深く頭を下げ、「お言葉に従い、甘えさせてもらいます」と言いながら、一傳斎の指示に従い座敷に上がった。

やがて一傳斎の作った料理を食べながら、戦乱の世の先々の見透しなどを語り合った。歓談の後は夜明けまで枕を並べて休み、朝の太陽が顔を覗かせる頃には加藤和右衛門は山を下りていった。

加藤和右衛門の言葉は信じても良いと思っていた。そして、今はできる限り我が地域の戦場化は避けねばならない。村人へはこれから山麓に現れる見慣れない男に関わり合わないようにと、厳しく注意喚起しなければならなかった。

赤城山麓の村人達も、浅山一傳斎の存在を今では認め心から頼りにしていた。他国の者

による侵犯が行われ、領地を奪い合う戦国社会、各地の強大な大名・豪族達が覇権を狙って暗躍している。戦いを好まぬ村人達は、これらから我が身内と田畑を守るために、一傳斎に従おうとしていた。現在の環境を守るため、安心できる強い戦略指導者が欲しかったのである。

浅山一傳斎は権力欲も物欲もなく、村民には親しみを感じられる長七郎という名を名乗りながら、分け隔てなく村人に接する。一見、自分達農民と変わらないその振る舞いに、いつしか村人からは親近感を持たれ、頼れる指導者として認められていたのだった。

この辺りは、これまでは越後の上杉一族の支配下にあったが、今は新たな勢力として北条氏康が古河公方の名をもって、関東一円と信濃地方の占有を狙って侵略を進め、その足掛かりに沼田万鬼斎を利用して赤城山一円を陥れようとしていた。

赤城山麓を視野に入れて拡大を図る北条軍に対し、この地は現在、関東管領方の上杉、長尾氏系の地盤であった。その長尾氏一族の内紛による衰えもあり、その隙を狙って北条氏康の手が伸び、結城氏、小山氏、足利長尾氏や桐生佐野氏などを調略し、陣営傘下に組み入れようとしていた。更なる進出を窺う北条氏康が一挙に攻勢に出ようとしている今、越後の上杉支配下にある者達には纏まって対処する必要があった。だが陣営内の内紛により一体化がならず苦労していた。上杉軍が一つに纏まれば、北条氏康にも無視はできない力となるのは明らかだった。

上杉一族の内紛状態が長引き、武田信玄との対立が激しくなれば、北条軍としては更に有利な態勢になる。あと数ヶ月、上野地方のこの状況が続けば、北条軍は大きく戦わずして有利な態勢になると見られる。それは越後地方が冬季の雪の季節を迎えるからだ。日本海に面する越後の国は、冬季になると一面雪が深くなり大軍は動かし難い。だから冬季の関東侵攻は考えられないのだ。その間隙を狙った北条氏康は上野地方に新たな侵略戦を拡大、一気に支配権を狙っていた。この関東一円の北条勢力の力は更に強くなっていた。

其処に、信濃の征服がほぼなった武田信玄が、まずは鳥居峠から吾妻方面へと侵略を開始する。岩櫃城が滅ぼされ、やがて碓氷峠から進出した大軍によって箕輪城も落城し、利根川東の上杉勢と対峙することとなる。

武田傘下の真田幸隆・昌幸親子に対する長尾景虎は、沼田地方に足がかりを得て、再度の関東進出を窺っていた。赤城山麓では、上野支配を目論む北条・上杉・武田、三つ巴の争奪戦が繰り広げられていたのだ。そして何処の支配下となっても踏み潰される状況にあった。そんな中、戦禍をこうむらず村が生き残るのは大変難しい環境下にあった。

武田氏家臣、真田氏の息の掛かった者と、北条側の沼田万鬼斎の間では、目立たぬものの既に戦いは始まっていた。村民が無残に殺されたり、殺害の犯人も分からぬという、殺伐とした光景が各所に展開されつつあった。

一傳斎こと長七爺の心配と悩みは尽きなかった。

十三　夏祭りの女剣士

上下野州や武蔵地方の戦火の噂が伝わる中、此処赤城山麓の住民達にとっては未だ現実味の薄い話だった。

今日は、赤城山中にある歴史も古く近郷の里人からの信仰も厚い赤城神社で、年に一度の大祭が行われる日だ。関東一帯の殺伐とした領地争奪戦の最中にもかかわらず、近隣の厩橋、伊勢崎、大間々、桐生などをはじめ、遠くは武蔵国などからも多くの人々が集まってくる。幸いにも天気に恵まれたお祭り日和である。

この夏祭りでは、境内で開かれる奉納相撲が特に人気であった。この日を目標に、各地の力自慢の若者達が集まってくるのだ。続いては、人気の神楽囃子に能舞いなどが奉納される。緊迫した戦時環境とは関係なく、神社境内では朝から長閑な太鼓の音と共に、例年と変わらぬ賑わいが見られた。

夏祭りには色々な祭事があるが、地元の民が普段簡単には手に入らない生活用品の交換会のような市も立つ。近在の農家の人が採れたばかりの農作物を持ち寄り、多数軒を並べている。実際に価額はあってなきようなもので、物々交換をするなど、互いに駆け引きして欲しいものを手に入れていた。

衣類や生地、農具、家財道具や器具、飾り物、子供の玩具、物騒な刀剣類から、地産の農産物と多彩な商品を並べた露店が建つ。普段買い物に出ることも少ない村人達にとっては、一年に一度の胸躍らせる機会であった。荷を積んできたものか、牛馬も数頭見られる。

大胡城下より小料理屋、千代松の於蔦と千代が、いつも店の手伝いに来る農婦を二人連れてお参りを済ませ、奉納相撲の会場にやって来ていた。

午前中は誰でも飛び入りができるようで、子供から老人まで、中には力自慢の若者や農婦の飛び入りもあって会場は大いに沸いていた。午後になると、勝ち抜いてきた地元の若者と、遠方より毎度参加してその力量が知られた者など、相撲に自信を持つ豪の者が多数集まってくる。

この年の赤城神社の横綱を決める土俵上の戦いは激しかった。祭礼相撲の勝者には、神社から名誉の横綱の名乗りと奉納米五俵の賞品が出る。それを求めて力自慢が大勢参加していたのだ。

当然、相撲が最高潮に達するのは午後の部だ。名誉ある横綱の名を懸けて、出場する力自慢から応援の女達まで、会場は熱気に包まれ大きな盛り上がりを見せていた。地元から出場する力士は弱く、いつも早い内に敗退していて、遠方から来る力士に賞品を持って行かれていたが、この度は地元の若者が勝ち残り、今場所は大いに盛り上がっていた。

千代松の女達は相撲興行の一角に座を占め、於蔦が買ってきた芋味噌田楽を頬張りながら楽しんでいた。雑然とした混雑する観衆の中でも千代の姿は目立っていた。農家が大部分のこの地方。集まってくる人達も概ね農民で、女達は祭り見物といっておめかしはしているが、野良着が小袖の着物に変わった程度。生地は無地か縦縞の地味な色合いに、荒織りの帯地での身支度は、神参りに出掛ける一般的な姿、多くは手作りの草履履きであった。

田舎町とは言え千代松は、ある程度ゆとりのある人達相手の客商売、意識しなくても自然と垢抜けしてくるのは否めない。背も高く色白の千代は大衆の中にあっても目立つ。身に着けた衣装から立ち居振る舞いまで、農家育ちの娘達とは違っていた。人目を惹くその姿は多くの男達から注目を集めていた。

ただ、千代達は相撲を最後まで見ているわけにはいかなかった。夕方には店を開けなければならないし、特に今日の祭りで客が殺到することが予想される。そのために仕込む量も多くなる。早めに帰って松吉の手伝いをしないと間に合わない。於蔦に声を掛けられ帰ることになった。

座っていた筵の塵を払って立ち上がり、祭り会場の片隅で賃借りした筵を返して参道に出た。お宮の鳥居を潜ると女達は賑やかに言葉を交わしながら坂道を下っていった。その時於蔦達一行は、四人の雇人足と見える若い男達に後を付けられているのに気付かなかった。

辺りには人が大勢いるし、特に気にすることもなく、店のことが気懸かりなみんなは早足になっていた。参道からの山道を下るに従い、参詣に来る人の数は少なくなっていた。

それから道脇に入り、刈り入れ前の色付いた麦畑と、手入れの行き届かない雑木林が交互にある道路は雑草が繁っていた。人影もまばらになって、千代達も自然と急ぎ足となっていた。

その同じ道を半町ほど後ろ、千代達に歩調を合わせるように四人の酒に酔った若い男達が歩いて来る様子は、千代が振り向いた時に気付いた。だが昼日中のこと故それほど気にすることもなかった。

しかし、半道（二分の一里）ほど歩き神社の鳥居が見えなくなった頃から、その男達の存在が千代達にも少し気になってきた。だが、まだ危機感はなかった。酔っ払いは祭りでは常のこと、何処でも見られるものだった。その男達に対し何の疑念も持っていなかったので、大した不安を抱くことなく、楽しく笑い話をしながら歩いていた。

暫く行くと、祭事に際し整備された所も終わり、草刈りもされてない幅の狭い道になってきた。伸び放題の松の木の植わる雑木林からは、はみ出すように雑草が生い茂っている。二本の牛車の轍が目立つ田舎道だ。轍の間の草は伸びて足にまとわり付くようになった。多くの道路は近くの村人により整備もされるが、農道では草が伸びて歩き難い。

後ろに付いてきた男達が足を速め於蔦達に追いついてきた。神社からは遠く外れ、人混みも更にまばらになってきていたが、全く絶えるようなことはなかった。暫くして千代達も後を追ってくる様子のその男達が気になってきた。顔を見合わせていたが、誰も男達が昼日中から襲ってくるとは思っていない。酔ってだらしない格好の男達のことを小声で喋りながら足を早めていた。

しかし寄ってきたのが悪い男だった。後ろから千代の手を掴むより早く、いきなり仰向けに抱え込んだのだ。千代は驚いた。まさかと、男達に対し油断があった。「あっ」という間に抱え上げられていた。「何するの」と、手足をばたばた動かして相手に逆らったが、いきなり頭の上に抱えられたのだから堪らない。手足が共に宙に浮いて踏ん張ることもできない。身体を反らして手足をばたばたと動かすだけで、何の手応えもない。

千代が両足をばたつかせたために足が顕わになり、それを見てまた男達は喜んでいる。担ぎ上げられた身体は今更もがいても無駄だった。於蔦がその男にしがみついて離そうとしたが、他の男に簡単に突き飛ばされ道の脇に倒されてしまった。二人の農婦も加勢したが男達は脇差を抜いて、「騒ぐと叩き切るぞ」と於蔦達を威嚇した。女達には手に負える相手ではなかった。

男達は酒の臭いを吹きつけながら、於蔦と他の二人の農婦を突き飛ばして足蹴にし、大きな声で怒鳴りつけ脅した。

「お前達に用はない、さっさと帰れ。小娘だけに少し用がある。悪いことはしないから心配するな。夕方になれば送っていくから、安心して先に帰れ」

と言うなり、男は千代を抱え上げたまま、有無も言わせず右脇の雑木林にある狭い脇道に向かって走り出した。千代も必死にもがいたが無駄な抵抗であった。上向きに抱え上げられた状態では何もできない。千代も女である、足も顕わな状態が気になり、宙に浮いたまま着物の裾の乱れを直していた。

千代も迂闊であった。酔っ払いのおふざけぐらいだと思って、最初は手加減して打った拳も、その手首を握られ動きが取れない。助けを求め喚いたが、もがいても身体は宙に浮いたまま。それを見ていた近くの農夫に助けを求めたが、怖がって誰も悪党に向かってくる様子はなかった。於蔦と農婦二人も助けてくれそうな人を探したが、集まってきた者達は一緒に喚くだけで、身をもって助けようとする者はいなかった。

於蔦だけは後を追おうとしたが、周りの者に抑えられ、「危ないから助けの人が来るのを待つように」と言われ、追って行くこともできなかった。

悪者達の最後に走っていく者は、後ろを振り返りながら脇差を振り回し、集まってきた人達を怒鳴りつけ、千代を抱えていく男の後を追った。男達は林の脇の畦道を走っていった。それでも担がれた千代が反り返るように間断なく動くので、抱え上げた男は、その動きを抑える腕に少なからず疲れが溜まってきた。大柄の女の体重は二本の腕で抱え上げるのは辛く、頭で補わないと耐え切れない。一息入れたいところであった。

腕っ節の強い男でも、女とはいえ生きた大人の人間一人、抱え上げた頭の上で暴れ回る動作を押さえつけるのは耐え難い。既に限界に達して腕にしびれがきていた。一度は抱え直そうとしたが、道筋では集まってきた者達から丸見えだ。走り込んだ畦道を境に林の反対側は畑であった。千代を抱えた男は突然畑と反対側の林の中に向かった。

参道の通りからは大分離れていた。林の中は陰っていて通りからは見えない。薄の生えた薮に茨も絡んだ雑草が繁り鬱蒼としている。しかしその部分を越えると、日当たりが悪いためか意外と小笹や下草類が生え、繁みは低く足に大きく絡むほどではなかった。

男は女を抱えたまま薮を越えて林の中に入って行った。此処で一息、女を一旦担ぎ直そうと考えていた。女を下ろししっかり縛り上げて、動きを止めてから担ぎ直そうと考え、下草の生えた土の上に千代を下ろした。その途端、足を地に着けた千代の動きが早かった。

女一人と気を許し、全く無防備の男の腰に差していた脇差の柄を手にすると、千代は男の下腹に足を掛けて一気に引き抜き、そのまま一振り脇差を振り払った。それを知って慌てて千代の腕を掴み直そうとした男の腕を薙ぎ払った。鮮血が飛び散り、右手の肉は切れ、腕の骨で脇差の刃は止まったが、血が辺り一面にほとばしった。男は切られた腕を抱えて大声で喚いた。

不安定な態勢で、しかも女では力が足りず切り落とすまでにはいかなかった。しかし、切られた兄貴株の男の腕は、この場での千代との争いには使い物にならなかった。男は切られた腕の痛さに耐えきれずその場に腰を落とした。

他の男達は驚いた。一瞬怯んだが、女一人何と言うこともないと、押さえかかろうとして、別の男が無造作に近寄った。しかし、千代の脇差の扱いは只者ではなかった。その男が掴みかかろうとして飛び掛かるところを一閃、脇腹を掻っ切られ、傷口を押さえるようにして薮の中で転がった。それを見ていた他の二人の男、予想になかった女の剣捌きに驚きながらも、それぞれ脇差を引き抜き、充分に間合を取って千代に向かった。だが刃を合せては千代の敵ではない。打ち込みを掛けると簡単に払い除けられていた。更に、慌てたもう一人の男が「この女、何をしやがる。おとなしくしないと叩き切るぞ」と言いながら、その男も真剣に脇差を構えていた。たかが女と、斬られた仲間は油断がありすぎたのだと思った。この男も脇差をむやみに振り回し、憤怒の形相で千代に斬り掛かった。

千代もその男の斬り込みに応じて脇差を構えていたが、着物の裾が茨に引っかかり動き難かった。だが茨の傷など気にしている時ではない。常は木刀ではあるが、刀剣の扱いは慣れている。長脇差を持っては初めての勝負であったが、男の構えを見てゆとりが出ていた。千代の動きは男達の動きより素早い。脇差を振ってきたその男は逆襲されて、あっという間に肩先を切り裂かれていた。それでも小娘の力、致命的な深手には至らなかったが、切られた傷口は大きい。血が一面に飛び散っていた。

男達は酒の勢いもあり、強引に千代の身体を我が物にしようとしての行為だったが、今はそれどころではなくなっていた。それに参道の方から集まってきた大勢の男達が、棒切れを持って此方に向かってきた。その者達に捕まったら大変だ、千代のことに構っていられる状態ではない。

「逃げろ」

最初に腕を切られた兄貴分の男が声を掛けると、袈裟懸けを受けた男を残った二人が抱えるようにして、来た道とは反対側の林の中を奥へと逃げ出した。

千代は逃げていく男を睨みながら、初めて男に抱え上げられた時の感覚を身体に感じ、それを芥の如く思い出して頻りに払い除けた。其処へ村人の近づいて来る様子を見て、慌てて衣服の乱れを直していた。着物には返り血が付き、乱れ髪となった頭部にも付着していた。白い脛には茨の傷が無数に付いている。千代を助けるつもりで寄ってきた村人がその姿を見て驚いていた。

「娘子、大丈夫か。何処も怪我はないのか」と聞いたが、千代はただの娘に戻っていた。少し硬い表情のまま、首を静かに下げていた。そして持っていた脇差を慌ててその場に手放した。暫く呆然としていたが、今の己の立場に気付き、「御心配掛けました。何事もなく皆様のお陰で助かりました」と話す言葉には多少の呼吸の乱れがあった。乱れた髪とその顔には点々と返り血が見える。その場には投げ出された血の付いた脇差が転がっている。村人達は千代の姿とその刀とを何度も見返していたが、千代は何処にも怪我をした様子もなく、下草に付いている多くの血潮を見て不審を覚えた。

嵐の中から現実に戻ったような気分の千代は、元の娘の気分を取り戻していた。気持を戻すと共に改めて、自分の無防備から生じた一瞬の危機を省みていた。我が身の姿と過ぎ去ったはずの恐怖に改めて襲われ、現実に戻って急に泣き出した。其処に於蔦が走り寄ると、母に抱きついて更に声を上げて泣いた。母の於蔦が両手で抱えたまま千代の背中を撫ぜながら、

「何もなかったのかね。それは何よりだ、驚いたことでしょう。お父が心配しているから早く帰りましょう。しかし、あいつらとんでもない野郎どもだけど、お前の無事が何より

だよ」

暫く千代の体を眺めるように見ていたが、何処にも怪我はない様子に、ほっと息を吐きながら、

「千代や、災難だけれど、今日のこと、無事だったのはお父のお陰だね。私はいつも女の子に武芸など必要ないと小言を言ってきたが、それで今日は命が助かったんだ。万に一つにもお前に何かあったら私は生きていないよ」

同じく涙を流しながら千代の背を叩き、「帰りましょう」と促していた。千代は項垂れながらも、いつもの姿と変わりなく、於蔦に縋るようにして後を付いて行った。村人達は現場に来てみて、変わりない無事な千代の姿を見て、不思議そうに頭を傾げていた。

千代松の店に帰ると、既に松吉は駆けつけ知らせてくれた人から事の顛末を聞いて知っていた。脇差を腰に今にも飛び出すところであった。千代が傍に来て頭を下げると、松吉は驚くと共に、千代の身体をよく見ながら肩に強く手を添えていた。硬い表情のままではあったが、やがてその顔に笑いが浮かんできた。千代はその顔を見て松吉に抱きついてまた泣き出した。安堵の気持ちからだろう。更に声を上げて泣く千代に、父親としての労わりの抱擁ではあったが、自分の手の扱いに少し戸惑っていた。それでも「大事に至らず何よりだ、大分日頃の修行が役に立ったようだ。まずは良かった」と言われ、千代は首を振りながら泣きじゃくっていた。それを両手で押し返しながら、「今日は祭りの流れで店は

忙しい。料理の下拵えと店の掃除はきちんとやらねば、泣いている場合ではない。今日は特別に頑張らねば」と言われて、千代も頷き、

「お父さん、有難う。お父さんのお陰」

千代は感謝の気持ちを伝えながら、いつもの千代に戻っていた。髪を直し着替えを済ますと店先に戻った。気になるのは、両足に付いた茨の引っ掻き傷だ。ひりひりと痛んだ。

千代は子供の頃から、他人には知られないようにして、松吉の好きな剣の手解きを受けていた。小さな内は嫌がっていたし、母親の於蔦も「武術なんか女の子に」と反対していた。しかし元々剣の扱いの好きな父親。松吉の強引な指導に幼い千代は泣く日もあったが、彼女には元々その素質があった。己の知らぬ血の繋がりがそうさせたか、いつしか自然に訓練に引きずり込まれていた。朝、店の裏庭での素振りの練習は、松吉が留守にしていても、自分から進んで励んでいた。

実父と思っている松吉も、農民の子として生まれながら、好きな武術に身を投じて棒を振り回しながら成長した。一傳斎の三五郎時代から彼に付き従い、同じように剣の道を目指していた。浅山道場のできる以前からの弟子とも言える立場となっていた。道場ができると一番弟子という形にもなり、道場開き以降通い剣の道を磨いていた。

松吉は別に武士になりたいと思っていたわけではないのだが、男気を奮い立たせるような剣術の魅力にはまり込んでいた。それにこの地の風土というか、常に余所者により戦場

にされる地域の特殊性から、身を守るための剣は農民でありながらも多くの人が習い覚えていた。松吉は達人とも言われる技を備えていた。

一傳斎との若い時代からの関係は、師弟と言うよりは兄弟のようなものになっていたのだ。その結果、見込まれて若き日の一傳斎の隠し子である千代の養育を頼まれたのだった。そしていつしか千代は、松吉の真実の子になっていた。だからこそ、松吉は自分の好きな道を娘の千代に押し付けていたのだ。この剣の道を教えていることは実の父、一傳斎にも報せることなく内緒の行為だった。

千代が襲われた祭りの日の夜、事件が広く知れ渡り、噂が噂を呼んで千代松には客が殺到していた。店は一杯で入り切れず多くの客は断わられていたが、その人達も外で待っているといと言って動かない。松吉も今晩は特別に夜中まで店を開けることにしたが、多くの人は千代の姿を一目見たいと来ていた。その気持ちは分かっていた。中には今日はこれ以上は駄目だと断っても、「まだ夜明け前だ、待てばよい。夜明けまではまだ時間がある」と言って帰らない者もいた。

松吉は、外で待つお客達に丁寧に断わりを入れながら、冷酒を一本振る舞って、「これで御勘弁を」と頭を下げていた。「いらぬ気遣いはするな」と言いながら、屯していた客は朝方まで、店の前で藪蚊の餌食になっていた。

何しろ今日の祭り帰りの誘拐事件の結末は、話題の少ない田舎町のこと、祭りそのものよりも大きな話題になっていた。話はその日の内に遠方まで大きく広まっていた。当然に千代のとった武勇伝には尾鰭が付いて、美人の烈女として広まっていた。岩屋に帰っていた長七郎の耳にもその日の内にその話は聞こえていた。

その日の長七郎は、祭礼のお参りを早く済ませ直ぐ岩屋に帰っていた。千代が襲われた頃は既に農作業に励んでいた。昼を過ぎる頃、猟師仲間の滝の新作が山に入るついでに岩屋に寄っていた。其処で祭りの後に起こった事件を、世間話をするように話したのだった。滝の新作は、長七郎と千代の関係は全く知らない。巷の噂を聞いた刃傷事件の話をしただけだ。その話を聞いた長七爺の突然の豹変に、話した新作が驚く。長七爺の驚愕としか言えない大きく取り乱した反応に、新作は戸惑ってしまった。

新作としては、単なる世間話としか思っていなかった。それが、今まで見せたことのない長七爺の驚いた反応と慌てた様子。その現場の状況を教えろと矢継ぎ早の詰問となっていた。

「何、千代松の千代が襲われた。何時だ、何処で、その襲った相手は誰だ。無事に助け出されたのか」

新作はあまりにも予想外に激しく責め立てられ二の句が出ない。今まで見せたことのない性急な言葉に戸惑っていた。返事に窮して暫し呆然としていると、更に新作の腕を強く握っての更なる追及に驚きしかなかった。新作は全く予想しなかった長七爺の態度に、納得できないまま、まさかあの千代が長七爺の色か、と一瞬疑ったほどだった。

少し落ち着いた長七郎が、気まずそうに「千代には怪我はないのだろうな。今、千代は店にいるのか」と念を押すように聞いた。千代という娘に対する長七爺の今の態度、新作は更に不審感が増して、言葉のないまま長七爺の顔をじっと見るだけだった。新作は千代松に行ったこともないし、千代松については何も知らない。俺に聞くだけ野暮ではないかと思いつつ、いつも自分達仲間内で信頼されている長七爺の、常にない異常な態度に疑いだけが起こっていた。

新作には理解できない長七爺の姿であったが、それでも伝え聞いた現場の状況を続けて語る新作の話とは、

「お千代という女は、怪我もなく、身体は何処も何ともない様子。自分で悪い相手の男達を手玉にとって大怪我をさせたようだが、普段と変わらず平気な顔で店に帰って仕事をしているので、何の心配もない模様です。大の男、悪人四人にそれぞれ大怪我をさせたことで、周辺の者が驚いて大変な騒ぎになっているようだ。特に騒ぎになっているのは、若い娘の剣の扱いについてで、話は大きく広まっていたが、何処までが本当かは分からない。女の手一つで男四人とも傷付け追い払ったのを見て、誰しも驚いて騒いでいるだけです」

それを聞いて、やっと安堵の顔色が見えた。落ち着いてどうにか納得したらしいが、更に念を押すように、

「千代には何もなかったということは確かだな」

更なる念押しに、新作は多少うんざりしていた。それでも疑いの笑みを浮かべながら、

「爺の様子だが、千代松の松吉殿は一刻者で名物親父と聞いている。あの娘、お千代と長七爺は何か関係があるのですかい」

深い疑いの目で真っ直ぐに聞いてくる。言われた長七郎は、初めて自分が取り乱していることに気が付いた。そして本来の自分を失っていたことに気付き、慌てて元の自分を取り戻そうとした。

「いや、何もないが、俺の行きつけの店だからだ。新作、今の話は本当だな、俺も千代松には時々行くので、お千代のことはよく知っているので驚いてしまった。大きな声を出して済まん。だが、千代には何事もなく怪我もなかったことは幸い、それは何よりだ。しかし、その剣の扱いは松吉仕込みか。いつの間に、俺に黙って余計なことを。それでもそのせいで何事もなく済んだということか。ともかく無事だったのだな」

独り言のように更に念を押していた。やっと長七郎の普段の笑顔が戻っていた。新作は、長七爺の態度に普段にない大きな不審を持ち首を捻っていた。爺と若い娘、何とも割り切れない思いを抱いた。

十四　乱

関東の地に早くから根を下ろしていた桓武平氏の内、下総を本拠地とした平将門は一族との私闘を繰り返し、国司に反抗して豪族達と手を結んで天慶二年（九三九）に乱を起こす。将門は常陸・下野・上野の国府を攻め、関東の大半を征服して新皇と称したが、翌天慶三年に関東の武士である平貞盛・藤原秀郷らにより討たれる。

その藤原秀郷の血を引く佐野氏、小山氏、小野寺氏、皆川氏、壬生（みぶ）氏、鹿沼氏、長尾氏ら坂東武者達が関東地域の一角を領していた。

そして、北条氏康が武蔵野の国から下野・上野へ軍を進め、この地の覇権を握ろうと画策していた。古河公方の名のもと、北条氏康は関東管領の息の掛かった地域の関東武士団を次々に攻略。自軍の傘下に収めながら、既に足利長尾氏、桐生佐野氏を懐柔し、続いて上野の国の中央部を攻略、己が手中に収めながら、更に関東全域を支配下に置くべくその勢いは凄まじかった。

今では、関東管領上杉憲政の支配していた御嶽城（埼玉県神川町）は奪い取られ、更に平井城（群馬県藤岡市）も追われて、上杉勢は関東地域での足場を失いつつあった。関東管領とは名ばかりで、その支配下にあった領主達は自らの地盤を失いつつ敗退を続けていた。管領職にありながら、上杉憲政は自分が支配していた地域を治められる人材ではなかったのかも知れない。北条氏康の調略や侵略により、自分の地盤であった支持者を広く失い、やがては越後に落ち延びる。

この頃になると、赤城山麓の勢多郡粕川周辺は北条軍の先鋒と見える、少数の半武装兵が戦闘時の足場を固めるために出没していた。北条軍の赤城山麓への登場は早く、関東管領上杉家旗下の領主達は、じわじわと押し捲られてその支配から離れていた。多くの地侍や地方豪族は、北条軍のその勢いに屈服し、服従せざるを得なくなり、次々とその支配下に組み込まれていた。

今では桐生佐野氏も北条方先鋒隊としての先陣を務め、今まで友好関係にあった近隣の豪族らに対して、北条側への参入を勧め、先に立って調略工作を行っていた。意に沿わなければ自身が身をもって攻め立て、手を上げれば自軍の先鋒として、北条軍の軍略に従い先手として関与させていた。

関東管領上杉憲政は、関東一円の支配地を追われ、上野の国の西北方、利根川上流の僻地に後退、最後の地を死守せんと陣を張っていたが、今ではどちらかと言えば上杉、長尾軍の支配下にあった。そのような状況の中、甲州武田氏も同じく侵略の隙を狙い、その支配下の者も、どさくさに紛れて上野国各地に侵入してくるとの情報も入っていた。武田氏は上杉、北条の争いを幸いに、信州と上野西部の地を狙っていた。そのため上野の地は三つ巴となっていた。この地が、何処の支配となるのか未だ分からない状態だった。

特にこの時点の赤城山麓では、北条軍と上杉軍との戦いの中にあって、地域の民は家族の生命と財産を如何に守るか、そのためにはどちらの軍に従属するか、苦しい判断を迫られていた。農民達は既に田畑の荒らされるのはどうしようもないかと、諦めにも似たものがあったが、一家の者の命を守るため、この期を凌ぎきる術に頭を悩ませていた。

里人はささやかな農地により生計を立てているが、古くから此処に住む農民達にしてみれば、力によって我が地を支配しようとする他国の武士達。北条、上杉と聞いても自分達には何の繋がりもない全くの赤の他人。義理も人情もなければ何の親しみもなかった。

戦場で常に命を懸けた戦いに参陣している将兵は、長く続く命のやり取りに心は荒れすさんでいた。すさんだ人間は、普段には考えられない行動を平気でとる。この時代の下級戦士に武士の誇りなどはない。それは何処の地の人間とて大きく変わらない。命を懸けた戦いの中で猛り狂った兵達は、死と隣り合わせの日常にすさんでいた。その捌け口がそのまま地元民に向かってくることがあった。地域住民もそれらの者の暴力を何とか避けたい。

敵側でなくとも味方でなければ、敵側の人間と大きく変わらない。どちらでも良いからできるだけ早く、覇権を握る方に付いて素直に服従したいが、どちらが勝つかが分からないのだ。覇者となる者の選択によって村人の死ぬか生きるかが決まってくる。命と財産の全てを懸けて丁半賭博に出るような選択となってくる。但し、地元民としては、最終的に勝者がどちらになっても、自分達の少ない実入りから取り上げられる年貢が大きく変わらないことは分かっていた。

戦の勝敗は、実際戦場で戦っている者にも簡単に判断できるものではない。ましてや領民百姓達にその判断ができるわけがなかった。

多くの村の領主以下村人達が集まり、どのようにして戦禍を避けるか思案していた。山中や安全と思える遠隔地に退避する者もいたが、いつ終わるのかも分からない争いである。雨露を凌ぎ寒さに耐える住まいを見つけるために苦心し、持参する食料の不足から飢えに苦しむことも考えなくてはならない。

粕川近在の村民も同じであった。何とか戦渦に巻き込まれないようにと、丑田屋敷内に主だった者が集まり対策を考えていた。丑田屋敷の防塞と浅山一傳斎の指揮を頼り、自ら協力を申し出て指示を仰いでいた。

浅山一傳斎は五百人余の村人とその子供達、彼らの生命と村の財産を守るという、大変難しい指揮を執らなければならなかった。まずは村民の心を纏めて、いざとなれば我らが領主屋敷内に村民の多くを集め一致団結して戦う。他の村民達がその間雨露を凌ぐ場所も屋敷内に確保していた。食料の備蓄も整った領主屋敷は重要な拠点であった。

他国の荒ぶれた暴徒化した敵兵から身を守るこの屋敷は、一種戦時要塞化する必要があった。いざ戦となれば村人全員が此処に集まり、一切を浅山一傳斎の采配に従い、砦化したこの屋敷で戦うが、死守できなければ全てを捨てて山中に逃げ飢え死にするかも知れない。だが他に選択の道はなかった。

一傳斎こと長七郎は、迫り来る戦いを間近に控えて対策に苦心していた。自分の采配を信じて寄って来たる領民の生命と財産を如何に守るか。自分の命共々その方策に腐心していた。兎にも角にもこの地を戦場にはしたくない。戦場になれば領民の生命が危機に晒されると共に地獄絵図が展開される。戦が長引けば長引くほど、地域住民への蛮行が繰り返される。荒れた戦場と戦後のどさくさの中で略奪も起きる。

北条軍が武蔵野の次に、下野を制覇しながら東から攻めてくる。その将兵達は戦い慣れしている。今まで制覇してきた地域を見ても、戦いに負けた領主達は逃げてしまえばそれまでだが、土着した農民は簡単にその地を離れることはできない。男は戦場に駆り出され、女子供は占領軍雑兵により好き放題に虐げられ、家財は略奪に遭い、命一つ生き残るのが精一杯であった。

勝利を得た側の大名旗下の武将達は、次の戦の準備に忙しく、占領下の領民のことなど構っていられない。彼ら地元民に直接対峙するのは下級兵卒達だ。多くは金で集められた遊び人や農民兵。命を懸けた彼らの報酬は僅かだから、自分達で勝手に手に入れようとする。際限のない悪事の限りを尽くす者も出て来る。指揮官は制圧した地域での部下の動きには目が届かず、統制はとれていない。今の北条軍は、そんな多くの雑兵を抱えた軍団であった。

現況では、年内にも北条軍の先鋒がこの地域に殺到すると推察されていた。今まで上杉側の支配下にあった豪族達は、守護していた小城や砦に籠もってはいるが、今の状況を見れば、抵抗することの愚かさは目に見えている。皆、北条軍の侵攻への対応に苦しんでいた。

上杉の支配下にある領主達は北条軍を迎え撃つだけの自信はない。できれば手を上げて北条方に誼(よし)みを通じたいが、それが上杉軍に知れたらそれこそ一族皆殺しは避けられない。しかし今の上杉軍に北条軍の進撃を食い止める力があるようには思えない。

一傳斎の見方もそれと変わらなかった。如何にして北条に通じ不戦の誓いを立て、戦火の災いを避けたかった。だが相手のあること、此方の思惑通りに行くかどうかは分からない。相手は勝ち戦に乗っているし、恐れるものは何もない。此方の言い分になど耳を貸す必要もなかろう。たとえ北条方に話を通じても、此方の対応が重要になってくる。今、如何に行動すべきか難しい判断を迫られていた。

現在はまだ半分以上は上杉の支配下にあったが、北条軍の展開を前に下手に動くことはできない。しかし一傳斎の判断では、今の北条軍の勢いから見て、この地を上杉連合軍は守り切れないと思っていた。この地が北条の支配下となるのは時間の問題かも知れない。侵攻がいつになるかを知りたいが、それも難しかろう。

今は穏やかに平和に過ごしている農民達にとって、関係のない余所者の権力争いに巻き込まれたくはない。この地が血で汚されるのはご免だ。村民は自分達の生活を如何に守るかで精一杯なのだった。

余所者の出方によっては抵抗もあり得ることを示しながら、我らの考えと、屋敷の中立を貫く意志の強さを理解してもらうことである。また、敵がこの地を攻めることが如何に大きな損失に繋がり無益であるかを知らしめることで、この地の戦場化を避け、領民の生命を守ろうと一傳斎は考え悩んでいた。

争いは相手の胸の内によって決まることながら、我らの対応が大事であり、その動きによって戦禍を避けられ生き残れるのだと一傳斎は考えていた。今、粕川地域住民の信頼を受けている浅山一傳斎の思考とその判断に、多くの住民の生死が懸かっていた。

赤城山中の岩屋住居、長七郎の岩屋には入りきれないほどの人達が集まっていた。粕川道場から留蔵の仲間である猟師達に、重造一派の仲間は増えて六人になっていた。粕川道場から選ばれた若手の上位にいる門弟が十人、門弟ではないが武辺の志ある若者が加わり、総勢二十三人、それぞれが得手とする武術に関しては頼りになる者達が、一傳斎こと長七郎のもとに集まっていた。

其処に少し遅れて道場から、太吉と弟弟子によって大きな鍋に釜と碗類が届けられた。長七郎の注文である。したがって米や味噌類も翌日には届いていた。人が多くなれば食料が必要となる。山中の長七爺の岩屋も立錐の余地もないほどの混雑で、座ることもできない状態であった。

それぞれが既に戦に備えての身支度、自分の得手とする武器や防具、替えの草鞋を持って来ていた。一傳斎から告げられる、村人を戦禍から守るという大義名分のもとに集まった若者達は酔っていた。今まで他人のために命を懸けて働くことなどあり得ない環境にあった彼らである。生死を懸けた場に参加するというのが、本人達自身信じられない心境であった。

そんな中にあって、一傳斎こと長七郎が今まで見せたことのない厳しい顔で皆を眺めながら、現在の里の状況を説明していた。そして、これから如何に対処するかを述べる長七郎の声は高かった。

「此処にいる者は既に知っての通り、この厳しい戦国の世に、眼下の里の人達の生活を如何に守るか、我らはこれから如何にすべきかを悩み考え、皆に集まってもらった。各々方にも何か良い案があったら話してもらいたい。此処で話したからといって責任を問うものではない、と共にどのようにするということでもない。最後の判断は我がするが、我の考え以上に良い案があったら参考にしたい。我も今は大いに迷っているのだ。皆の中から、どのような考えでもよい。現況を踏まえた上での、これからの我らの参考にできる考えや判断を聞きたい。我自身、他に良い方法があるのではないかと、実際判断に迷っているのだ。集まった皆の話をこれからの参考にしたいのだ」

長七郎も実際迷いに迷って決めかねていたのだ。概ね、最後の腹は自分が決めなくてはならないが、己の判断に数百人の命が懸かっていることを考えると、強固な自信はなかった。

何か他に良い案があるのではないかと迷う中で、しっかりとした確認も取りたかった。今まで自分が練ってきた案にも、事実自信がある訳ではない。一つ間違えば全ての者の命に関わることになる。集まった者の中の雑談の中で語られるさり気ない意見が大きな参考になり、役立つことは往々にしてある。此処では長七郎ではなく、村人の信頼を得ている浅山一傳斎として関わっていた。事が失敗すれば悲惨な結果を招くことになるし、一傳斎自身の名誉にも関わってくる。

集まった者達も、今は自分の命は一傳斎に預けたつもりで、命じられたことだけを実行すれば良いと考えていた。誰も戦の判断などはできるわけがないのだ。集まった者達からは声一つなく屋内は静まり返っていた。

一傳斎としても自分も不安だらけなのだが決断の時は迫っていた。その重大な判断を皆に求めることは無理なのかも知れない。だが、これから全てを懸けた戦いの決行を決めるのは自分達だけではない。生死を懸けてこの地を求める侵略者達も同じなのだ。強大な力を持った者達がこの田舎で争い、際限ない争いを繰り返すのだ。この地がこれから先、どのような形になっていくのかは今の自分達には判断がつかない。それを自分達の力で止めるなどできかねることだった。

侵略する者は、我らの心とは全く関係のない私欲と権力奪取に走る。今の世の流れは全て、相手方の意思と力で決まっていっている。我らがこうすれば良いと言えるものではない。それを此処にいる皆に求めたところで答えが出るものでもなかった。暫く待ってから、

一傳斎が、

「皆からの意見は今のところはないようだな。皆の命が懸かった難しい問題だし、簡単に良い意見が生み出せるものでもない。それでは我の考えを話してみる。それを聞いてから意見を述べてくれ」

　暫く眼を瞑っていたが、おもむろに話し出した。

「まず、道場と屋敷を戦場にはしたくない。屋敷の防備は厳しく固めているが、上杉、北条、場合によると武田軍かも分からない。どちらを相手にしても、本気で掛かられたら我らの戦力では防ぎようがないのは分かっている」

　と一息つきながら、

「しかし彼らが、今此処で我らを攻めて此処を奪ってもあまり意味がない。我らの屋敷を攻めることが、彼らの戦いを有利にはしないことを分からせることだ。我らを攻めることによる損失が大きければ、相手方は無理に攻めてはこないかも知れない。我らを黙って見過ごしたところで、大きくこの辺りの戦況は変わらない。彼らが此処を無理に攻めて占領したところで、それ以降の戦いに大して役立たないとなれば、大きな手数と戦費をかけて攻めるべき所かどうか考えるだろう。攻めてその損失が大きくなると見れば、相手も手を出さずに見過ごしてくれるかも知れない。それが我らの狙いだ」

　話は続く、

「此処を攻めることは戦略上大きな損失を招き、此処を勝ち取っても役に立たず、これからの戦局に影響なければ無駄な戦いはしてこない。今の我の考えとしては、そう思って今はできる限りの防備を調えている。そしてその防備の強靭な様子を彼らに知ってもらうことだ」

と説明はしたが、全ては敵となる相手の判断により決められることであった。

「相手が如何に出るかは分からない――」

との声は小さかった。一傳斎は一息ついて、

「敵となる大軍の中、傘下にある兵達には総大将の考えは中々理解できないものだ。戦功を焦って勝手な行動に出る者もいるだろう。戦場に向かう兵士の心理は狂気の中にあるのと同じで、簡単には止め切れないものだ。必ずと言っても良い、先陣を切って戦功を上げて後々自分達の扱いを有利なものにするという戦場心理は、傘下にある武将は誰しも持っている。それらの攻勢を如何に止めて、侵攻を防ぐかが今の我らに課せられた問題だ」

長七郎が話を止めて皆を見回したが、ほとんどが体一つ動かさず小さく頷くだけだった。次の一傳斎の話を待っているのか、沈黙の時が過ぎた。一傳斎が改めて話し出した。

「新たに北条軍に付いた陣営に、今までの経緯から見て必ず先駆けをする者がいる。その者達が我らの屋敷を攻めてくる可能性が高い。それを迎え撃つ我らはその相手を徹底的に叩き、我らの強靭さをしっかり見せることが大切だと思う」

傍にいる十右衛門を見て、

「この度の屋敷の中の守りは、山崎十右衛門殿に任せてある。我ら此処にいる者は屋敷の

外側にあって、屋敷砦の攻略に夢中の敵方に対し、我らの屋敷を攻めることが如何に無益かを、率いる兵卒への損害が大きいかを悟らせる。先駆けによる戦いで多くの兵卒を失えば、大部隊をもって此処で戦いを挑んでも、その損失が大きいと彼らも考えるだろう。戦況が有利にならないのであれば、中に籠もって誰も動かない屋敷の砦など攻めはしないのではないかと思う。我らが屋敷の攻防、初戦を命に代えて守り抜く重要性は其処にある」

屋敷砦を踏み潰すことにより、高い戦費の浪費と多くの犠牲者が出るのだということを敵に悟らせる戦術については、大多数の者が分かってきたようだ。

「お師匠、いや大将。今、わしらにどうしろと言うのだ」

誰かが声を上げる。一傳斎は、また、暫く考えていたが、

「この度の北条軍の配下にある者で、他の者達に先駆けて功績を挙げ北条方の覚えを良くし、自分達の今後の扱いを有利に取り扱ってもらおうと考えている者はいる。我らの屋敷を誰よりも先に攻め落とし、北条氏の機嫌を取るために此処での先陣を取ろうとする者が必ずいる。丑田屋敷程度の軍備内容の備えは彼らにとっては手頃な攻めやすさ、功名を焦って単独で抜け駆けをする者が必ずいると見ている」

話は聞いていても、声一つない。

「戦場心理として、その支配下にある者は自分が先に功を立て、自分の力を見せるため、先駆けすることがよくあるのだ。そいつらは決して大軍ではない。我らは屋敷の外にいて、そいつらの侵攻を待ってその直前で徹底的に叩く。我らは最後まで戦ってその場で勝つ必

要はないが、先駆けする者達には計り知れない強力な敵がいると悟らせる。その時は屋敷の者は大きく動かない。戦力を温存し、余力をもって専守防衛で敵を屋敷内に入れない万全の備えで待機している。そして屋敷を相手方に攻撃させるが、この戦いは屋敷の外にいる我らだけで戦う。我らが何処の者だか敵方に知られてはならない。攻め寄せる相手方には、屋敷を攻めるには得体の知れない別働隊が他にいる。屋敷を外部から守る敵がいる。敵には計り知れない強靭な敵がいると思わせねばならない」

言いながらも、皆が話を何処まで理解しているか分からない。一傳斎の話が核心に入り難しくなってきたが、此処が一番大切なところである。皆は何とか話を理解したか、次の言葉を、息を呑んで待っている。

「大変難しい話となるが、相手が屋敷を攻めようとすると、屋敷に関係のない我らが突然現れ、その脇から攻めて敵を阻止して打ち破る。敵方が知らぬ間に我らが突然現れ、敵である寄せ手を奇襲する。屋敷側の得体の知れない遊撃隊と思わせることだ。我らは屋敷内の守護兵力とは別の選り抜きの一隊として、屋敷が攻められる直前に――」

長七郎は此処で暫し言葉を切ってしまった。話を聞いている一同は、大変難しい状況に気付いていた。今日此処に集まった者は多人数で部屋の中は一杯なのに、岩屋の中は静かになっていた。誰からも何の言葉も出て来ない。この辺りの話になると、自分達の今の立場が少しながら分かりかけてきた。此処に集まった者に、何を求められているかが分かってきたのだ。一息ついてから、一傳斎の話は続いた。

「敵が屋敷に近づく。屋敷に攻め入ろうとすると、何処の者だか分からない我らが突然攻めかかる。相手は予期しない戦闘隊が突然現れ戦陣を乱される。それは抗し難い強い組織であると悟らせる。奴らは屋敷に手を触れない内に我らによって追い捲られる。それでもその者達に、屋敷の砦と化した防御体制をそれとなく見せて、これは簡単に破ることはできない場所だと悟ってもらう。生半可な態勢では攻め切れないことを、相手方に充分に認識させることがこの戦いの目的だ」

集まった者は、一傳斎の話を息を呑んで聞いていた。人のいる気配がないほど静かになっていた。話の内容は、命を捨てて先手を打つように戦えと言っていることは分かる。今の自分達は農民なのに、攻め来る敵、武士団と戦えと言っているのだ。誰からも声一つなかった。命を捨てて戦うというが、この自分達がそんな恐怖の中戦えるのか。

物音一つしない静かさを破るように、一傳斎が、

「この作戦を実行するには、敵の動きに即応しなければならない。我らの前戦基地を屋敷の外近くに置かなければ、この作戦に対応できない」

皆は囁き一つしない。一傳斎は更に続ける。

「ともかくこの小屋では、屋敷に何かあった時に、時間的に間に合わない。屋敷の近くに場所を変えて、其処に移って敵を迎えようと考えている」

言いながらも一傳斎は行く先のことは考えていた。

「俺の考えは、屋敷に近い室沢にある医王院観音寺の位牌堂と思っているが、他に良いと

思う所があれば言ってくれ」

一傳斎の頭にあったのは室沢部落に近い山寺の医王院だった。皆はそのような所があったかと、首をひねる者が多かった。

皆の返事を待っていた。今日此処に集まってきたのは一傳斎の目に適った者達。だが彼らは黙って聞くだけで何の発言もしなかった。

彼らにとって、これからどのような展開になるかが気になるところであった。自分達が遊撃隊として戦いの火蓋を切り、寄せ来る敵を撃退する役目を帯びているというのだ。集まった者達は、門人の中からも信じて選ばれた者達である。此処に来て今更逃げ出すわけにはいかない。それなりに既に命を捨てる覚悟はできていた。

長い時間がかかって打ち合わせは終わっていた。全ての者が一傳斎の指示を受け入れ、覚悟して従うつもりでいた。

十五　主戦場

北条氏康は、隣国の今川氏と武田氏と手を結び、後顧の憂いなく関東進出を目指していた。それまでは上杉氏や長尾氏系の勢力が関東管領の名のもと、この地域一円を抑えていたが、関東制覇を狙う北条氏康の勢力は強大であった。既に武蔵野を傘下に収め足利長尾氏、桐生佐野氏等、旧関東武士団と言われた東国藤原氏系の武士達を懐柔、更に上野の地一円を手中に収めようと広く触手を伸ばしていた。

これまで手中にしていた関東中部地方の実権を、長尾一族は北条氏康に奪われつつある現状だ。管領派は上州と言われる上野国も既に西部の山中に追いやられていた。関東管領家に属する長尾氏が今まで関東で権力を維持できていたのは、越後の豪族、上杉氏の軍事力があったからである。しかし上杉家家中の内輪もめと甲斐の武田信玄との対立、それに冬季の雪に閉ざされ動くこともできない軍は、北条軍の侵攻に対して上野地方からの援軍要請に応じることができずにいた。それもあって関東中西部地域は、北条氏康の意のまま、次々とその領地を奪われつつあった。

この時季、越後国は深い雪に閉ざされていた。関東の大方を支配していた管領家一族、その臣下の長尾憲景に、越後地方からの援軍を急遽求めることはできなかった。上野国において上杉管領家、長尾系一族には信州からの武田信玄の侵犯もあり、現状の維持さえ難しい。その状況を読んで、北条軍は上野侵出に力を入れていた。

春を迎えると上杉氏の越後軍は大軍をもって冬の間に奪われた領地の復権に力を入れてくるのだが、近年は越後国の内紛によりそれも難しい。越後国内も長尾家内部が纏まりを欠き一本化ができていなかったところに、武田軍の信州北部への侵攻が続いていた。今は川中島の対戦を控えて、上杉軍には上野救援の余力はなかった。

それを見て、冬季を過ぎても北条軍は露骨に戦場拡大を図ってきた。その手先に使われるのが、新しく支配下に置かれた関東武士団と言われる、地域豪族や中小大名達である。北条方の攻略により望まぬ恭順を強いられ、今まで親しき関係にあった隣接国への武力行使も、自国の権益を守るためには致し方なかった。意に沿わぬ苦渋の侵攻を行っていた。

一傳斎達は粕川地域に伝わる北条軍進出の情報に、望まぬ争いが目前に迫っているのを知る。この戦禍を如何に避けるかに悩み苦心していた。

一傳斎は村民の檀那寺、医王院観音寺に早くから目をつけていた。中村屋敷に近い其処を遊撃隊の溜まり場、隠れ家と決めていた。寺の本堂から少し離れた所に大きな納屋がある。この辺りの寺は檀家や信者も少なく仏事だけでは寺の生活は維持できない。寺の僧侶も檀家の手を借りて、皆の先に立って米や農作物を作っていた。豊かとは言えないこの地方の寺の姿だ。

一傳斎は岩屋に集まった村の若者達各自の任務を決め、三々五々その場を離れ、目立たぬように指定した医王院に移動していた。各々が自分の得手とした武器を手にして集合場所に集まった。

敵の先遣部隊の侵入に対し、初手で壊滅的な打撃を与え、此方の戦闘能力を強く敵に知らせしめる必要がある。そのための細かい作戦が練られていた。


北条軍の急激な進撃に際し、北条方に対して意に沿わぬものの擦り寄った形の箕輪の長野氏、小幡氏、安中氏らを味方につけていた。

上杉憲政は平井城を捨て、長尾憲景を頼って北上野の白井城に逃れた。そして更にそのち、越後の長尾景虎を頼って落ち延びる。

北条氏康は天文二十四年（一五五五）、桐生城の佐野氏と金山城の横瀬氏を従属させていた。更に弘治二年（一五五六）には、完全に足利長尾氏が従属、関東一円を手中に収めたかに見えたが、現実はそうではなかった。

春を迎えれば、どうにか戦陣を整えた上杉傘下の軍勢が越後・信濃方面から、一気に進む雪解けと共に、何事にも辛抱強いと言われる越後兵がやって来る。上杉・長尾氏を支える越後軍団だ。冬季に北条軍により失われた失地回復を目指し、各地に荒々しい戦場が展開されていくと思われていた。

だがこのところ、上杉軍は武田信玄を信濃に迎え、後世に名を残す川中島の戦いに向け、主力本隊は上野地方には手が回らなかった。そのためもあって、上杉・長尾軍の対北条戦線は手薄であった。北条軍は有利な状況で上州上野地方を席巻していた。

戦の都度、戦場となった地域住民には悲劇が訪れる。家は焼かれ田畑は荒され、逃げ惑う婦女子は無慈悲な暴力と略奪の嵐の中に晒されていた。このような悲劇はこのところ各地で繰り返されている。今年もご多分に漏れず、地獄図に似た情景が各地で展開されたという話が流れてくる。

粕川沿いに近い、丑田屋敷に半里と離れていない天台宗医王院の位牌堂には、長七郎の指示で三々五々岩屋を離れた仲間達が集まっていた。其処に長七郎を名乗る浅山一傳斎が入って来た。此処も、探索に出た物見の者以外、二十人余りの人間が山中の岩屋から移動してきたが、皆が集まるには広い場所とは言えなかった。小さな高窓からの明かりがぼんやりと屋内の仏具などを照らしていた。堂の中には両側に棚が並び、其処に身寄りのない仏の位牌が二十ほど並べられている。その奥には良い出来とは言えぬ、座高一間ほどの地蔵菩薩と思われる石造りの仏像が安置されていた。

春も過ぎ初夏を迎えようというのに、しっとりと湿り気を帯びた床の冷たさが、座り込んだ尻を通して伝わってくる。此処は普段は火の気もない所である。お堂の前の庭では仏事の時に使う大鍋を吊るし、獣肉や里芋などに味噌を入れて煮込み汁を作っている。食欲をそそる芳香が周りに充満している。その堂前で燃やす火と大勢の人の体温によるものか、あるいは戦いを前にしての熱気か、自然と堂内の冷たさは和らいでいた。

堂の中で、村人が作った冷たくなった握り飯と、碗に盛られた温かい味噌汁が配られた。握り飯は誰の手配かは分からないが、多分村の農民からの差し入れだと思える。中にいる者達は楽しげにむさぼり食っていた。長七郎も握り飯を一つ手に取り、「旨い」と言いながら目を細めて食べていた。食べ終わると早速、作戦会議となった。

この辺りにはまだ、攻め来る者の姿は見えていない。静かな気配の中にある村だ。どちらかと言えば上杉軍の支配下ではあったが、村人にとっては上杉方・北条方双方共に少なからず敵と踏んでいた。しかし、どちらも敵に回してはならない相手でもあった。村民にとっては関係のない他国の者達の権力争いに巻き込まれたくはない。双方の動きに注意してはいるが、上杉軍と思われる将兵の姿も今はまだ見ない。

北条側の先手の軍との戦端が開かれるのは、支配下となったばかりの桐生、大間々近在の豪族の軍から始まるのは目に見えていた。

薄暗い建物の中で、一傳斎が、

「重造、まずはお前達の働きが先だ。北条軍の先手がいつ動くか、何処の誰が動くかを嗅ぎつけるのが大切だ。北条軍支配下となった何処の地区の軍がどの程度の兵力で襲ってくるか。上杉方から戦端を開くことはあり得ないから、北条方の先鋒が誰かを調べろ。多分、抜け駆けするのは最近支配下になった豪族だと思うが、その動きと彼らの攻め入る時期をしっかり掴まなくてはならない。多分、大間々近在の豪族達だと思う。北条軍の気を引くために、少しでも多くの功を立てようとする者達の多くは、戦場一番乗りの抜け駆けを狙って、行動は夜明け前に敵地を襲うのが常だ。その動きをしっかり調べてくれ」

と言って、重造達に指示した後、残った若者達には次のように伝えた。

「先駆けして来る先発部隊を徹底的に叩き、そいつらに我らの強さを充分に見せつけておくことだ。それは北条軍本隊に我らを敵にさせないためだ」

重造達にとって先鋒が誰かを掴むのは当然忍びの仕事、言われた意味は分かっていた。一傳斎の指示を受けて仲間を別の所に呼び集め、探索先の配置を指示し、それぞれ武器を携えて東の方面に散っていった。

一方、攻め来たる敵に備える屋敷砦の方は、山崎十右衛門の指示のもと、防御の柵や障害物の設置に追われていた。また、作業の合間を見て、老若男女を問わず、弓矢槍術の稽古は時間を決めて行わせていた。壮健の者達は自ら自発的に集まってきていた。近辺の戦場から拾い集めてきた雑多な武器に手を入れて、迎撃戦に備える計画だ。そして、その武器を操る技能を十右衛門の指導訓練の中で身につけていた。特に重点を置いたのが、戦慣れしていない農民に、距離を置いて戦える弓矢の訓練であった。

屋敷の堀の外側には、鋭利に先を尖らせた割り竹を雑草の繁みの中に、三寸（約一〇センチ）ほど出して細かく地中に埋め込んだ。敵侵入の際の足を踏み抜く進入防御策は、侮れない障害物となっていた。夜間の攻撃に対しては、大きな藁塚を堀の外に設置して、いざとなればそれに火矢をもって火を点けて、攻め来る敵の姿を顕わにする計画である。

砦屋敷内は逃れ来る村民達で満杯となる。中には農民兵の家族もいる。己の家族も同じ屋敷内にいるわけで、逃げ出すわけにはいかない。正に後のない籠城態勢であった。また、その大勢の人達の炊き出しの準備も調っていた。

屋敷内砦の総指揮者は山崎十右衛門、現道場主である。道場内の門弟の竜虎・四天王と呼ばれる者達が、各々持ち場を決めて指揮を執ることになっていた。その陣取りの態勢は、ある程度屋敷の外側からも読み取れるところが通常の籠城とは違う。本来なら敵将兵に陣屋内の防備態勢は外からは見せなくするのが普通であるが、外敵が中を覗いて陣屋の防御策など、手の内を見せるのには理由があった。この屋敷は、よく見れば見るほど備えが固く、この陣営を破るには、かなり多くの犠牲を覚悟しなければならないことを悟ってもらうためであった。

一傳斎も十右衛門も、この態勢ならば三、四百人程度の攻勢なら二、三日は戦えると踏んでいた。

上杉方は、その丑田屋敷の対陣工作を見せるのは自軍に対する善意と考えていた。万一の場合、応援に我が兵を砦屋敷に入れようとの申し入れがあったが、十右衛門は上手に断わっていた。

「我らの屋敷は我らだけで守る。気持ちは有難いが応援はお断りする。但し、配下の方達に絶対に我が屋敷に危害を加えないことを申し渡してもらいたい」

此処は我らが死守すると言い切っていた。その言葉は、既に押され気味の上杉方の者からすれば心強く感じられた。だが、上杉の兵が屋敷内にいることが知れれば北条の攻撃の対象になってしまう。北条方の手先となった探索方も入り込んでいるかも知れぬ。だが開けっぴろげな屋敷の防御策は、よく見れば、思いの外厳しい防御策が練られ堅固であり、自信に溢れた完璧に近い態勢を敷いていた。この屋敷を襲うのは大変な兵力を要するだろう。兵は百姓の集まりと高をくくって攻め入ったら、大変な犠牲と損失をこうむるだろう。兵力の大きな消耗に繋がると思わせていた。

北条氏康軍首脳部のその本隊が、進軍に先立ち我らが屋敷に立ち向かわないで、素通りすることが皆の願いだった。北条軍としても無闇に対抗して、この屋敷を攻めて大きな損害は受けたくない。戦を望まぬ相手を敵にしない方が良策だと考えてくれるだろうと読んでいた。氏康側近では、一傳斎が読んでいた通り考える者もあったが、全て読み通りに行かないのが戦場。何があるか分からない。相手方の動きを知るのは大事であった。

一傳斎が屋敷周りの視察を終えて医王院に戻ると、敵陣深く探索に行った重造達を除く残りの者は全て戻っていた。敵方となる軍はどれほどの隊を組んで来るのか、敵方の侵入の際の対策を指示しながら、重造達のもたらす情報を待っていた。

医王院にいる兵は農民ながら一傳斎選り抜きの男達、それぞれの技量には皆自信があった。彼らは一傳斎から細かい迎撃作戦を指示されていた。

「今日は、この辺りの地形をよく見ておいたと思う。近隣の地形や辺りの状況に明るい我らは、暗い中で混戦となっても有利に動けるだろう。多少優勢な敵軍でも、我らの屋敷の防御柵なら充分に守りきれる。我らのあの砦は簡単には破れない、安心しろ」

一傳斎を信頼して待機する者達の不安を取り除くための自信に溢れた力強い言葉だった。

「もし戦闘になれば、我らはできる限り屋敷内に入らないで戦う。我らが相手方に屋敷内の者と思われてはならない。屋敷以外に強力な別働隊がいると思わせるのが大事なのだ。しかしそれ以前に、我らが敵に遭遇して、戦いになることは考えておかなくてはならない。そうなると一命を懸けた戦いとなる。我らは強い戦闘員でなくてはならない。相手から恐れられる戦士であることが、この村を守ることになる。乱戦になった時や敵に追われた時、または怪我をした時、無理をせず何処かに身を隠すか、敵が近づく前にいずれかへ逃げる、その道を確認しておけ。隠れ場所から敵の位置をよく確かめてから、敵に気付かれぬように逃げ帰る。命は絶対大切だ、帰ることができず屋敷内に逃げ込む時は、入ることはできても直ぐには戻るな。一度屋敷に入ると再び出ることは難しい。中に入ったらそのまま十右衛門の指示に従うこと、相分かったか」

一傳斎がそう指示をすると共に、これからのちの緊急集合などの際の連絡方法を話し合い、次の事態への対策を検討し打ち合わせを終えた。

浅山一傳斎こと長七郎は、今の立場は医王院の食客となっていた。道場と屋敷を守るには近くにあって、敵方の情報を得ることが大切になってくると共に、早急なる対応が求められる。今長七郎の近くにいる部下は、重造とその配下の忍者、弥二郎という若者が一傳斎と共に寺の庫裏に寝泊まりしていた。他の二人は足利、桐生方面に潜り込み探索を続けていた。もう一人はこの近辺にあって、膳城を中に挟み中村の丑田屋敷からは半里と離れていない所にいた。山上城がいつ北条軍を迎え入れるかも大事な情報であった。山上城主の山上氏秀が既に敗北、北条氏康に恭順を申し入れ開城を約束していたのだ。

そのような状況から、戦をどうにか回避している上杉軍の動きにも目を光らせていた。忍びの者達は、元々は沼田万鬼斎の麾下でその支配下にあったが、現実は一傳斎のもとにあった。万鬼斎の野放図な監視体制では、重造一人でもその任務、報告は充分に果たせた。流れてくる情報によると、今は足利の長尾氏も北条従属の噂が流れている。足利長尾氏は上杉氏に属している立場ではあるが、寄せ来る北条方の圧力には勝てないようだ。今は、勝ちに乗じた北条軍の侵攻は、脅しと調略も含め、各地域を支配下に収めようとしていた。

このような時期、農民達の心境は複雑だった。自分達が望む望まぬに関わらず、戦禍は襲ってくる。自分達の意思では避けようがない。できることといえば、如何に我が家と農作物の損害を少なくするかにあったが、自分達の思い通りに行かないことは分かっていた。

身一つならば戦火から逃れることはできる。戦火の収まるまで山の中にでも隠れていればいいのだから。しかし、戦火の末に常に見られるのは、下級将兵や敗残兵が起こす略奪による惨事である。家が焼かれずに残っていれば幸いで、家の中のめぼしいものは奪われてなくなる。

こうした悲劇を如何に避けるかが、道場主、浅山一傳斎が頭を悩ますところである。村人達への防備対策の采配に全てが懸かっていた。村人達は一傳斎の防衛戦略を全面的に信じているわけではなかったが、彼に頼る以外に道はなかった。

但し、一傳斎の指示に従うということは、場合によると一命を賭して戦うということだ。己の命が危険に晒されるわけで、村民には其処に大きな迷いが生じていた。我が身にとって大切なものと言えば家族であるが、身内を守り得るかが大事なところである。

村人に対し、呼び出しがあれば丑田屋敷に全員が集まり、戦の説明と防御のための対応を聞くのだが、場合によっては武器を携えての参集となる。それぞれが得手とする得物を持って集まるのだ。家を空ける際には大切な物、持ち運びできない大きな物は地中に埋めて隠し、更に重要な物は丑田屋敷の砦の中に、老人や子供達と共に持ち込み、倉の中や物置に預けていた。

使える武器は限られていた。農民が五分に戦えるのは、敵と離れた所から放つ弓矢しかない。それもしっかり練習すれば寄せ集めの雑兵よりは頼りになる。これは人数も充分に揃えられて、厳しい訓練の結果は出ていた。山崎十右衛門から、一日百矢の弓の訓練は至上命令だった。彼の指示による訓練の成果は長い飛距離と命中率、その精度は高くなっていた。

あとは九尺（約二・七二メートル）柄と十二尺（約三・六三メートル）柄の槍で、堀を越えようとする敵を突くのは、敵の持ち運びの良い短い槍より長い槍の方が有利である。当時、薙刀は未だ主力武具であった。長い柄の付いたものを振り回されると、相手としては手にした刀で受けるのは難しい。矢攻めの中を潜り、大変難儀な堀越えをしながら、力頼りの薙刀による圧力と勢いに勝るのは難しい。

刀は、村人らが使いやすいのは一尺八寸（五四・五センチ）ほどの長脇差、長くて二尺（六〇・六センチ）程度と、軽くて扱いやすいものが良い。長い太刀は重いので農民の腕では振り回せない。武術に長けた武士との打ち合いでは勝てない。ならば従来から用いられてきた薙刀が良く、農民には適した武器となる。他には目潰し用の灰玉や唐辛子の粉など、村民自身の考え出した武器も役に立つ。

このように防備を備えた屋敷は、村民の命を守る最後の砦となっていた。

一傳斎は医王院にあって、各地からの情報を集めていたが、今も道場から門人の太吉が連絡に来ていた。太吉の報告では、一傳斎の指示した丑田屋敷の防御態勢は充分にできているとの報告であった。その後、それぞれの部署はどうかとの確認や質問を重ねていた。

手作りの忍び返し、竹製の踏み抜きは草鞋履きの足には脅威である。草の中に埋め込まれた竹の先端は鋭利で、踏みつけたらあとは動くこともできず大怪我を負う。それを踏み込まないように攻め入ることは難しい。草叢の中に見えないように埋め込んだ鋭利な割竹を、踏まないようにと躊躇っているところに矢を射掛けたら、避けることはできない。

鋭利な割り竹を地中に埋め込んだ間隔や、足絡みに用いる綱などの張り具合、落とし穴や水を張った堀の深さなど、心配の種は尽きない。多分、万事心得た山崎十右衛門が施した防備態勢である。それに対する一傳斎の細かな確認事項は、煩いと感じるほどであった。

十六　若気の至り

防衛態勢は整っていた。あとは相手がいつ動くかにあった。

医王院に寝起きをしている一傳斎のもとに、夕方近くなって十右衛門から一人の若者が回されてきた。浅山道場に入門して二年ほど経ったか経たないかの門人。道場の控え部屋に寝起きをして、入門当初から代稽古を務められるくらいの腕を持っていた。その丹下左衛門が持参した十右衛門からの書状を見ると、一傳斎の付け人として身の回りの警護を言いつけられた者だった。

一傳斎の全く知らない男ではなかったが、道場で顔を見る程度。門弟であっても一度も言葉を交わしたことのない若者である。稽古の様子を垣間見ていたが、その動きは剣士として優れた素養を持っていると思っていた。

十右衛門の説明書きによると、左衛門の血筋は良く、警護役には頼れる者。少年時代から雇用兵として、主に食い扶持を稼ぐために各地の戦場を流れ歩いていた。戦場経験も豊かであり、野戦での荒削りの技能は素晴らしいものを持っている。その経歴は一傳斎と同じようである。道場に入っても剣技の上達は早く、若いながらも時により代稽古も任せられる器量を持っていると。十右衛門としては、更に師匠の傍に置いて抜刀術、居合い術の指導をお願いしますと伝えていた。

　丹下左衛門は、一傳流祖、一傳斎の経歴と現在の無欲な振る舞いに心酔していた。一傳斎としては十右衛門の気持ちは分かっていた。だが我が身を案じてのこととはいえ、居合い術の指導を求めてくるのだから、その腕は確かなものに違いない。我が身の安全と信頼できる弟子の技能伝授に無駄があってはならない。左衛門の顔を見て、笑いながら受け入れていた。名は丹下左衛門と名乗っているが、どうやら自分で勝手に付けた名らしい。一傳斎は自分の若き日を思い出していた。

　本人を前に詳しく糺すと、下野の国は安蘇(あそ)郡の小野寺氏の出で、その郷の生まれだという。元を辿れば佐野氏と同族、藤原秀郷の流れを汲む小野寺一族の者。先祖の主筋は、源氏の棟梁の源頼朝、奥州平泉の藤原一族征討の折に従軍して戦功を挙げ、恩賞を与えられた。奥羽国（秋田県）雄勝、仙北郡など三郡を支配している地方大名も同族だ。その小野寺氏系統の血を引く子孫である。その血筋は立派なものである。一傳斎の家系とは桁違いの名家の生まれである。

　左衛門は若き時代の反抗期にあった。同系の佐野一族の北条氏寄りの対処に不満を持っていた。武者修行を口実に家を出て、それとなく伝わる浅山道場の門を叩き入門し、丑田屋敷の食客として農事を手伝いながら剣の修行に励んでいた。

　そんな丹下左衛門も今は医王院で師匠と共に厄介になり、一傳斎の警護役として同居していた。二人とも常に農民姿で寝起きして目立たぬ動きを見せていた。一傳斎が出掛ける時は、左衛門は地域のあぶれ者、遊び人姿で警護に就いていた。常に長脇差を腰に差し目立たぬようにと少し離れて自分の役目を果たしていた。実際はその姿の方が異様で人目についたのだが。

今日も暗い内から起きて、一傳斎が朝の既定の素振りの稽古を始めていた。

真剣は刃渡り二尺八寸五分（八六・五センチ）と野戦に使う大太刀、重さもあり誰にでも振り切れる物ではない。いわゆる野太刀（のだち）だ。その真剣を軽々と振り回しているが、それなりの技を持ち合わせなければ使えるものではなかった。当然、日頃腰に差して歩くものでもない。

一傳斎は、此処一両日の敵の動静については、重造からの連絡で何処にも動きがないことを承知していた。だが、できれば自分の目で敵となる相手の様子を見ておきたいと考えていた。そして今日、一傳斎自身による敵情視察。明日にも迫りつつある北条軍の先鋒の出鼻を如何に挫くかを探るための敵地探索の予定であった。

朝、丹下左衛門は寝過ぎてしまった。目を開けて、氷のように冷たい風を切る音を耳にすると、左衛門は飛び起きた。慌てて顔を洗う間もなく音のする庭先に出て行った。其処で見たものは、足腰をしっかり据えて繰り返す師匠の素振りする姿だった。朝早い冷気の中で薄らと額に汗が滲んでいた。その姿には若き日の師匠の影が窺える。

左衛門が慌てて自分もその場に並び、稽古に身を乗り出そうとすると、「ほれ」と声を掛け、大太刀を投げて寄こした。慌てて受け取りその刀の重さに驚いた。この刀を腰に差していた場合、居合い術をもって如何に抜刀するのか、驚いて考えていたところ、探索の供を指示された。

医王院観音寺の庫裏での朝粥の食事も済み、左衛門は一傳斎から言われて、途中での腹ごしらえの握り飯を貰いに門前の農家に向かった。入り口の戸を半分ほど開けて、その家の老婆が待っていた。その手にはしっかりと風呂敷包みに包まれた握り飯が用意されていた。それを受け取るために頭を下げながら手を出すと、老婆が、

「先生の新しいお弟子さんかね」

と聞いた。無言のまま頭を下げて相槌を打つと、

「若い人はいいね、いつも元気そうで。先生の面倒は大変だろうけれど、先生は里の者には大切なお方、宜しく頼みますよ」

と言われた。分かったと頭を再び下げて振り返ろうとすると、老婆は更に丁寧に頭を下げた。あまりの丁寧さに戸惑いながらも、左衛門も同じく丁寧に頭を下げていた。

師匠はこのように、何故多くの人から好かれるのか。見た目は農夫と変わりない師匠の日常の生活を思いながら門前の道に出ると、既に師匠は寺を離れて出て行くところだった。その一傳斎の後ろ姿を捉え、慌てて後を追った。一傳斎の体長は五尺七寸（約一七三センチ）程度、同じ背丈ぐらいの樫の杖を持っているが、それは仕込み杖で七寸ほどの細い槍

先が仕込まれている。それを手にして東方に向かっていた。一傳斎は大間々から桐生の城下に向かっていた。

やがて一時ほどした頃、杖を持った農民姿のまま、切り立つ谷底を見せる黒川谷川（渡良瀬川）の深い川底に下りて行き、下りた先に架かる木橋を渡って桐生の里に出た。左衛門も当然似たような姿で少し離れて付いて行っていた。一見遊び人風、腰には長脇差の落とし差し、と言っても腰というより背中の方に無造作に差していた。

この地、桐生の地を有する佐野城主、その繋がりを辿れば丹下左衛門の遠い身内となる。藤原秀郷末裔の一門の城下である。城下には既に北条方と思われる武将や兵卒が、我が物顔で往来している。其処には北条軍の旗指物を含めてその麾下の馬印が並べられている。城下の豪農の屋敷を本陣としているらしい。その門前にいる若者達の姿とその振る舞いには、我は征服者なりとの態度が見えていた。

城下の商人や農民は、北条軍が陣を敷いていることから、桐生城主の戦陣参加を知っていた。自分達の領主の身体のことを思い気遣う街の人もいた。ただ城主佐野氏の日々の行動に不安を抱いているのか、何処となく落ち着きが見られない。いつもはのんびりした城下町、古より絹織物の盛んな商人の町であるが、住民の表情には何処となくいらいらとした気分が表れている。

深緑に包まれた城下の彼方此方には、佐野氏城下の縄張りの証と思えるものが散見できるが、城主佐野氏の旗指し物は城内に翻り、城内からの出陣はいつでもできる態勢を誇示している様子。正に此処で見る限りは、上野の地に戦雲の濃く映る雰囲気である。北条軍一色に染められた城下は、城内の幟を見なければ、北条勢の征討本営地としか見えない。城下住民全体の動きには、戦いを急ぐ戦闘態勢は見られなかった。

百姓姿の一傳斎、城下の下見の足を休めるために、街中と言っても野菜畑なども散見される大手門前の広場の片隅で、お城が眺められる茶屋の前に出された縁台に腰掛け、茶を所望して一人、左衛門が持参した握り飯を食べていた。朝、早立ちのこともあって空きっ腹には満足のいく味らしいく、その顔には笑みが浮かんでいた。

一方、左衛門は、一傳斎と半町ほど離れた城郭の外堀の袂で、一傳斎の存在を確認しながら同じように握り飯を食べ始めていた。今日はこれという目的があったわけではない、単なる様子見のようなものだから、気持ちにもゆとりがあった。

この頃の握り飯は梅干入りが定番、それに味噌が塗してあるか塩を振りかけ、胡麻をかければ上物であった。左衛門は口の中一杯に握り飯を頬張っていた。舌が握り飯の中の梅干に触れた時の刺激は最高、満足できる味であった。但し、左衛門の食事する堀際は、続いて広い馬場となる所である。余所者が飯を食う場所としては如何かと思える所だった。

この時期は何処も戦時態勢、城郭の堀際で周りを見回しながら握り飯を食べている左衛門の行為は不信感を抱かれて当然。近くに屯していた城見回りの者の目には放置できないものがあった。左衛門はそんな目に気が付いてはいたが、お構いなしで梅干の種を口から堀の中に吐き出していた。

この頃は、まだ城郭に沿った堀の斜面に石垣を築くことはなく、素堀のままで水が張ってあるだけのものが大半だった。土手の土は、大方は堀を掘った土砂を積み上げたものである。堀底からの斜面は粘土質の土砂で覆われ、雨などで濡れると滑りやすく、其処を這って登ることはできない。

普段なら急勾配の土手であっても雑草が生い茂っていて、草や茨に掴まれば何とか登ることもできる。しかし戦のある時は草は刈られ、粘土質の土がむき出しだと、土手は滑りやすくなり簡単に登ることはできない。この城も同じである。

その堀の外側には松の丸太を使った防柵があり、その傍には新しく運び込まれたと思える、大きな太い丸太が横にして置いてあった。何かに使用すべく運ばれたもので、使途は不明であるが、一時的に置かれたものらしい。その丸太に腰を掛けて、左衛門が腹塞ぎの食事をしていたのだった。

真っ白な握り飯を食べているその態度はその辺の百姓とは違う。一目見ただけで百姓との違いは分かる。足を組んだまま、握り飯の梅干しの種を堀に向かって吐き捨てている態度。その梅の落ちていく先には大きな鯉が泳いでいる。誰が見てもその横柄な態度が気になってくる。城下の警備をしていた下っ端の雑兵達から見れば、その姿と態度に不審を感じても当然。百姓姿だが腰に差した長脇差はどう見ても只者には見えない。また、見るからに横着な態度には見過ごせないものを感じる。城付きの雑兵の役目は不届き者の見張りだ。見張り役としては黙って見過ごすことはできない。二人の槍を持った雑兵が左衛門の前に来て立ち止まり、その姿をまじまじと見下ろした。

　左衛門の方も、目の前に来た雑兵を同じように見ていたが、一瞥をくれてから手にした握り飯を見せびらかすように再び食い始めた。その態度が更に雑兵の機嫌を損ねた。

　百姓のくせに脇差を腰に差しているだけでも普通の農民ではない、最近増えてきた遊び人と見ていた。雑兵の見る目に厳しさが増していた。やがて足を一歩前に出しながら、

「其処を何処だと心得る。我らが大殿の城下である。堀の鯉に対しても、その態度は許せない。お前の身分を取り調べるから後に付いて来い」

　頭ごなしに怒鳴られた。その声に周りにいた人が何事かと寄ってくる。

　雑兵としては、自分の格好の良い姿を周りの者達に見せたかった。其処に、様子を見ていた別の中間風の男、佐野氏の下級郎党であろう。胴丸に手甲脚絆の戦支度の姿は、戦時に見られる厳しい姿だが、何となくもう一つ威厳がない。二間槍（全長三六〇センチ）を手に左衛門に向かって威丈高に詰問してきた。

「若いの、腰掛けているその丸太は百姓の尻を置く所ではないぞ。見慣れぬ奴だが何処から来た。見たところ、ただの百姓ではないいな。小生意気なその脇差に少し不審なところがある、詰め所で調べるから付いて来い」

　と、同じことを言われた。

　左衛門はまだ若い。自分のことは棚に上げて、相手のふてぶてしい態度に向かっ腹が立っていた。左衛門は顔も上げずに黙って動かなかった。下級郎党は恐れを知らぬ若者の態度

に、下っ端役人のよく見せる不遜な態度でもって、突きかかるように荒々しい態度で接してきた。

左衛門は、来いと言われたことは分かっているが、一向に慌てる様子も動く気もなく、中間の部類と思われる男を睨み返していた。何も悪いことをしていない左衛門としては、中間の脅しにへりくだることはない。若いが腕に自信もあるので物怖じはしない。元々、戦場を走り回り、刃の中を潜り抜けてきた生意気盛りだ。三下奴の態度には少しも動じない。しかし今日は師匠の警護役であると、じっと我慢して返事もしないでいたが、その無言の態度に相手の中間は苛立ちを隠せない。今は声を上げて騒ぎを起こした手前、取り巻かれた多数の人達に対する面子もある。雑兵の怒りが顔に出ていることを承知しながらも、何処吹く風の動じない左衛門であった。

返事もしない左衛門に取巻きの男達も向かっ腹が立ってきた。また、その周りにいる中間仲間達も別に争う気があるわけでもない。遊び半分、どちらかと言うと暇を持て余していたところでもあった。

「何だその面は、不満顔しているが、小生意気な奴だ。少し痛い目に遭ってみたいか」

と言いながら脅しの声を上げたものの、真からの怒りとは思えない。だが引っ込みがつかなくなってきた。一歩下がると、手にした槍のこじりを左衛門に向け突き出しながら、

「貴様、此処はお前達の来る所ではない。今は戦時だ、何か城の様子でも探りに来たのではないか。小生意気な奴だ。俺の命令が聞けないというのなら、痛い目に遭ってもよいの

だな」

と言いながら、槍の柄で左衛門の腰脇を軽くつついた。本気で争う気などはなかったが、其処で左衛門の若さが出てしまった。その槍の柄尻を素早く掴んで、そのまま強く手前に引くと同時に立ち上がった。

浅山道場では代稽古も任されている武術者の腕、腹立ちも含めた強い引き手に、それでも中間は立派にも槍から手を放さなかった。槍をしっかり掴んだままなので、擦り寄るように左衛門の膝前に引き込まれ、よろけるようにして片手を突いた。左衛門はその顔面をしたたかに蹴り上げた。一発で仰向けに倒れた相手は息の根が止まってしまった様子で動かない。鼻血が吹き出ている。それを見ていた中間仲間が二人、

「この野郎、何をしやがる」

と喚きながらも驚愕の面持ち。同じ抜き身の槍と六尺棒で左衛門に殴りかかった。その槍に対しても左衛門は軽く身をかわしていた。かわされた相手は怒りの声と共に、更に槍の穂先を向けて本気になって突きかかる。容赦のない怒りに任せた攻撃にあわや一突きと思いきや、左衛門はそれも軽く身を反らしてかわし、その槍の穂先の千段巻きをしっかり掴み力任せに引いて奪い、そのまま槍の柄を振り回して中間どもの足を攫った。それも二人同時にであった。二人とも勢いのついた槍の柄でしたたかに脛を叩かれ、その場に倒れたまま足の痛さと驚きで暫く動けなかった。

周りに集まった別の雑兵達が「喧嘩だ」と騒ぎ立て、左衛門を遠巻きに囲み、殺気を含

て余していた辺りにいた雑兵達が、たちまちの内に走って近くまで寄ってきた。戦時のため、それぞれが武器を持っている。城下の者の多くは北条方の将兵だ。

左衛門はその姿を見て己の行動に気が付き、胸の内で「しまった」と思ったが既に遅い。北条方の武士を含めて、佐野氏城下の兵卒と思われる者達に取り囲まれていた。左衛門としては、囲まれたことはそれほど怖くは感じていない。握り飯も食い終わって気力は充実している。左衛門からすれば、売られた喧嘩は買ってもよいと、一暴れしたくなっていたが、今日の自分の任務は一傳斎師匠の護衛。護衛役のその身が此処で騒動を起こしてしまったことに気付いたが、既に大勢の下級武士が抜刀して迫ってくる。

昼間の騒動、野次馬を含めて人だかりは大きくなるばかり。その大勢の人垣越しに師匠の姿を目で追った。其処には既に師匠の姿はない。この騒ぎを知ってか縁台には茶碗が一つあるだけだった。他に目を移すと、町中の細い路地を一傳斎が駆け抜けていく姿が寸時見えた。師匠は全てを悟って身を隠さんとしているのだった。

左衛門としては、これは大変不味いことになったと気が付いた。この騒ぎは自分の行為から起きたもの。早くこの騒ぎの場から逃げて師匠を探さなければならない。もし師匠に何かあったら大変だ。今日の自分の役目は師匠の身を守ることなのだから。

囲みは更に大きくなって逃げ道がなくなっていく。左衛門は手にした槍を風車の如く振り回しながら、人垣の薄い所を狙って師匠の駆け抜けた道の方に向かい脱兎の如く走り出した。何人かが槍を突き込んでくるが、左衛門の振り回す槍には威力があった。弾かれて襲い来る槍の勢いに雑兵は逃げ足。槍の柄に当たって三人ほどが倒れたため、囲みが解かれた。その間を左衛門は素早く駆け抜けた。

師匠の行った先は分からないが、町に来た時に渡ってきた、ただ一つしかない橋の方向ではないかと思い、黒川谷の川岸に向かって走った。師匠がどうされたか心配であった。そのまま城下に留まり軍の動きを見ていくのか、それとも自分の動きを見て馬鹿な奴と思いながら一人帰りの道を辿ったか。左衛門はそんなことを考えながら町中の路地裏を走っていた。その後を集まった武士と雑兵達が追ってくる。何本かの矢が飛んでくるが、左衛門の足は速い。追いかける者との間は大きく開いていった。

其処に、騒動を知った陣屋の前に屯していた騎馬武者が、馬を駆って二騎で追ってくる。左衛門はその騎馬武者を見た。馬の足はさすがに速い。その姿を一目見るなり左衛門は、急遽町中の更に狭い路地裏に逃げ込みながら後ろを見た。今、近くまで追ってくるのは騎馬武者だけ。それを見て更に荒物屋脇の狭い路地に逃げ込んだ。騎乗のままではその細い路地は通れない。武者は馬を降り駆け足で途中まで追ってきたが、左衛門の足には勝てない。やがて左衛門を見失い、追うのを止めた模様である。

しかし、城下を知り尽くした中間や兵卒達は街中にいる左衛門を直ぐに探し出すだろう。これから自分は何処に行けばよいかと迷った。ただ、中村の観音寺に帰るのには来た時に渡った橋を渡って帰る外ないだろうと思った。急ぎ黒川谷川に向かい、急な崖を這うように降りて川縁を遡り、追っ手に川の上から見られないように身を隠しながら、川沿いを流れに沿って橋のある方向に向かった。

　左衛門は川筋の薮の中を追っ手に見つからないように警戒しながら走っていたが、どうしても橋は渡らなければならない。今になって自分の取った軽はずみな行動を反省しながら、茨に掴まり、首を縮めるようにして薮の中を這うようにして進んでいった。川上を眺めると、遥か遠くに橋が微かに見えてきた。

　黒川谷川渓谷は、この辺りから山間に深く切り込み上流に向かってなお急流となるが、この橋は川幅の狭い流れの所に架けられたもの。これが来る時に渡った橋だ。それ以外に橋は見当たらない。どうしてもその橋を渡らなければならない。

　山奥深く日光の山裾に繋がる川の流れは、途中寂れた宿場が途切れながらも繋がる。神梅（かんばい）、五乱田（ごらんだ）（五覧田）、小中（こなか）、神戸（ごうど）、座間（ざま）、草木（くさぎ）、沢入（そうり）などには数軒の集落がある。その奥地は山が深く日光の二荒山神社に通じていると聞いていたが、一般の旅人が通ることは少ない。何処で行き止まりになるのか、この先には足尾の集落があるが、谷が途切れ道がなくなるために足尾と言うらしい。其処に達する谷川は、深い山間の各所の渓谷から水を集めて、黒川谷川の流れをつくっている。また、それらの川沿いに見える数少ない民家が細く険しい山道によって繋がっている。奥地に行く山道はあるが、街道とは言えない険しい川沿いの道、通り抜ける人は滅多にいない。

　その川の流れも、今いる辺りまで来ると川幅も広がり、大川の姿になりつつあった。そして関東平野の開けた大地に向かって流れている。

左衛門は道沿いから河原に出たが、黒川谷川の水量は普段より多かった。もう少しと思って歩いてきたが、来る時に渡ってきた橋は思ったよりかなり川上にあり思いの外遠かった。辺りに気を配りながら上流の橋に向かっていると、突然川縁の薮の中から「若いの、待て」と声が掛かり、一傳斎が河原の薮から顔を出した。

「今、橋を渡るのは危険だ、此処で少し休め。既に大勢捕り手が橋の周りに来て見張っている。一日、二日は橋を渡ることはできない。少し暗くなってから川を越える。川幅の広い所は概ね流れが浅い、その浅い場所を見極めておいて暗い中での瀬渡りしかない。明るい内に渡る場所の見当をつけておけ。今日の探索は今見てきただけで充分だ。此処が戦場と言うことではない」

と言いながら左衛門を薮の中に呼び込んだ。左衛門は誰も見ている者がいないかを確認してから一傳斎のいる薮の中に入って行った。これから自分の取った行動について酷く叱られるのを覚悟していた。

ところが、一傳斎は今日の失策を叱ることなく左衛門を待っていてくれた。左衛門は嬉しかった。一時ほどして辺りが落ち着くのを待った。やがて辺りが暗くなり、一傳斎が川の流れに向かって歩き出した。左衛門は、師匠のすることを見てそれに習い従っていた。一傳斎は流れが緩やかになった川幅の広い所で暫く流れを見ていたが、やがて衣類を脱ぎ素裸になった。それを見て左衛門も素裸になり、褌も外して一つに纏め頭の上に載せ、一傳斎の後ろに続いて川に入った。一瞬飛び上がるほどに冷たい川の水であった。先に入った一傳斎に「師匠様すみません、このような事態になってしまって」と頭を下げて師匠の後に付いて行った。その挨拶には何も応えず、

「足元の石に気を付けろ。今日は攻め手の態勢と雰囲気は大方分かった。今直ぐに主力部隊は動かない。あとは北条軍の指示により、傘下に入った佐野氏の手先の者が先に動くというのが常道だ。佐野氏としても、自分から求めた戦ではないのでそれほど急ぐ必要はない。それでも、傘下の数ある下級武士の中で誰かが先鋒となって動いてくる。それを今、重造達が調べている」

と言いながら、川床に横たわる大きな石に掴まり、ごろごろとした川底に気を遣いながら、腰に届く水の流れの中を渡っていた。

川を渡りきって対岸に着いた。冷たかった。男の象徴も下腹の奥に縮み込み形をなしていない。一傳斎がそれを見て、「若いの、お前のものも形無しだな」と指差しながら笑った。

この河原も毎年のように起きる洪水により、川の瀬の藪の中は流木や岩石によって人は歩き難い。その中を頭を下げて木の枝を手で払いながら、暗闇の深い木陰に入り、川縁の道路から見られない所で衣服を身に着けた。そして左衛門が先に立って、暗い藪の中を手探りで潜り、渓谷の崖上から見えない所を隠れるようにして川縁まで登った。

陽は既に山陰に隠れ真っ暗になるまでは寸時であったが、こんな場所に隠れているのは

大変だ。晩春とは言え意外と早い虻や蚊の発生源と思えるような所。二人共に藪蚊の餌食になり耐え難い苦痛を味わっていた。四半時（三〇分）はじっと藪蚊と戦いながら、真の闇夜を待つことになった。

二人の隠れた所は黒川谷川の川縁で、長年の浸食により川の両岸は垂直に切り立った岩場。奥地からの急流は、長い山間を蛇行しながら桐生の下の方まで続いている。流れは桐生を越えれば関東平野の一端に届き、それからは川幅が広がり穏やかな流れになるが、この辺りはまだ渓谷そのものである。

やがて辺りも暗くなってきたので、二人は川岸の最後の岩場を手探りするようにして登り始めた。越えて来た川は奥山の雪解け水が多少含まれている。川の流れは思ったより速く、全身水浸しになっての川越えであった。身体は冷え切って、体の震えが止まらなかった。どうにか崖上の農地に出ていた。隠れていた時に蚊に刺されたかゆさが甦ってくる。体中を掻きながら川岸から離れた。頭の上に載せていた着物が濡れていなかったのが何よりだった。

川岸から這い上がった二人は、月もなく真っ暗な田舎道を歩き始めた。一傳斎はよく道を知っていて、先に行くその師匠の後ろに無言のまま左衛門は付いて行った。一傳斎の足は、走っているわけではないのに意外と速い。左衛門は時々小走りになっていた。そうしないと置いていかれそうだ。

今日のヘマを引きずる左衛門の気持ちはその足取りを見ても分かる。冴えないその姿は何処となく元気がない。今日の行動について師匠に叱られるのを覚悟して、師匠の後を追いながらも左衛門は気が気ではない様子。

しかし、一傳斎は何も言わなかった。それがまた、左衛門にとっては言葉で叱られるよりも辛かった。師匠は、今日の左衛門の不手際な行動に何の言葉もなく先を行く、その後ろ姿に左衛門は充分に叱られている気分であった。今日のあってはならない大失策、一時の無思慮な行為を若気の至りとして片付けてよいとは思っていなかった。自分の取った行動は拙かったと大いに反省していた。

一傳斎こと長七郎は、左衛門が自分なりに悔やんでいることは充分に分かっていた。それで充分だ。小言を言っても意味がないと踏んでいたのだ。

声もなく先を行く一傳斎の後ろ姿に頭を下げながら、師匠の歩む足音を聞いていた。反省の思いを胸に、遅れてはならじと言葉もなく後に付いて行く左衛門だった。川越えで冷えた身体はいつしか汗ばんでいた。

十七　初夏戦塵

赤城山麓も初夏を迎えていた。各地の戦場の動きが活発化してきた。未だ雨季を脱し切れない、じっとりと湿度の高い蒸し暑さは、誰の気分をも苛立たせる。

この辺りは未だ未開発で、農地としても全体的には拓けていない。原野や山林の中に人家が散在しているが、傾斜の多い土地であり畑が多く田は少ない。今、大軍をもって戦い取るほどの価値はなく、軍団が通過するだけならそれでよし、といった程度の所である。

水が張られた田圃は通行の妨げとなるが、数少ないその田圃の植え付けはあらかた終わり、爽やかな風が吹き抜けていた。

重造から連絡が入った。足利の長尾氏が北条氏に従属する話が概ね決まり、桐生の佐野氏の軍が武装を調え西へ移動する準備に入っているという。いよいよ北条方先発隊の西進、此方に向かって前進基地を進める動きが見えてきた。近い内に本格的に桐生の地を発進し侵攻してくることが伝えられた。

一方、上杉方の長尾軍は迎撃の態勢は敷いているが、現状では戦線の士気は高いとは言えなかった。生き残りの軍団がばらばらになっての迎撃戦、主力部隊と言えるような隊はなく、現代で言うゲリラ戦のようなもので、軍の体をなしているとは言えない。このまま戦場が大きく展開されれば、何処に逃げるかをまず決めておこうなどと言う輩もいる、後ろ向きの状況であった。

上杉方長尾軍の主力本隊は昨年から信州、越後方面に撤退していた。戦況も全線にわたって複雑化していた。武田軍は村上氏を破った勢いで、千曲川を中に挟んだ川中島で戦陣を張っての対上杉戦線。上杉軍の信濃での対立は、武田軍共に主力戦となっている。そのため上杉軍は上野地方に兵を回すことができない状況。赤城山麓での対北条戦線の戦闘態勢は脆弱だった。

北条軍は、今川氏・武田氏との三国間で盟約でも結んだか、関東全域での侵攻の勢いは強力だった。上野地方の上杉軍側は苦しい立場に立っていた。赤城山麓方面の対北条態勢も強力なものとは言い難かった。

北条寄りの一隊である沼田万鬼斎の一族は、一族内の子息達を含めて纏めきれず内輪揉めがあり、戦線の統一ができずにいた。元々北条方と見られていた沼田勢、上杉方としては頼れる戦力ではなかった。それもあって、地元小豪族達は北条方の攻撃に大きく逆らわず、今は相手の意向に従い戦いを避け、北条軍を迎え入れての生き残りを思案していた。

一傳斎としても、今の状況では上杉方が北条軍に押し捲られるのは目に見えていると思っていた。しかし、信州における武田軍との戦いは上杉方が優勢と見ていた。その戦いが終決した時、上杉軍が再度上野の地に進出することは充分にあり得る。その時のことも頭に入れておかねばならない。

北条軍は現在血縁関係にある駿河、三河を押さえている今川氏をもって後顧の憂いはなく、それを安全策として北方に勢力を伸ばしてきているのだ。北条軍としては、常陸の佐竹氏が力を持つ東関東も放置できない状況であったが、佐竹氏も奥州の伊達氏の進出を受けて全力での北条対策はできかね、動き難い環境にあった。

今まで安定的な態勢を維持していた今川氏が、尾張の織田一族の内紛を片付けた織田信長の存在を注視しなければならなくなり、先行きが見通せない中にあった。それに武田信玄との血縁関係による、甲駿相の三国同盟関係はいつまで続けられるのか。真実、信じられるものは何もなかった。血の繋がりもしっかりできてはいたが、武田氏の動きは常に視野に入れておかねばならない状況だった。

一傳斎は、長尾景虎軍の関東再進出の可能性は高いと踏んでいた。それを思うと北条方に一方的に追従することは危険であると見ていた。此処はどうしても中立を堅持することが大事である。しかしそうしたことは相手側の意思によって決められることであり、このような小さな農民組織の意向など聞くことはなかろう。言うことを聞かなければ一気に踏み潰してしまえ、といったところだろう。

一傳斎も、迎える北条軍がその気になれば、このような農民屋敷など、どのような防御策を講じようとひとたまりもないだろうと思っていた。無事に生き残るには、何としてもこの屋敷の砦を戦場にしてはならない。そのためのこの度の方策としては、一つとしてこれが最良と考えられる方策はなかった。読めない相手の動きから、自信に満ちた方策など立てようがなかった。今、一傳斎の心境は複雑なものであった。

戦況は、明日にでも戦端は切られるであろうと見られた。

一方、医王院観音寺の住職栄燵和尚。寺の本堂の片隅で一傳斎こと長七郎と囲碁を打ちながら、重造一派が敵方の動きと規模の情報をもたらすのを待ち焦がれていた。

栄燵和尚との付き合いは、一傳斎が一傳流を開眼、現在の道場を開設した当時からで、中村に道場を開く時の仲介者の一人でもあった。坊主とは言え元々は武士で、下野の国での戦に参戦して敗れ、この地に逃げてきて僧籍を得た者。祖は宇都宮氏に属していたが、和尚は末子のために子供の頃は寺に預けられていたこともあり、仏道の修行をしていた。

元々、侍の血を引く身、戦の足音を聞けば必然と血が騒ぐ。近くに戦さ場が展開されると、いつの間にか坊主頭に風呂敷を被り戦場を駆け回っていた男である。此処の地に流れてきて仏門に戻り、栄燵和尚となっても変わらず武士の血が騒ぐ。一傳斎から話があった時は、自分自身坊主の身分を忘れていた。早速、里人の救援のためなら仏の道に反しないと、勝手な理屈をもとに全面的に協力していた。

武士の血を引く者の多くは血生臭いことには慣れている。一傳斎道場ができるといち早く入門、坊主頭に布を巻いて道場に来れば、本来は武士故に技能も腕力もあり、農民の門人相手の際は師範格である。以来、何事にも腹を割った農民達の相談相手となっていたが、他の多くの者は常日頃の和尚の行動を見て陰口をたたいていた。しかし生臭坊主なれども、その人の好さから村民からは慕われていた。

　和尚と一傳斎二人は下手の横好きで、碁の実力は五分五分の碁敵仲間である。お互い似た者同士として意気投合し、何事も信じ合える仲と言った方が納得がゆく、そんな間柄であった。当然、この度の作戦にも積極的に一傳斎の相談に乗って、屋敷防衛作戦の前線基地として寺の使用は快諾されていた。

　事と次第によれば、寺の存続にも関わることであったが、栄燵和尚も一傳斎の門弟の一人であり、寺に一人いる仏弟子の若い僧、栄泉も同じように道場に通っていた。坊主のくせに人殺しの術を学んでいると、檀家の者から陰口をたたかれているのはよく知っているが、本人達は気にしていなかった。我は不動明王の弟子、邪鬼追放の剣を学んでいる。悪を糺し正義を重んじる聖剣である。不動明王の強さには及ばないが、少しでも仏の心に近づくための荒修行だ、と言って憚らなかった。


　赤城山麓も夏を間近に控えていた。この季節、農家は総出で農事に従事している。これは全国何処でも同じで農繁期の一番忙しい時季である。そのために人手は足りなくなる。

　北条氏康としては何としても下野の国を早く制圧して、更に関東の西部上野の地に向かって進撃を始めなくてはならないが、時期的には雑兵の農民兵が集まらないで気が急いていた。当時としても農事に関しては無視できなかった。部隊の進行を簡単には実行に移せないでいた。

一方、越後地方は豊かな米作地方とも言われている。農民兵もやはり農作業に追われていたが、やがて田植えも終われば、上杉軍は上野の地に出て来る可能性はある。しかし、現在の越後の上杉勢は信濃での武田軍との対戦があるため簡単に出て来られない。

上杉関東管領の憲政が、長尾景虎の後援を受けて再度関東に出て来るのは分かりきっているが、いつになるかは分からない。越後軍が出て来ると、北条氏のこの地の制圧は難しくなる。越後の上杉軍が出て来ない内に、できる限りこの地を我が支配下に置きたいと思っている。農兵の集まりは悪いが、今、此処で何とかしなければと考えていた。

上杉一族にも内紛があるところに、主力部隊は武田信玄と川中島を挟んで対峙している。赤城山麓方面への配備はしっかりとした纏まりを欠き、思うに任せないのが現実である。北条氏康としてはこの機を逃したくはなかった。

北条軍先鋒隊は、既に山上城の攻略は決まり、丑田屋敷の隣接地、膳城主も桐生佐野氏と共に意に沿わぬ協力体制に入っていた。丑田屋敷への侵攻には、北条主力軍としては特別な攻略拠点の内には入っていない。通りすがりの豪農ぐらいにしか見ていない。作戦軍議の中でも取り上げられていないのがこの近辺である。そのような中で、元々地元にあってこの辺りの事情に通じている武士は、丑田屋敷の防御策についてはある程度知っていた。此処は北条軍の先鋒を切って、丑田屋敷攻めでは早い動きで戦功を上げようとしていた。

小さな農民屋敷などは、先駆けして攻め込めば直ぐに手を上げるのは目に見えていると、至ってその進行は緩慢であった。一傳斎は、先駆けを狙っているのは何処の武士達か、重造達の働きにより相手の動きは見定めていた。

一傳斎としては、佐野周防守助綱（すけつな）が率いる軍の装備によっては、これから侵攻しようとする地域は粕川周辺地域一帯、狙いは女淵（おなぶち）城から大胡城攻めにあるが、その前にある丑田屋敷は抵抗の構えを見せていると思われている。たかが百姓屋敷、多少の防柵はあるが一当たりして、その制圧は可能であろうと。膳城からの内通によると、戦略上、その進行通過地として制圧の目標に入っているのは分かっていた。

一傳斎としては、周防守の腹の内が見えてきた。此処は何としても屋敷を攻めさせてはならない。初戦を如何に戦うかにある。今は和戦両方の判断に悩んでいた。

元々この地域の農民達は、近在各地との繋がりを大切にしていた。特に、大間々から厩橋の街道はお互い通い慣れた道筋で、地域間の交流も盛んだった。近郷同士お互いざっくばらんな話し合いができる間柄だ。探索を使って様子を見るよりは、いつでも話し合って、お互いのそれぞれの立場を理解し合っていた。しかし、この度のような地域に関係のない、大国同士の対立による戦乱には対処のしようがなかった。

黒川谷川を越えて生活商品等の取引をする商人などの話を聞いても、この辺りの領主達の考えに大きく変わりはない。お互い領域の大きな変化は求めていない。しかし、他国から無神経に侵入してくる大勢の力攻めに抗する術はない。話し合いによる交渉の段階で反抗して滅亡するか、素直に恭順を示しその傘下に入るかだが、どちらも望めない今時の周辺環境だった。

元を正せば、佐野氏も山上氏も藤原秀郷に繋がりを持つ。北条傘下に入れば、桐生氏の如く戦場の先棒を担がねばならない。当然、無理な戦場物資調達を要請され、農兵も参加しなければならなくなる。結果、隣近所の仲間や身内同士の戦いになる可能性は高い。

今のところは一傳斎も、意に沿わぬ北条方か、上杉・長尾方に付くかの判断もできていない。しかし、恭順を拒否することは戦いを意味し、村は灰燼に帰すると覚悟しなければならない。村の全てが無に帰すこととなる。

既に北条方に便宜を図り、傘下に入ることを表明していた桐生佐野氏の先鋒は、大間々城下を通過、高津戸や武井の砦を要する山上城、城主山上氏秀の攻略に成功していた。当然桐生佐野氏の参謀の指示は、更に傘下となっている膳城に向かい、戦闘参加の援軍協力を要請していた。

この地域の族長は長いものには巻かれろとの諺の如く、ものの道理に従い、一族を守るために北条方に擦り寄る外はない状況となっていた。

北条軍対上杉・長尾軍の対立に、いよいよもってこの地が戦場となるのは目に見えていた。粕川周辺が戦火に巻き込まれるのは避けられない状況だった。

現在、上野国内の支配下所領を大方奪われた上杉憲政は、赤城山、榛名山麓からも押されて逃げ込む先に苦しんでいた。今まで支配下であった箕輪の長野氏、小幡氏、安中氏などが北条方に付いた。足利の長尾当長(まさなが)、横瀬成繁、佐野泰綱、大胡氏、厩橋の長野氏等が付いていたが、憲政の日頃の考えや無節操な行動に強く反発し、信頼感をなくし、更には自分の直属の家臣や味方の将兵まで離れていった。

このの ち天文二十一年（一五五二）一月、越後の長尾景虎を頼って春日山城に逃れる。永禄三年（一五六〇）に景虎は憲政を擁して関東に出兵、翌年には関東管領職を譲り受けて景虎は名を上杉政虎と称した（のちに輝虎と改名し、謙信と号す）。

但し今はまだ、この辺りは上杉関東管領方、長尾軍の支配区域と言うより守りを維持していたため、最前線と言った方が理解しやすい。その只中にあるのが粕川流域の村落であった。

その粕川の流れに沿った中村の丑田屋敷の防柵の中で、作戦会議が開かれていた。明け方まだ暗い内に屋敷内にいた一傳斎、此処では浅山一傳斎師匠の呼び名で通っていた。屋敷内の総指揮者は道場主の山崎十右衛門であるが、作戦会議の主導的立場にある一傳斎が作戦の全体的な指示を行っていた。

村内の肝煎りや名主、地域の長ら、先に立つ者や道場内でも指導的立場にある者達、特に道場内の上位にある腕の立つ者や村の若者の代表が参加していた。総勢二十五名ほどが集まっていた。中には浅山一傳斎の顔を知らない者もいたが、屋敷砦内は一傳斎に全てを任せた雰囲気がある。それだけに師匠と言われる一傳斎は厳しい立場に立っていた。

既に、十右衛門と練り上げた作戦を説明しながら、参加の者の情報を聞きたがった。集まった者は一傳斎の着座を待ち、その目は一斉にその姿に注目した。その視線は鋭く、顔つきも厳しいものだった。

誰しもがこの地にあって、他の地の戦場が悲惨な情景を呈していること、戦の結果が荒れ果てた惨めな状態になったのは知っている。村人にとっては自分達の一家一族の命の安全が第一だ。戦場となったら地元住民の安全は保障されない。地元には関係のない他国の武士による権力争い。

北条・武田・上杉の勢力が交錯する中、その傘下にあって、それぞれの指示を受けて命を懸けて動く地方の武将達も大変だが、その地に在住する農民らは戦には何の関係ない人間である。在住民は何の罪も犯していないのに、いつも一番大きな被害を受ける。自分達の住む地域が戦場になると、否応なしにどちらかの戦線に立たされ、命を懸けて働かされることになる。運よく勝利する側に付いていても大した恩賞もなく、従来のこの地の領有が確保できるだけがその代償である。

だが付き従った側が敗北した場合、敗残兵は家族のことを心配しながらも命からがら、いずれかの地に逃げるための策を巡らし、その後の家族の生活を考えねばならない。長年生きてきた在所を逃れ、他国の地で生き抜くことは大変である。

また、戦禍をこうむった地域では、どさくさに紛れて勝者側、敗北者側双方の下級雑兵が賊徒と化して乱暴狼藉を働く。人としての心を捨て、己が良心には目を瞑りながら、心を鬼に変えて行う行為である。

勝者側にあっても、下級戦闘員は長く続く殺伐とした闘争の中で、性質は荒れてしまう。そして己の一命を取り留めた安心感から、反動的に敗者に向かって鬼となり、地域住民に対しては暴力や略奪を行う。平時には考えられない地獄絵が展開され、人道に反する行為が何の躊躇いもなく行われる。

先に立つ指揮者、指導者もその行為を止めることはできない。人間の心の奥に潜む野生的な餓鬼の世界が突然躍動するのだ。心の底に潜む残忍性が忽然と現れる。そして弱き者を容赦なく襲う。

その実態を長年見てきた一傳斎の顔は憂いに沈んでいた。

現実の怖さをこの場にいる者達もよく知っていた。それだけに誰もが真剣なのである。一傳斎はその場の張り詰めた空気に気圧され、普段のように軽く言葉が出なかった。

十右衛門は師匠からの指図を受けて、丑田屋敷内の総指揮者となっていたが、彼が集まってきた人達に向かってこう述べた。

「浅山一傳斎師匠の指示のもと、此処で我らが取るべき作戦について説明がある。心して聞くように」

紹介を受けて一傳斎が躊躇いがちに立ち上がった。皆を説得して理解させられるか、大いに不安であった。この計画は正しい選択であるとは言いかねるかも知れない。村民の大切な命に関わる問題である。悩んだ末の苦しい話となっていた。

内容は、赤城山中の岩屋で話したことの外に、屋敷内の戦備を加えた話であった。

「皆の者、私が一傳斎だ。この私の話をよく聞いてくれ。この度、この里が関東の強豪、北条氏康率いる北条軍と、今まで我らを傘下に置いていた関東管領上杉憲政軍のぶつかり合う戦場となる。我らは村と、我らの身の安全を願って今此処にいる。此処は皆が承知の通り砦の如く防護柵を巡らしたが、決して戦をするためではない。求めもしない戦火を逃れ、此処に籠もる者の命と大切な財産を守るためである。今はこの周りは北条方と上杉・長尾軍の戦場の只中にある。本来ならば山奥にでも退避していれば、一時は命は助かると思える。しかし皆も知っての通り、戦場となった後は何処の村も言葉に尽くせぬ惨状となり、壊滅的な被害をこうむる。よって、その後の生活は簡単には維持できず、多くは飢えに悩み、死を選ぶ者も少なくない」

一傳斎は此処で言葉を切った。自分も、今まで見てきた戦場の光景を思い描いていた。そして暫し言葉を詰まらせた。若き日の戦場での状況が浮かんでくる。

戦いの後に襲われた家は焼かれ主は殺され、焼け落ちた農家の片隅で一人生き残った小さな女の子が汚れた襦袢一枚を身体に巻いたまま、泣き疲れたのかただ呆然と座り込んでいた。戦い終わって幼女の傍に立つ自分を空ろな目でただじっと見詰めるのは、年なら四歳ぐらいだろうか。その目には、恐怖を超越したような悲しい憂いが残っていた。涙の跡に顔は黒く汚れ、黒く光る瞳でじっと自分を眺めていた姿を思い出していた。

その眼差しには、助けを求める様子も見えない。焼け爛れた家屋の中で、両親や兄弟を失ったその子の頭の中にはこれから先のことなどないと思える。悲しみだけがその子の全てに思えた。その時、自分は女の子に何もしてやることはできなくてその場を立ち去った。その後、その子はどうなったかは分からない。戦が巻き起こした惨状が一傳斎の胸を掠めていた。

その時の思いで現在の自分の立場を忘れていた一傳斎であった。中途半端に途切れていた対戦対策について、その説明が終わってないことに気が付いた。

「あっ、済まない。余計な考え事をしていて話が途切れてしまった。ともかく、我らは戦をしたくない。これは誰しも一緒のはずだ。だが奴らは挑んでくる。その戦いを如何に避けるかがこの度の防衛戦である。この戦いに我らは負けるわけにはいかない立場である。これは初戦であるが、この初戦はこののちの敵方本隊の本格的な戦いに持ち込まれないための戦いだ。我らの持つ力をしっかり見せて、我らに対して戦を挑ませないためだ」

と言って言葉を切った。この時、屋敷の主、丑田文衛門から声が上がった。

「師匠、私達は今更戦いなどしたくない。実際、私も怖いのです。しかし、私達は求めぬ戦にどうあっても巻き込まれてしまうのですか。私はこの地を血に汚れた戦場にはしたくない。それを避けることはできないのでしょうか。誰も、家も何もかもなくなっても、命までは失いたくないのです」

一傳斎は頷きながら、

「我も怖い、我だって戦いなどしたくない。我はこの屋敷の砦化は戦争に巻き込まれないための大切な防備と決めた。北条、上杉軍が相争うこの戦だが、彼らは俺達の小さな郷のことなど何とも考えていない。奴らはただこの地域を手中に収めるために戦っているのだ。このような屋敷を取り潰そうが残そうが、彼らにとってはどうでもよいことなのだ。ただ戦に勝つためには事を選ばない、自分達の敵となる者は潰さねばならない。この屋敷も敵と見れば容赦なく攻めてくるし、相手が本気で攻めればこのような屋敷はひとたまりもあるまい。しかし、敵でないと分かれば見逃すかも知れない。此処は北条軍と上杉軍双方の戦場の区域内にある。片方に付けば、もう片方からは敵と見える。場合によると、どちらからも敵と見なされる。当然に戦禍を避けることはできない場所と思わねばならない」

此処で一息ついた。集まった者達からは声もなく、静かに次の言葉を待っている。一傳斎は自分が話そうとしている、次の言葉を苦しそうに吟味していた。

「如何に此処を戦場にしないかは大変難しい。戦は相手があることであり、相手の考えにも左右される。相手の置かれたその時の立場や、戦場における精神的要因にもよる。其処では我らの動きや存在など、敵将の頭の中にはないものと思わなくてはならない。そのような状況の中で、如何に戦場化するのを避けられるか、それは我らの行動にかかっている。ここのところが、我らが戦禍に遭わないための大切なところなのだ。此処で我らにも充分な思考と検討が必要だ。此処は私の話をしっかり聞いて気持ちを決めてくれ。分からないことがあったら何回でもいい質問してくれ」

と言って、みんなの反応を見ながら、また暫く考え込んだ。

やがて一傳斎は傍にいた弟子が、集まってくる村民達の整理や扱いに使っていた、指示方向を示すための木刀を取り上げ、その場で無言の素振りを一振りくれた。道場内の空気を引き裂くような風の音に、道場内に厳しい緊張感が漲ってきた。それを見て一傳斎が言葉を続けた。

「皆の者、此処を砦としたのは戦禍を避けるためだ。そのわけを話す。北条方も上杉方も此処を攻めて落としても、それほど役に立つこともない。今後の戦いに対しても利用価値がない。言い換えれば、この度の戦にそれほど必要とされる所ではない。北条方はこの屋敷が意外と堅固なため、戦いを挑んでも大きな犠牲を払い戦費もかかり何の得にもならないと思えば、先に立って指示する者はどのように思うか。軍を纏める指示者に、手を出さない方が得だと思わせることだ。分かるかな、よく聞いてもらいたい大切なことだ」

此処でまた一息つくと、十右衛門の方に目をやり、

「これから後の話は、常に皆と一緒にいて気心の知れた十右衛門殿に話してもらう。屋敷の砦とし、砦を守る作戦については、常に皆の近くにある者との意気統合が大切だ。また、十右衛門殿の方が皆も気心も知れているし気が楽だろう」

と言うと、十右衛門に後の話を促した。

十右衛門は自分に作戦計画の説明が回ってくるとは思っていなかった。暫く、師匠である一傳斎を見ていたが、やがてゆっくりと立ち上がった。立ち上がりながら何から話そうかと考えていたが、見た目には落ち着きある態度に見えた。師匠の脇に立って一傳斎に一

礼してから皆の方にも頭を下げた。そして話し始めた。

「これからの話は、皆の者の此処にある」と、強く胸を叩いて見せた。

「初戦では、此処の屋敷は我らとしては絶対守る。その気概が必要だ。強い我らのその意気があれば、この度の戦火を避けることができる可能性は高い。しかし一歩誤ればその保障はなくなる。その意味が分かるか」

囁き一つ聞こえない。雰囲気が硬くなっているのを感じる。十右衛門は岩屋での話や一傳斎との打ち合わせを参考に話を繋いだ。

「此処の守りの完璧さを敵に見せる。敵がこの砦を攻めれば如何に多くの犠牲者を出し、膨大な損失を出すかを悟らせる。此処を守る我ら農民兵が如何に強力かを、戦わずして見せることだ。それは、我らが如何に強い意思と能力を持っているかに関わる。それは、戦いに勝てるという気概と訓練だ。我らがもっと強い力をつけて、その実力を敵となる者に如何に見せつけるかだ。よいか、我らが無事に生き残るにはこれしかないと思え。其処で、大きく戦わずして如何にして我らの力を敵に見せるかだ。もう既に敵の間諜、忍びの者がこの地域に入っているものと思え。我らの防衛力を敵が見ていると思ってよい。農民一同が一丸となって築いたこの屋敷の守りは堅い。防護策も完全だし、守る者は女子供でも武芸の技に優れている。敵対し難い我らの態勢と心意気、我らの強い意思とその姿を見せつけるのだ。敵がこの砦を本気になって攻め取るには、予想できないほどの大きな犠牲を覚悟しなければならないと見せつけるのだ。奴らが大きく兵力を損ないながらこの砦を落としたところで、此処が戦略上大した価値のない所だと分かれば、敵さんはどう考える」

話を聞いている者は、話の内容が幾らか分かってきた様子であった。ざわめきと共に、場の空気が大きく膨らむような感じだ。十右衛門の話は続いた。

「まずこの砦の守りを完全なものにする。すると共に、この砦の強さを奴らにどのようにして知らせ認識させるかだ。この屋敷内の者は、女子供でも馬鹿にできない力を持っていることを見せてやるのだ。お分かりか」

聞いている者は、大方話は分かってきていた。奥の方で立って話を聞いていた男が、話が分かったと合図の手を上げた。すると、この場の協議の参加を特別に許されていた、二人の女の内の一人、丑田家の女中頭の於滝が襷を掛けた姿のまま、「山崎先生、女も戦えるということですか」と聞いてくる。その声に笑顔を見せながら、

「戦うようになってもらわねばならない。余所の者から見て、あそこの屋敷の者達は女も強い、男だったら更に強いかも知れないと、恐れさせることが此方の狙い。女や子供でも、武者になって悪いことはない。昔の話で、木曽義仲冠者の愛妾、巴御前の話を聞いたことはないか」

この質問に、何人かは手を上げたが、於滝が、

「言われてみれば聞いたことがあるようだけど、あれは本当の話ですか。それで先生は、女子供でも武術の稽古に励めと仰るのですか。聞くところによると、先生の道場以外の弟子で三人ほど、女のくせに武芸に励んでいる者がいると聞きますが、稽古の成果は出てい

るのですか」

十右衛門は於滝に顔を向け、にっこり笑った。

「中々の剣の使い手になっている。一度その者に見せてもらえ」

頭にあったのは千代松の娘のことである。

「そうですか。それでは私達も真剣に稽古をしなければなりませんね。それについては私から屋敷内の女達に命じます。その時はしっかりご指導をお願いします」

この話は農民の男達には驚きであった。十右衛門が笑いながら、

「分かった、女と子供の道場稽古は古参の順作爺に頼もうか。当初の武芸指導には良いだろう。そのように指示しておくから、できるだけ大勢集めることだ」

と言った。女中頭の於滝の命令は、多くの女達も聞かないわけにはいかない。その話を聞いたもう一人の女、当家の若女将の佳代が、即、その場で訓練参加を申し出ていた。

女達の稽古を押し付けられた順作爺、呆気にとられていたが、満更でもなさそうだ。一傳斎より二歳ほど年上の年配者、既に何人集まるかと頭の中で大いに期待していた。

更に十右衛門の話が続く。

「近日中には此処を狙っている双方の陣営から、必ず視察を兼ねた使者が来る。その時は屋敷内に迎え入れる。城内の防御の様子を充分に見せてやる。それと、皆の武闘の力も見せてやる。その時が我らの重要な戦いだ。彼らに如何に我らの戦闘能力が強大かを見せ、屋敷を砦とする様子を認識させるのだ。奴らに、我らを手強い相手と見せなければならな

い。相手がそのように見てくれれば、彼らは安易に此処に手を出さないで行き過ぎるかも知れない」

話の中で、膝を折るように前に出た若女将の佳代が、

「私達のような女で、そのように巧く行くものですか。戦場にある者は気違いと変わらないと聞いていているけど」

一傳斎が言葉を継いだ。

「佳代殿、その通りだ。戦場は気違いの集まりではあるが、それが全部ではない。特に先に立つ者は勝敗と損得を深く考えている。自分達も命は守りたい、負けてはならないということは頭にある。此処で、粕川付近の戦線がこの度の北条軍の進行に大きな障害にならなければ、敢えて手強い相手に挑むと思うか。能ある指導者であれば、無理に相手に戦いは挑まない。この判断は武将としては大切なことだ。ともかく、大勢の将兵を失ってまで我らとは戦いたくないと思わせる。我らの真の力を見せつけることだ。彼らが此処がそれほど必要としない所となればよいのだ」

と語りながら笑顔を見せていた。その笑顔はゆとりを感じさせた。

集まった皆も何とか理解したようだ。最初に集まった時は皆青白い顔をしていたが、お互い交わす言葉に力が出て来た。顔色も平常に戻り、笑顔も見えていた。

「皆、頑張ろう。弓の訓練も朝晩少なくも五十本ぐらいは射る練習をしよう。槍の訓練は突く練習をしておかなければ」

と言い出す者がいた。集まった皆から歓声が上がった。十右衛門が、

「これで大丈夫、皆が力を合わせれば命も財産も守れる。訓練さえしっかりできていれば、武士も農民も力は変わらない。訓練をしっかりやろう。道場は広くはないので一度に皆が稽古はできないが、適当に時間を割り振って指導するから、決められた時間に誰もが道場に来るように。よいな」

話が行き渡ったようだ。立ち上がると、集まった者の中には拳を握り締め、「おぉう、俺達の力を見せてやるぞ」と叫ぶ者もいた。農民達を含め屋敷内の纏まりができていた。


その後、一傳斎が十右衛門を庭の東屋に呼んだ。

屋敷の正門傍にあって、母屋の縁側からも道場の窓からも眺められる位置だ。広い中庭の東寄りに建てられた四本柱の茅葺きの小屋である。鉤の手に二方に腰を掛けるための縁が据えられている。その東屋の前方には、堀を兼ねた農業用水の溜め池が広く開けている。この池も堀に繋がる防塞の一部で、普段は鯉などの魚類が飼われている。その縁には背の低い躑躅の生垣が回されて堀との境を仕切っている。辺りは緑一色に変わり、落ち着いた雰囲気を見せている。

その東屋の縁に腰を掛け、一丈（三メートル）下に見える溜め池で跳ねる鯉に目をやりながら、二人の会話が進んでいた。普段の声で話していても他の者に聞かれる所ではない。

一傳斎が、

「十右衛門殿、この度の屋敷の防戦では、最初の敵は必ず抜け駆けを狙ってくる。最近組み入れられた武家の先手の者の動きが情報として入っている。俺達は先鋭部隊として屋敷の外にいて、何処にでも戦域を変えられる遊撃隊をつくる。奴らが我らの兵の数をよく分からぬままに、我らの強さを充分に見せつけてやる。奴らには屋敷内の防衛能力だけでなく、砦以外にも数知れない兵力が隠されており、その戦力は侮れないものと思わせる。俺は屋敷の外にいてその戦いに参戦し、抜け駆けの敵を徹底的に叩く」

十右衛門は師匠の考えている戦法は大方分かっていた。話の内容は理解したと、頭を少し下げた。更に一傳斎は、

「その時のために、あと五人ほど元気の良い若い門人を貸せ。相手がどうしても屋敷を攻めようとした時は、その出鼻を俺達が挫く。どのようなことになっても屋敷の中までは攻めさせない。万一攻められた時は、初戦をしっかり守り抜け。この屋敷の攻め口は誰が見ても入り口だ。攻め口は見通しの利く此処しかない。我らは此処を中心に防御態勢を考えれば良い。この屋敷はしっかり戦略が組めれば、二百や三百の敵は一日、二日は守り抜けるが、其処まで行くと我らにも犠牲者が出る。できる限り犠牲者を出したくないが、そのような戦いになると相手の損失も多大になる。初戦で我らの強さを見せることが大切だ。皆の者にこの屋敷は絶対大丈夫だと、守り抜けることを信じさせろ。寄せ手の進攻があっても、絶対に農民達に弱みを見せてはならない。最後まで戦い抜く意気込みを持たせるのだ」

二人の話は核心に入っていた。その後、この東屋での作戦会議は一時（二時間）もかかっていた。

やがて、屋敷の堀の周りに立て札が立てられた。

「この屋敷の者は争いを望みませぬ。どちらの軍にも偏ることなく中立を通す所存でおります。敢えて此処を攻める者がある時は、屋敷内の者は最後の一兵まで戦います。どうかこの屋敷に争いの手を出さないで貰いたい。中村村民一同」

と書いてあった。この立て札の内容は、敵となる者には、探索を通じて直ぐに伝えられた。しかしこの立て札は、一方では攻められる側の怖さを表したようにも取れた。

程なく桐生佐野軍の先鋒隊が、隣接地の膳城の後方、山上城を収容するために陣幕を張っていた。本格的な戦いは終わり、山上城主の敗戦処理の話し合いになっていた。その隣接の膳城主、膳因幡守は、山崎十右衛門に対して北条軍に従うようにと善意の仲介をしていたが、十右衛門は確たる返事はしていなかった。

膳因幡守は天文十三年（一五四四）七月、桐生の佐野助綱を攻めて破れ、助綱の臣下となり膳城に留まることを許された。今は佐野氏のもとに北条軍の上野国制覇の第一線にあった。

膳城は深い堀や高い土塀で囲われ、外側三方には童子川と兎川を天然の外堀とする棚状丘陵地に造られた紡錘形の城である。南北四・五町（五〇〇メートル）ほど東西二・三町

（二五〇メートル）ほどの細長い平城であり、本丸は二丈ほどの高陵にできた板葺きの城郭である。同じ粕川地域で中村の丑田砦屋敷の防柵堀から膳城までは五町程度と近く、極端に言えばお隣さんとも言える位置にある。

　粕川周辺地区も東に膳城、山上城、その属城に武井、堂上の砦などがあり、その他の武家の神梅城、五乱田砦、高津戸城などが散在してあり、更にその東の渡良瀬川を越えると桐生佐野氏の桐生城が控えている。西に向かっては女淵城、深津（ふかづ）砦、大前田砦、大胡城、上泉城があり、小さな砦程度のものは粕川区域だけでも深津館、田面（たなぼ）館、一日市（ひといち）砦、中村砦、月田（つきだ）館、峰屋敷など防備を固めた屋敷が数多く散在していた。

　この時代、このように狭い範囲内での小豪族や豪農、庄屋等の力関係は複雑だった。下野の国の藤原秀郷に繋がりを持つ長尾、佐野、小山氏や足利長尾氏、桐生佐野氏などの多くは既に北条氏康の勢力圏に入り、北条勢の上野制覇に手を貸すようにして此方に向かっていた。

　その一端が、桐生佐野氏の先鋒として上野のこの地に向かって進んできた。既に膳城に近い山上城も北条氏康麾下となっていた。桐生佐野助綱の攻勢に屈して戦闘は停止しているが、開城は時間の問題であった。

　既に北条方にある膳城主、膳因播守から丑田屋敷に北条軍に恭順するようにと再度にわたって勧められていた。何しろ古くから近所付き合いを続けてきて、領民の中でも血縁、縁戚関係で深く結ばれている者も多く、今まで大きな争い事は少なかった。だが丑田屋敷が従わないと、膳氏との間に戦火を交えることになる。それは膳氏側としても避けたかったし、丑田屋敷を任せられている一傳斎も同じであった。

京都方面を中心とする近畿地方では、なお室町幕府における主導権争いが続いていた。しかし他の地方では、戦国大名達が熾烈な戦いを繰り広げていた。巨大な勢力を持つ大名同士や、近隣豪族間での自領域争奪戦が進み、特に関東地方では上杉・北条・武田の勢力争いで大きく混乱していた。

関東の地も常陸の佐竹氏を除けば、上・下野州に巨大勢力は存在しなくて、弱小豪族が多く集まっていた。他の巨大戦国大名からは格好の標的となるような、不安定な存在であった。丑田屋敷にもその圧力がひたひたと迫っていた。既に戦火は足元まで来ている。膳城からの北条軍への服従を勧める誘いへの返答、その決断を急がねばならなかった。

粕川地域は中村、丑田屋敷の存続に関わることだ。その采配を任せられている浅山一傳斎と山崎十右衛門は苦悩していた。今此処で単純に北条軍に頭を下げるのは簡単だが、一傳斎はその後のことを考えていた。

それは、ここ数年、家中で揉めている上杉・長尾氏のお家騒動の経過によっては、越後長尾景虎勢の再度の関東進出があると読んでいた。上杉軍の再度の関東進出を考えれば、簡単に北条の傘下に入ることにはできない。要するに、此処は容易には北条軍に恭順の意を表することはできないのだ。苦しい立場であった。

元々この地方は、関東管領上杉方にあって長尾氏一派が握っていた。今、北条方の侵略に対し強い反抗はできないが、上杉・長尾氏がこのまま衰退するとは限らない。また、上杉軍と戦火を交えている武田氏の進出も頭に置いておかなければならない。現時点では北条に屈するのが安全ではあるが、一時の安定に将来を懸けることはしたくなかった。非常に困難なことではあるが、当地域で戦が起きる・起きないにかかわらず、中立を守り通したかった。多少の防衛費の支出や犠牲はあっても村の安泰を図りたい。

膳氏による仲介は好意からの話である。既に山上氏秀が守る山上城は落城し、残りし一族の退去についての話し合いは時間の問題。次は粕川全域に進駐されるだろうが、素直に従うか、争うか、中立の道が望めるとは思えない。一傳斎にも結論は出なかった。

一方、長尾景虎一族の厩橋長尾氏をはじめ、大胡氏など、元上杉傘下にあった武将達は、上杉勢の復活を念頭に、関東地域を一飲みしようと迫る北条軍と一戦を交えておかないと、上杉勢再進出の際のことを考えれば言い訳が立たなくなる。此処で軽く一戦を交えてから退却するという戦略を立てていた。

北条軍側に付いた先鋒隊は丑田屋敷を問題にはしていなくて、女淵城から大胡城攻略に重点を置いて迫ってきていた。その戦況から、丑田屋敷は完全に両軍に挟まれた形になっていた。

十八　決断

中村屋敷こと丑田砦屋敷は待ったなしの決断を迫られていた。本来ならば関東管領方である上杉派に寄るのが筋であるが、今の上杉・長尾の戦陣では北条軍を抑え切れないと見ていた。しかし、此処で北条方と手を握ったとしても、のちに管領上杉方の関東進出は必ずあると見ておかなければならない。その時に敵と見なされ同じことが繰り返されるのか。場合によっては、間違った判断をすれば、村ごと消滅の危機を迎えてしまう。

双方から時を置かず話し合いの要請があった。両軍から軍使のような者が丑田屋敷に挨拶に来た。それぞれ時間を見計らって山崎十右衛門が交渉に当たり、頑なに完全中立を宣言していた。

しかし、双方共に素直に認められるものではなかった。脅しを込めた交渉が長引く中で、十右衛門は屋敷の防柵をそれとなく案内して見せた。一傳斎から防御態勢を相手によく見せておくようにと言われていたからだ。

軍使達は最初軽く見ていたが、堀の深さ、柵の配置、雑草の中に埋められた割り竹、足絡み、落とし穴の設置に驚いていた。中でも雑草の繁る中に隠された割り竹は、攻め手が踏み抜いたら大怪我をし動けなくなる。屋敷に攻め入る時にその竹を踏まずに入るのは考えられない。迂闊に攻め入ったら多くの怪我人が出るのは目に見えている。

但し、軍使の代理と思われる視察の者は解釈に苦しんでいた。何処の戦場においても、敵となる相手に城や砦の中の防御施設や防衛のための配置などは当然秘密にするものだ。それを自分達に見せながら説明までするというのは今まで聞いたこともない。敵となるかも知れぬ者に中の様子をばらすなどあり得ない。

屋敷側は自分達を信頼して、我らに敵対の意思のないことを明らかにしているとも解釈はできる。自分達はこの屋敷を攻略するための下見に来たつもりであったが、相手は全く警戒心がなく好意的だ。この屋敷を無理に攻める必要性はあるのか。

それに、見た目はささやかな砦であるが、意外と攻略し難い対策が取られている。攻めるにはそれなりの戦備態勢が必要となり、犠牲者も多数を見込まなければならないと見た。また、屋敷内を隈なく見せるということは、我らに対する敵愾心は薄いと感じた。

更には十右衛門の指導のもと、屋敷内における農民に対する槍術の訓練の様子も見ていた。離れた場所では弓矢の的確な技も見せつけられていた。他に農民兵の道場内での剣の厳しい稽古の様子も見せられた。様子を探りに来た者は、一方的に屋敷側を説き伏せ服従させようと思っていたが、思ったより強固な防衛態勢を見せられ、この屋敷を攻めることは簡単ではないと結論づけた。

味方に付くか、敵対するか、確たる返事も聞かぬままに帰り、上の者に報告していた。

「あの屋敷を攻め取るには、多大の犠牲者を覚悟する必要がある」と。

報告を受けた北条方も、それではと、簡単に引き下がるわけにはいかなかった。あの砦が上杉方に付いたら大変な戦力となろう。しかし戦えば大きな犠牲を覚悟しなければならない。屋敷は中立を宣言しているが、その話も何処まで信用できるのか分かったものではない。

同じことは上杉側にも言えた。今の自軍の態勢では敵でもない農民兵に戦いを挑んでも得にはならない。屋敷側が完全に中立を守ってくれるのなら、いらぬ敵は作らぬ方が得策と。中村屋敷の農民軍の実力は侮り難い。しかし、真実屋敷側が中立を守れるのか不安も残る。今まで我らが支配下にあった者達は味方にしておきたいが、現在の状況ではこの辺りを守り維持することは難しい。実際に中村屋敷が中立を守れるのなら善しとしなければならない。此方の意に従わなくとも敵に回らなければよい。完全中立であってもらいたい。今、屋敷を攻めても益のないことは充分に分かっていた。

一方、北条方首脳部も判断に迷っていた。しかし、北条軍には勢いがあった。この上野の地を攻め取るための進軍であるから、少しぐらいの損害は頭にあった。勢いに乗ったまま推し進める方針であった。自分達の方針に従わないと言うならば、農民兵など踏み潰してしまえと思っていた。百姓の百人、二百人どうなろうと意に介さない。一気に攻め入る意気込みは大きく変わらなかった。

実際、北条軍本隊首脳の方針は大方決まっていた。桐生佐野氏の支配下にある穴原(あなばら)、小平、高津戸などの兵をそれとなく煽って、彼らを先手として砦を攻めさせる。初参加する者達は軍功を挙げよう、一番乗りで抜け駆けしようと狙っているのは計算の中にあった。

　攻め手側の桐生佐野氏の支配下にある武士の一族は、自分達の地位を確保するために、事実、早い内の抜け駆けを狙っていた。狙いは手頃な中村丑田屋敷攻め。屋敷の防御態勢はできていても、たかが農民兵、一揉みで手を上げると中村屋敷の攻略を狙っていた。しかし彼らのような弱小の地域編成隊は、本隊のような綿密な事前調査はできていない。丑田屋敷の防御態勢を甘く見ていた。


　重造からの情報によると、先駆けを狙う者の数は二百余人とのことであった。その軍も農民兵が大多数であるが、山上城攻略の際に参加、勝利を確実なものにした者達である。勢いに乗っている。

　山上城は膳城以上に完全な城郭である。山上氏も元の血筋を辿れば藤原秀郷に繋がるれっきとした名家。その山上城、今は北条軍、佐野軍の攻撃に破れて手を上げ既に落城している。敵の一隊が山裾沿いを回り、膳城眼前の中村屋敷攻めに向かっていたが、事前に探索の忍びの者が下見のため、農民の格好をして侵入していた。

　その姿を一傳斎の配下、重造の仲間で宮前の武が認め医王院に連絡があった。武と呼ぶその者は、草の者として忍術の修行はできていた。貧しい環境に育ち、苦労の末にその技能を身につけた機転の利く若者であった。しかし表向きの身分は、沼田万鬼斎傘下の忍びであり、実際は重造の身内である。

武は医王院に連絡すると同時に、相手の探索の者の後を追っていた。高津戸辺りの農民兵、素人的探索であることは分かったが、更に確認するべく他の者達がその後を追っていた。

話を聞いた一傳斎が、

「その宮前の武という者、重造が認めただけの男であり間違いはないと思う。良い報せを持って来てくれた。敵が動くのは明白で、明日の明け方に襲ってくるだろう。準備を急げ。それと、彼方の探索の者に気付かれないように後を付け、ただ見張るだけにしろ。此方の様子が知られなければ、敵方の探索の者が帰っていく道が、今夜侵攻して来る道と見て間違いあるまい」

と指示し、敵の行動を更に確認しておくようにと命じていた。

高津戸周辺の敵の探索の者は単なる農民上がり、戦場の状況や戦略を考えて行動することに関しては素人だ。長く忍者の訓練を積んだ重造達仲間からすれば追尾は簡単である。一時半後には早くも行く先を掴んでいた。

武の報告によると、山上城から半里ほど東の民家に武装した兵が二百人ほど集結しつつあった。桐生佐野氏の本隊に動きはなく、この部隊の発進を本隊に知らせてはいない様子なので、彼らの抜け駆けを狙っての行動に違いなかった。

予想通りの展開になってきた。先駆け部隊の兵力二百の数は一傳斎の読みが当たっていた。敵は粕川、中村屋敷の攻略を目指していることもはっきり分かった。一傳斎は自分の読み通りと見定め、対応して迎え撃つ態勢を指示していた。

砦屋敷の外にいる一傳斎指揮下の者も、改めて細かい指示を受けた。農民を含めた門人ら道場関係者には、戦闘道具を持っての集合指示が一傳斎から出ていた。医王院の位牌堂で待機していた猟師の留蔵と、敵の物見の存在の報せを持って来た武その仲間が、境内の片隅に集まっていた。既にこの事態を予期し、選り抜かれた若者達も目立たぬように集まっていた。中村の中心部に設置していた藁束に火が点けられた。これは村人への火急の連絡、通報のための狼煙である。至急砦屋敷へ集合せよと呼びかける報せであった。夕方に近い時間だったので、農作業中の皆が気が付いてくれるか不安があった。

報せの煙に気が付いた農民達も来るべき時が来たと思った。大切な物は地中に埋めて、家の中に金目の物は何もない。最悪の場合、家を焼かれる心配はあったが、こればかりはどうにもならない。自分が得意とする戦道具を手に屋敷に集結した。

打ち合わせ通り、半時とかからない内に大方の者が子供や老人を引き連れ屋敷に集まってきた。それとは別に医王院の方も、一傳斎によって選り抜かれ直属の者が寺に集まってきた。此方は三十余人、これは直ぐに揃った。

一傳斎は、あとは村内の農民や商人などが、丑田砦屋敷に全員集まったか心配していたが、間もなく屋敷から報せがあって大方揃ったとのことだった。一傳斎から命令調の指示が飛んだ。

敵軍の通る道筋は分かっている。屋敷の北方の二町ほど離れた小川、其処にある笹薮の窪地が待機する場所と決まっていた。薄明かりのある内に待機する場所に移動し、打ち合わせ通りの戦闘準備に入った。

丑田屋敷にも一傳斎から戦いの順序が細かに知らされていた。

「二百人程度の兵ならば、おそらく抜け駆けの功を狙っての手合い。その内の二、三十人ほどの農兵を死傷させれば退散するだろうが、この初戦は圧倒的な勝利が必要になってくる。そのつもりで戦うのだ。重造、お前達は留蔵の手を借りて敵の指揮者を真っ先に狙え。仕留めろ。留蔵達の弓は確かだ、相手にしっかりと近づき、ただその指揮者だけを先に仕留めた後は、留蔵達は薮地などに隠れて寄り来る敵を間近に引き寄せ、的確に射よ。騎馬武者は本人よりも馬を狙え」

一傳斎は手にしていた薙刀を振り上げながら、

「門人達を含めた斬り込む者は、二人で組んで敵の武将を倒せ。それも敵を間近に引きつけてから掛かれ。仕留めなくてもよい、怪我をさせて動けなくすればよいのだ。また、戦場では長い時間戦うな、疲れると体力が落ちる。早目に仲間と交代して一息つく。その時に周りの状況をよく見て余裕を持って斬り込む。これから現地に着いて待機する。敵に斬り込み打ち掛かる時は俺が指示をする。それまでじっと機会を待て」

左衛門を薙刀の先で差し、

「丹下、お前は門弟二人を選んで、留蔵達の前に控えて待ち、弓矢隊の命を守れ。決してその場を離れるな」

と指示して、ゆっくり一息ついてから、

「どうせ敵の来るのは早朝だ。日中下調べをしてきた場所で、自分達が隠れる足場を決めておけ。弓隊は怖がらず落ち着いて、敵を十五間（約二七メートル）ぐらいまで近づけてから、しっかり的を絞って射るのだ。我らは藪や土手の陰に隠れ、隊列の先を行く敵でなく、やり過ごしてから後方に付いてくる兵をできる限り引き付けて狙うのだ。どうせ相手の多くは我らと同じ農民兵、だが我らとは違い戦い方をよく知らない手合いだ。先に進む敵兵は後から来る兵が倒されるのは大きな気懸かりとなるため、進む勢いがにぶる。敵が我らに気が付き弓隊に向かって反転した時は、丹下達が守るから安心して敵を確実に狙え。あとの者は笹山に隠れていろ。俺の指示によって、俺を含めた槍と薙刀での斬り込み隊が斬り込む。斬り込み隊は一人斬って倒したら止めなど刺すな。殺すのが目的ではない。足腰を斬ればあとは戦えないのだ。そして次の仲間に交代して一息入れる。交代した者が戦ったら、長く戦わせないでの入れ替わり、先に一息入れた者が戦え。一人で何人も続けて戦おうとすると、身体や心に余裕がなくなり怪我などをする。そうすると我らの態勢が崩れて勢いが鈍る。分かるな」

そこで言葉を切り、皆の集中力を見てから続けた。

「このような時は、気持ちに余裕がないと敵の動きが分からなくなる。助けが欲しい時は声を掛けて仲間に知らせろ。混戦の時は、敵だけを見ていると味方の有効な動きを生かせなくなる。無理をしないで大きな声を掛け合って戦うのだ。できる限り一人になるな、皆で戦うことを頭に置く。よいな、仲間が危ない時は皆で助ける。但し、戦闘中どのようなことがあっても指示が出るまでは敵に背を見せるな。お前達は充分な力を持っている。味方が危ないと知った時はできるだけ大きな声を掛けて助ける。敵を怖がるな、怖いと思ったら身体も頭も動きが鈍くなる。いつもの稽古通りでお前達は充分戦える。自分に自信を持て。此処にいる者は皆わしの弟子だ、『勝つ』との気合いさえあれば負けない。戦場という所は誰しもが恐怖の中にある。戦う相手も怖いのだ、敵を目の前にした自分の気持ちと変わらない。いや、お前達より相手の気力は弱く戦いには不利だ。あとは戦場では気合いだけだ。自分の精神力だけが勝負を決する。分かるか、自分の恐怖心を除けて度胸がつけば怖いものはない。また、道場での稽古中は木刀を相手に触れぬよう気を遣うが、実戦では刀や薙刀は加減することなく打ち込み振り切ってよい。道場での訓練より遥かに戦いやすい。戦場にあっては気持ちで勝たなければ負ける。充分なる気力だ、分かったか。俺も今日は久方振りで大いに暴れてやるぞ」

と、長い戦いの心得を一気に話していた。さすが師匠、一気に話す一傳斎の実践に臨む剣の指導には厳しさが溢れていた。皆、充分に闘志を漲らせていた。

やがて、重造の仲間達が炊き出しの握り飯を腰に付け四方に散っていった。今夜は夜通して敵の動きを知るためだった。

夜半を過ぎた頃、重造の仲間が次々に医王院に帰ってきた。報告によると敵方は夜半過ぎに出陣の支度にかかっていることが判明した。それを確認した一傳斎の指示だった。
「皆も聞いたことと思う。よいか、これからが戦いだ気持ちを落ち着けろ。再度言う、敵を前にして戦いに向かう時は、深く息を吸って呼吸を整え、下っ腹に力を入れろ。自然と力が充実してくるから、それを五回繰り返し自分の心胆を高める。よいか、今もその動作をしながら話を聞け。もう一度言う、敵を前にして怖気づいたら負けだ。自分に自信を持つ者は強い、俺達は絶対に負けることはない。土地勘もあるし、日頃の稽古は充分に積んでいる。落ち着いて相手を見極めてから、できるだけ二人一組で心を合わせ戦うのだ。最初から命などないものと思え。命があるから恐怖心が起きる、その恐怖が敗北に繋がる。相手に向かう時は全力ではなく、九分の力でな。充分お前達は勝てる」

同じような話を、何度も繰り返し伝えていた。若い時の戦場の経験を思い出し、己の周りの者が襲われる恐怖にも負けてはならない、と自分の心にも念を押していた。

更には笑いを含めて、
「万一怪我などしたら、致命傷を受けぬ内にその場から身を引け。但し、他の者は俺の指示があるまでは勝手に後退してはならない。一人の後退は全体の後退に繋がる。撤退の命令があるまでは常に隊伍から離れてはならない。それが自分の命を守ることになる。俺はお前達を見捨てるようなことはしない、信じて付いて来い、分かったな。分かったら、夜明け前に打ち合わせした通りの決められた配置に就くように。俺が自信を持って選んだお前達だ、これでこの戦いは勝ったようなものだ。安心しろ」

勝利を確信する気合いの入った言葉だった。

指示を聞いていた者達の中には、武士の血を引いた者は五人しかいなかったが、それもしっかり証明できるのは左衛門だけだった。しかし、一傳斎選り抜きの配下にある者は、戦いに際しては後れを取るような者達ではない。それなりの技能を持って選ばれた剣士だ。日常の生活の中で鍛えた者達だ。留蔵一味の使い慣れた弓矢は、生活のために野山で鍛えたもので、その猟師達の手に持つ弓矢の指導は、農民達にも実践向きであった。あとは、戦いの始まる際には常に陰にあって、生身の戦働きをする忍びの者達。それに道場で常日頃鍛え上げた我が門弟達、彼らは頼れる戦士であった。

「おぉう。俺達も覚悟はできた。明朝の戦いはこの村の全ての者が生き残れるか、惨めな形で終わるかの境目。此処まで来れば武士も農民も変わらない、人間としての意地だ。死ぬ気でやることだ」

と声を上げる者がいた。それに和して一斉に気合いが入った様子であった。

一方屋敷の方は、十右衛門指揮下の村内の農兵が守りの態勢に入っていた。

夕方近くなったが、籠城の準備はすっかりできていた。その戦闘準備の調った正門の前に、四騎の屈強そうな騎馬武者が現れた。「いざ敵襲」と、十右衛門をはじめ道場に控えていた門人達が武器を手に正門前に駆け寄った。今まで一傳斎から夜明け前に敵襲のあることを聞いていて、その敵兵は二百人とも聞いていた。だが、ただの四騎とは聞いていなかった。四人ではこの屋敷を攻めるのは無理であろうに。

すると、表門に現れた騎馬武者の中に、他の三人の者と比べて姿形が見劣りする武者が一人手を上げている。よく見ると門人達の大先輩である千代松の松吉であった。

その松吉が屋敷に向かって声を上げた。

「待ってくれ、敵ではないぞ。少し遅くなったが助っ人を連れてきた」

それを聞いて十右衛門が門前に出て行くと、馬から降りた松吉が、

「此処におられる三人の方は、上泉伊勢守道場の高弟様達だ。上泉師匠の暗黙の了解により、門人の方が戦いの助っ人に来てくださった。心配無用です。私と共に受け入れをお願いします」

十右衛門は聞いて驚いた。まさか上泉道場から今、攻められる立場にあるこの屋敷に対して、助っ人の応援をしてもらえるとは夢にも思っていなかった。話を聞くと、一傳斎からの要請で来てくれたものではなさそうである。松吉の話だと、

「自分が戦支度の終わらない内に、上泉道場の門弟達が千代松に寄ってくれて、俺達も一緒にこの屋敷に連れて行けと申され、私も驚き感激しながら同道を願って来た。そのようなわけでの参陣だ、中に入れてくれ」

一気に砦屋敷内の農民兵の戦意を高揚させた。

まだ夜明け前、辺りはまだ暗い。昼間ならこの屋敷内も草木が繁り緑一色だが、今は山法師の白い花が笠を被ったように、夜明け前の闇夜の中にぼんやりと見える。南東方面に広がる防塞堀を兼ねた貯水池も闇の中だが、突然水面にピチッと池の鯉が跳ねる水音がして、夜明けの近いことを知らされる。

屋敷の正門寄りの広場の隅にある、東屋寄りに位置する堀と一体化した溜め池の周りには防御柵が巡り、弓矢や投石用の石礫が置かれ、いつでも戦える準備はできていた。

その池の中に一際黒く小島のような草叢が浮かんで見える。その中には遅咲きの菖蒲の花が一輪だけ、闇の中に浮いて見える。池の水面に微かに小波が立ち、飼われた鯉も張り詰めた気配を感じ取ってか、静かに動いていた。朝だ、静かな朝だ。夜明けを迎えて東の空が幾分明るみを帯びてきた。

南東にある正門の後ろには弓隊が控えていた。選ばれた者達とはいえ農民兵、射的の訓練では、最初の内は肩や腕に痛みを訴える者も多かった。だが次第に飛距離が伸び命中率が上がってくると、苦しみから楽しみへと変わっていって、優れた射手が増えていた。その弓矢の射手の脇の防御柵の後ろにあって、数人で待つ長柄の槍隊。多くは何処かの大きな戦場で打ち捨てられたのを拾ってきた槍も多い。彼らも門を越えてくる敵に対し備えていた。

三尺（約一メートル）ほどの高さに盛った土塁の影で腹這いになり、一尺五寸（約四五センチ）ほどの竹竿の束を前に横たえ、それを飛んでくる敵の矢から身を守る楯にしていた。伏せた姿勢で陣取っていたが、此処だけが一挙に大勢の敵に攻められる所だ。正門に手を加えた柵によって馬一頭が通れるぐらいの間隔が設けられている。何故か門の扉は外されているが、狭く絞られた柵は、騎乗のままだと一度に一騎以上は通ることは難しい。

この辺りの屋敷砦は、戦国末期に砦と名の付けられたような城郭とは違う。したがって門構えも大きなものではない。十人程度の盗賊を抑えることはできても、組織だった大名将兵の攻撃には対処できない。攻め来る敵の規模によっては砦屋敷内への侵入を容易にしているが、此処が一番の激戦の場となる所ではある。

屋敷周りの堀の内側土手には水が撒かれ、粘土質のその土は滑りやすくなり敵の堀越えを困難にしている。その内側には人が通り抜けない間隔で四尺（約一二〇センチ）ほどの高さの柵が回り、その内側に弓の射手が身を隠す楯が並べられ、其処に充分に訓練を積んだ農兵と長い槍を手にした者が配置されている。また、その手前には間隔を置いて落とし穴が並んでいる。

その後ろには予備の竹槍や薙刀が立て掛けてある。柵を越えた敵兵に対し誰でも手にして斬り込める。屋敷内は戦闘に対する準備態勢はできていた。

堀の外側は一尺より短く刈り取られた草叢となり、その中に隠れて鋭利に尖った踏み抜き用の割り竹が細かい間隔で埋め込まれている。侵入者が知らずに入り込めば、足裏を踏み抜き大怪我をする。見た目は小さく目立たないが一番厄介な防護機能であった。

十右衛門は、屋敷の全周囲、延べ回り七百間（約一三〇〇メートル）に及ぶ堀切を点検して、砦の機能の確認と適材適所の守備兵の配置を決めていた。

作戦も決められていた。十右衛門の指示は、砦内での戦の連絡指示は若い十人の伝令によって各所に伝えられる。矢や食料の配布は村内の女や十歳を超えた少年が任されていた。此処まで来ると後には引けない。砦内の農兵達は自分の家族を目の前にしては逃げ出すことはできない。家族全員を屋敷内に収容するというのは、一傳斎の作戦にあったことかも知れない。後には引けない村民達の立場であった。

だが今は誰もが決死の覚悟であり、その意気込みであった。屋敷内はいつでも戦える態勢はできており、敵軍の来襲を待ち待機していた。

十九　戦闘開始

いつもと変わらぬ夜明け前、戦闘態勢の調った一傳斎指揮下の医王院から出撃した遊撃部隊が、打ち合わせ通り戦闘配置に就いていた。

昼日中に確認しておいた、敵の侵入が予測される場所に隠れ潜む人員が決まり、その前には落とし穴などを設けている。敵の逆襲を受けた時の対策としてはそれなりの手も加えられて、戦闘態勢のしっかりとした足場も造られていた。

また、目立たないように四尺（約一二〇センチ）程度の高さの丸太が足止めの柵として組まれている。刀剣の扱いの得意でない猟師達弓組の防護柵である。

今日集まった者達の大多数は、初めて命を懸けた戦いに挑むことになる。大きな不安の中、作戦はしっかりと立てられていた。戦いを目前にして、それなりの実力を買われた者達も静かだ。その者達も心を落ち着けることが大切だ。一傳斎はそのことに心を砕いていた。今日の戦いでは、何よりも我が兵が恐怖で萎縮せず平常心で戦えることとだった。

一傳斎の若き頃、各地の戦いで見てきた戦場での兵の心理状態。阿鼻叫喚の中で恐怖に襲われて身体の動きが悪くなると、強くもない相手に戦わずして斬られていく。そんな多くの姿を見てきた。今、此処にいる多くの農兵にとっては初めての戦場、彼らがその恐怖に耐えられるかが心配だった。

幾分明るくなってきて、迎撃隊は決められた配置に就いた。それなりに土地勘を持つ、訓練により鍛えられた選ばれし戦士達だ。充分の心構えは持ち合わせ、相互の信頼関係はできていた。

此処からは一町半（約一六〇メートル）ほど離れた場所にある丑田屋敷林は、夜明け前の空の下、その影は黒く濃く浮き上がるように見えていた。四半時とかからず夜が明ける。迎撃隊の隠れている場所は、微かな流れの小川沿いの薮に続く篠竹の繁る原、決められた配置に就いて深く身を隠していた。

東の空が明るみを増してきた。戦塵に踏み荒されるだろう畑の作物はきっちり育ち、既に収穫の時季を迎えていた。其処に、東北の方角から裾野を下るようにして、敵の集団が静かに近づいてくる。とはいえ、騎馬武者を十騎ほど加えた野戦部隊、蹄の音や金物のすれる音は消し難い。総勢二百人程度が山上城の山手の脇を迂回して、赤城山麓を下るように進んでくるのが分かった。

その敵部隊は、今日の侵攻の目的である先駆けに勝利以外は念頭にない様子。今までは攻め立てられる立場にあった者達で、勝ち戦の経験はない。敗れてひどい略奪に遭った経験を持っている。屋敷に攻め入った時にどのような物を略奪するかは、多く者の頭の中にある。その意気揚々とした行軍は恐れ知らずの、夜明け前の侵攻であった。

膳城を目前に左折、中村屋敷の北西の方向、山手の方から近づいてきた。

今までの敵の動きは情報からも明らかである。二百に近い兵の数は最初の予想より少なく見えるが、まだ暗さもあって実数は掴めない。数より多く感じるのが戦う者の心理である。初めての、自分の命を懸けた戦いに恐怖がなせるものかも知れない。

進駐してきた敵兵は、此方の予定していた通りの道を進んでくる。東の空が明るみを更に増していたが、この辺り上空は曇り空である。敵兵は屋敷の北側の畑の方に向かっている。屋敷林の影は浮き上がり、一群の山の如く見えていた。

敵兵は屋敷の北側に向かい、畑の中を長く延びた態勢で足を止めていた。一傳斎達の直ぐ前と言ってもいい所で、一時身体を伏せて打ち合わせをしている様子。やがて静かに隊列が動き出した。一度降りた騎馬武者が馬に乗る姿が浮かび上がる。素早く数えると予想した通り、二百人に近い数である。隊列の乱れはないか確認した後、攻め入る屋敷の方を見て、何の変化もないと見て取ると敵兵は動き始めた。

隊列は二手に分かれて、一方は我らが屋敷と膳城との間の畑の中を進む。丑田屋敷の東側を更に下り、屋敷の南東にある表門に向かっている様子である。残りの半数はそのまま其処に止まり身を伏せている。別働隊が離れると、残った部隊が腰を上げ北東側より屋敷周りの堀際に向かって畑の中を進んでいく。北側の防風林がある堀に向かっていた。辺りの空が更に明るくなり、全てが浮き上がるように見えていた。敵の動きが戦闘開始の態勢に移った。

屋敷の砦側に、守備隊の動きはまだない。敵は守る側の者が気付かない内にとの考えか、無言のまま堀越えする作戦らしい。運んできた梯子のような長い仮橋を、堀の上に架ける動きが見られた。二挺の梯子らしきものを搬入して堀に向かっていく。その後に突入の兵が続くが、静かな屋敷側に特に変化はない。そのまま堀際の草の繁った中に入って行く。先行攻撃隊は更に二列に分かれて進む。先を行く梯子を架けに行く者の動きを見ながら足を止めた後ろの兵達は、腰を落として作業の進展を見守っている。

一方、屋敷側には未だ何の物音もしない。敵兵の来襲に気付かないかのように静かなものである。屋敷側からの反応が何もないので敵も油断しているのだろう。気が緩んだか、後ろに続く者達皆が立ち上がった。隊の指揮者が手を上げると、梯子を持った者が足早に前に進んだ。

雑草が繁った草叢に踏み込むように進んだ時だった。雑草の中に足を踏み入れると、突然、梯子を持った兵が飛び上がり梯子を放り出した。堀前の草叢に植え込まれた鋭利な割り竹を踏んだのだ。飛び上がって倒れた身体にもその鋭利な竹の先が何箇所も刺さった。既に六人ほどが草叢の中でもがいている。仲間の異変に気付いた者が、何事かと助けに入り同じように足を痛め倒れた。

「あぃたったっ」と、声を殺し低く喚きながら戻りかけたが、既に先手として進んだ者の大半が大怪我を負っていた。後ろで待つ隊員が何をしているのだと近寄ると、更にその仲間も竹先を踏み抜いたのだった。その場に転がるようにして二十人ほどの兵が草叢の中で騒いでいた。

　後ろに控えた者達が仲間の異変にどうすべきか戸惑っているところに、屋敷の柵の隙間から一斉に矢が射掛けられ、あっと言う間に四、五人ほどが矢を受け倒れた。先頭を進んでいた騎乗の武将が飛び来る矢に慌てて馬の手綱を引いたため、馬は棒立ちになり、そのまま乗り手は落馬して、これも腰を強く打ったのか大怪我をした様子。落ちたまま起き上がらない。

　その時、隊の後方から様子を見ていた総大将と思われる者が、矢鳴りと共に突然飛来した矢を受けて、馬の上から飛ぶように落ちていた。落ちたまま動かないところを見ると、矢が急所を射抜いたか、落馬の際の打ち所が悪かったのか、かなりの重傷を負ったようだ。歩兵が立ち上がろうとする武者を助けようとしていたが、立ち上がれず、その場に伏したまま立てないでいた。其処に、雨のような矢が飛んできて、雑兵が更に数名倒れて隊列は後方からも崩れていた。

　後方の異常に気付き引き返してきた先行の騎馬武者、わけの分からぬ間に更に飛び来る矢に何処かを射られたのだろう、馬上で伏していた。大怪我をしたと思える指揮者、総大将が倒れたまま起き上がることもできないのは、攻め手の軍の士気に大きく響いた。初戦の交戦で大きな打撃を受けてしまった。

　後部にいた兵が戸惑い、戦闘の動きを停止し混乱していた。先行の屋敷の堀越えを狙って向かった者達は、屋敷を攻めるどころではなかった。割り竹と矢攻めに遭い、戦闘態勢を立て直そうにもどうしようもなかったのだ。

一方、屋敷側守備隊は、外に控えている一傳斎指揮下の迎撃隊側と松明を振って合図を掛け合い、矢の届く範囲の敵兵に向かって矢を射掛けていた。敵兵が戦闘態勢にならないので安心して射掛けられ、気合いの入った迎撃戦となっていた。

伏兵の一傳斎指揮下の者達は、完全なる勝ち戦を眼前に見ながら、斬り込む指示を待ち待機していた。敵も彼らの存在に気が付き、後方の薮塚に向かって対戦姿勢でもって向かってきた。しかし一傳斎の指示で、その隊列に向かって一斉に無数の矢が射掛けられた。六、七人ほどが倒れた。至近距離での一斉攻撃、矢は的確に敵兵を捉えていた。

敵方の後方部隊は完全に混乱に陥り、前後入り乱れ総崩れとなっていた。それでも中間にいた兵は何とか態勢を整え、後方に向かって逆襲に転じようとした。ところがその内の五人ほどの兵が、薮の中に潜む伏兵から整然と飛び来る矢を受けて倒れ、膝をついたりして苦しんでいる。

また、後方に駆け寄った別の騎乗兵が、落馬した武士の傍へ寄って見ると、打ち落とされた騎乗の武者が伏せたまま動かないので驚いていた。矢を射掛ける薮中からの攻撃から遠ざけようと雑兵が、数人でその武者の腕や足を引っ張り、矢の届かない所に後退させた。

敵の戦陣に大きな混乱と恐怖、動揺が走り、兵の半数は負傷していた。そのような中、寄って来る騎乗の者がまた一人、飛び上がるようにして落馬した。今通って来た薮沿いの林の中から飛び来る矢は無駄が少ない。指揮者を失った隊の後方は完全に混乱していた。

敵の先の方の攻撃隊は、後方の乱れた隊列の態勢立て直しを図って、十人ほどが先に立ち後方へと戻ってきた。隊の矛先を、一傳斎達の潜む後ろの藪塚に向けて攻め込んできた。

だが向かった途端、藪中から更に弓矢が飛来して四、五人が倒れ、雑兵達は武器を投げ打って逃げ出した。一部の者は其処にひれ伏して戦闘回避の意思表示、腹這いになったまま動かなくなった。中には手を上げて降参の意志を示す者もいた。

その結果、戦える気力を保持した兵は半数にも届かなかった。現時点では敵兵の多くは唖然として地に伏していた。それでも何人かの敵兵が矢を射掛けてくるが、藪の中の守備隊の姿もよく分からず、やみくもな反撃であった。

それでも此処は戦場、敵兵数人は気を取り直して矢を射ながら反撃して来るが、迎撃隊の姿がよく見えない。今まで中ほどにいた無傷の兵が、敵の潜む藪に向かって突進してきたが、一傳斎の迎撃隊からは二の矢、三の矢が飛ぶ。また、兵が倒れる。敵はその見えない藪からの攻勢を受けて、矢の届かない所まで後退していた。

副将と思える、残った騎馬武者の一人、隊を立て直そうと再編の声を上げる。その男が後部に戻り藪に向かって大きく喚きながら、先頭に立って斬り込み突入の指揮を取った。その男を狙って藪の中から射た矢が馬の腹に刺さった。馬は悲鳴を上げて、一度棒立ちになってからそのまま走り出した。その時、騎乗の武士を叩き落とした。馬上にあった武士は冑の緒を首に掛けたまま落馬、その際に冑の緒があぶみに引っ掛かり首吊りのような状態で引きずられた。三十間ほど走って外れたが、即、死に至った様子。主を背から落とした馬は走り去り、落ちた武者は大きく動くことはなかった。

指揮官である騎馬武者がほとんど倒れたら、俄か仕立ての農民兵が多い敵兵、戦闘にはならなかった。其処に一傳斎の指令が出た。「斬り込めぃ」の命令に、この時とばかり待ち構えていた一傳斎の門弟達、完全なる勝ち戦に勢いよく斬り込んだ。

今まで真剣を持っての戦いをやったことのない、待機兵の半数、十五人ほどの若者達である。待ちに待った斬り込み指示だ。勝ちに乗じたところ、常日頃の道場稽古で自信もある。今日は実践の場である。弓を手放すなり走り出した。待った時間だけ勢いは増し、力も充実している。

斬り込まれた敵兵は、既に浮き足立って戦にはならない。戦意はなく、南側に向かった分かれた攻撃隊の後を追っている。北側に残る残兵は、死者を含め動けない負傷者が半分ほど残されていた。

左衛門を含めた斬り込み隊の中の五、六人は、一傳斎と共に正門に向かって突撃していった。直前まで突進を控えていた斬り込み隊の喚声に驚き、負け戦に逃げ場を探していた敵兵への追尾攻撃である。一方的な戦いとなり逃げる者を追うのみだった。一傳斎を含めた斬り込み隊は、敵兵を蹴散らしながら正門の方に向かった。

今屋敷に攻め入ろうとしている別の敵部隊に向かって突撃の指示が出た。それを見ていた弓の射手達、猟師隊を含めて後に残った者達も、その後を追って屋敷表門に向かって走った。その中には斬り込みに参加しないはずの、役目を終えた者も続いていた。

既に屋敷北側の戦闘は終わっていた。味方の怪我人は意外に少なく、戦いに参加できない者はいない。一斉に逃げ始めた敵兵相手では戦にならなかった。彼らは斬り込み隊の姿を確認しないまま、何処に逃げればよいのかも分からないのか、ただ闇雲に敗走していった。


一方、二手に分かれた、正門に向かった敵兵が丑田屋敷正門から進撃してきた。屋敷側は応戦の構えができていた。敵の寄せ手の部隊は門前に向かったが、本格的な戦端を切らない内に、それを追って一傳斎らの斬り込み隊が追ってくる。

その状況を見て門前の寄せ手は戸惑っていた。夜明けを迎えていたが、向かってくるのが敵か味方かよく分からないのだ。其処に大きな勘違いもあった。北側から向かった寄せ手の一部が余力を持って応援に来たと思ったのだ。当初、北側を攻め口にと進めた寄せ手の別働隊が、既に屋敷内に突入したと思っていたのだった。

慌てて、我らもと正門に向かった。門は開いているが、開いている所は柵で仕切られて馬一頭が通れる程度。その門の中の正面奥に何かがある。夜明けと共に東の空に赤い雲が浮いて見えてきた。朝の明かりで竹竿の束が並べてあるのが目に映った。其処に農兵らしき者が伏せた状態で見えるが、このような農民屋敷の農兵と軽く見た。農民の中に上手な弓の使い手が多くいるとは頭にない。遅れてはならじと「攻撃開始」の号令が出た。

号令と同時に、攻め手側の騎乗の指揮者が、大声で叫びながら刀を振り上げ進めの指示を出して門前に迫った。だが正門は一度に攻め込めない。堀越えも含めて一斉に攻め込むには隊を開いて前進させ、一度に堀を越えて打って掛かるしかないと見た。

正門以外、屋敷は砦としての堀や柵が回され簡単に踏み込める様子はないが、屋敷内の守りの兵も少なく見える。門から少し離れて物陰に隠れている守備兵、砦を守るにしても多い数には思えない。その兵の中には、女や子供が襷鉢巻き姿でいるのも見える。攻め手としては拍子抜け、笑いを含め、女子供の守備兵かと気も緩み安心感もあった。

門前から左右に広く展開させた寄せ手の兵が堀際に迫った。この辺りは地形からして堀は深くは取れない。砦の要塞としては一番弱い所。それを見て寄せ手は気を良くして、何の応戦もない堀際に取り付き、北側に向かった隊と同じように、梯子のような物を担いで堀越えしようと叢に向かった。屋敷の中からの応戦はまだない。一気に堀越えを指示した。

結果は北側の攻め手と同じ、梯子を渡そうとした兵が割り竹を踏み抜いた。何人かの兵が堀まで行きつかない内に悲鳴を上げて倒れた。指揮を取っていた武士がそれを無視し、圧倒的に有利な態勢で攻め込むつもりでいた。北側から聞こえてくる喚声に、遅れを取っているのではないかとの焦りもあった。

指揮者の武士が、その状況を無視して突撃の声を上げると、本人自身正門の狭い柵を越え、騎乗のまま門内に突入していった。攻めきれずにおろおろしている兵に気合いを入れる思惑もあった。門を潜らんとした時である。目の前の竹束の陰から十人ほどの農兵が顔を出し、弓矢を持って立ち上がり一斉に矢を射た。騎乗の武士は門の手前で数本の矢を体に受け飛ぶように落馬した。馬だけが勢いよく門内に駆け込んでいった。馬は屋敷の奥まで駆け込み、行き場を失ってその場で止まった。

指揮者の屋敷内突撃の様子を見ていた兵達も、明るくなってきた中を一斉に堀際に進んだ。しかし、それ以上は進む気にはなれないでいた。其処で見たのは、門前の狭い入り口や叢の中で倒れうごめく仲間の兵の姿である。寄せ手の兵達に向かって、今まで堀脇の柵の向こうに隠れていた屋敷の農兵が一斉に矢を放ってきた。その矢は二十五間（約四五メートル）ぐらいと至近距離、的確に射掛けてくる矢は的を外さなかった。寄せ手の歩兵がその矢を受けて、門前で二十数人倒れた。

隊の後ろの方にいた別の武士が、先頭にいた指揮者が倒れたので、門前でまごまごしている兵に向かって更なる突撃の命令を出した。同じく後ろから進んできた兵が、先頭の兵は何をしているのかと喚きながら突っ込んできた。しかし雑草の繁みに入った途端、更なる悲鳴を上げて割り竹を踏み抜いた。其処で兵は倒れ、のたうち回っている間に、屋敷内の守備隊の農民兵が門前に出て来た。初戦での戦いに自信もついて、充分に弓矢を絞っての狙い撃ちは、一方的な矢攻めとなり敵兵は逃げるのが精一杯。寄せ手の態勢は完全に崩れていた。夜は完全に明けていた。

正門に向かった百余人の兵は指揮官を打たれ、突入した農兵の悲鳴に気勢をそがれていた。其処に一傳斎指揮下の遊撃隊、更に増えて十五人ほどが北東から回って進んできた。

その前を、攻め手となって北側に向かった敗走兵が、必死になって此方に向かって逃げてくる。そして彼らは味方が壊滅的に敗退したことをやっと知る。

正門に回っていた攻め手の多くの兵が、門前の攻め口に固まって攻めあぐねている。既に指揮者も打たれ、怪我人を大勢出してしまったことに気付き戸惑っていた。

屋敷の門前に残った攻め手の者達が、初めてこの戦いの現状に気付き、此処は戦いか敗走かで揉めている様子である。其処に一傳斎の斬り込み隊が鬼の如く迫ってくる。敵軍は協議などしているどころでない。一部の者以外は一斉に逃げ出していた。

屋敷砦側に喚声が上がった。見れば、今まで何処にも見えなかった屋敷内の農兵が正門に向かって押し寄せてきた。今まで戦う機会のなかった兵達だ。其処に、一傳斎率いる抜刀隊が血にまみれながら回り込んできた。この時、寄せ手は既に指揮官を失っていた。血にまみれた寄せ手の兵は戸惑いながら屋敷に背を向けた。その敵兵に向かって、屋敷内から矢が無差別に飛んでくる。仲間が倒れて行く様に闘志を失い、浮き足立っていたところである。

突撃してくる斬り込み隊に対処する術はなかった。立ち向かえば寄せ手の者は倒れていく。何処にも勝機を見出すことはできなかった。寄せ手は統率を失い、将兵は一斉に逃げ出していた。残ったのは怪我人と死人だけ。最後まで残っていた武士と思われる者一人も後退を始めていた。既に後方にいた寄せ手の一部は、統制が取れなくなり戦うことなく敗走していった。

敗走する彼らに、更に屋敷内から大勢の農兵が門前から出て向かっていく。かなり正確に矢を射掛ける。後方に一騎残っていた武士が、枯れたような声を発しながら、やっと全軍撤退の指令を出したが、それは指示とは言えない単なる喚きとしか見えなかった。また、指示がなくとも敵兵のほとんどは既に逃走していた。

攻め手は組織力を失い戦いの体をなくしていた。この期に及んで身の安全を確保するために、来た方向とは反対の南の方に向かって退却。遠回りするように兵は引いていく様子だった。

それを見て、十右衛門が門前に来るなり大きな声で、味方の軍に攻撃を止めさせた。そして逃げてゆく兵達に向かって、

「お前達、敗走するのはいいが、この指揮者を置いていくのか。戦いは我らの勝ちだ。お前達、それを認めたら我らは手を出さないから、武器を捨ててこの怪我人を連れて行け。早く手当てをしないと死んでしまうぞ」

と言ったが、相手側にしてみれば戻れば自分も殺されてしまうと、引き取りに行くのを躊躇っている様子である。それを見た十右衛門は声高く、屋敷内にいた若者達に倒れている敵の兵を助け起こすよう指示し､矢が当たった兵に自分の帯を解かして血止めを始めた。

屋敷の農民にも怪我をした敵兵の傷の手当てを指示していた。それを見ていた寄せ手の後ろの方にいた残兵が、武器を手放してそろそろと寄ってきて、手当てをしている者に頭を下げてから、恐れるように手伝いを始めた。それを見て更に別の敵兵が手伝いに戻って

きて、やはり頭を下げながら怪我をした武士や農兵の背を支え、体を持ち上げ、背負い引き上げていった。屋敷の者達が大勢でそれを見送り、勝利の気勢を上げていた。

其処に、いつの間に現れたか一傳斎と十右衛門が歩み寄り、手を握り合った。

「我らの予想以上に作戦は巧く行った。我が方の死者は何人か、怪我人は何人いる。大切に介抱するように」

と、一傳斎が皆に言いつけていた。

最初の防戦は終わった。概ね予想以上の戦果であった。この戦いの結果、此方には死人なし、怪我人が八人で、内重傷が二名という人的損害だった。それに引き換え、寄せ手側は死者の数は推定で三十名を超えていた。重傷者を入れると七十名は数えられる。単なる怪我人は六十人を下らないという圧倒的勝利だった。屋敷内は勝利の歓声に満ちていた。

直ぐに十右衛門の指示が飛び、砦の再整備と怪我人の手当てが行われていた。敵兵敗走の後に、残された重傷の敵兵と戦死者が集められ、隣接する膳城に近い所まで運び、引き渡していた。


この後はどういう流れになるか。北条軍は大軍にて報復戦を仕掛けてくるか。ならば此方も殲滅されることも考えねばならないが、相手の出方が気になるところであった。

この合戦の模様は、たちまちの内に上野国全体に広がった。上杉、厩橋の長尾方や沼田万鬼斎らもこの戦いの様子を掴んでいた。上杉方、長尾軍にすれば、自分達は手を出さないで勝利を得たようなもので、気を良くして応援の兵を寄越した。それに対して一傳斎は丁寧に断わりを入れ、この屋敷は自分達だけで守るつもりでいるので気遣わないで貰いたいと伝えた。そして、長尾様には我らの中立を理解して頂きたいと申し送った。実際、つまらぬ借りはつくりたくなかった。

また、桐生佐野氏側からも膳氏を通して使者が来た。この度の我が配下の抜け駆けの行為に対する不敬を詫び、怪我人の処置に謝意が述べられていた。以後、親しくしたい旨の通知もあった。

それに加えて、北条側に対する敵対行為を行わない旨の誓書を寄越せとの要請もあった。要するに、完全中立を守るのであれば、当方としても貴屋敷に手を出さないと伝えてきたのだ。一傳斎の目算通りになった。

二十　戦後

和睦は成立した。しかし時は戦国の世、大名が約束事を守らないことは多かった。油断はできない。引き続き、桐生佐野氏の支配下にある者達の動きを知ることは大事だった。

この度の防衛戦では勝利を収めたが、相手側はこののち報復に出るのか、出るとすれば直ぐか、それとも時間をかけて兵力を結集し大軍で攻めてくるのか。大軍をもっての攻撃となれば此方も背に腹は代えられぬ、上杉方の救援を頼まねばならない。それとも、この度の約定を守ってこの地を素通りしてくれるか。静かに相手の様子を見る外なかった。

この度の初戦とも言える防衛戦の結果を見て、北条側は必要のない戦闘は避ける気か、一気に押し潰す気か、腹の内を探る必要がある。丑田屋敷側でもこのまま攻められれば当初の計画から外れてしまい、粕川一帯の戦場化は免れない。覚悟はできているが、これからの北条側の動きは村の生死に関わる。

「重造、東の方の探索を重視しながら、女淵城、大胡城がどうなるのかも目が離せない。赤堀なども頼りにはならないだろうが、相手方の動きを知る必要がある。お前達ばかりに苦労をかけて済まぬ。お前達の主から指示された仕事もあるのだろうが、そちらの任務は大丈夫か」

重造が笑いながら応えた。

「師匠、別の方の仕事も調べの中身は同じ、一緒の仕事のようなものです。この度の此処での戦の報告だけでも立派な仕事をしたことになる。報告の内容が少し違うだけで、大きな問題はありません。彼方の仕事もしっかりやっていますから、ご心配には及びません」

一傳斎は懐に手を入れながら、

「これからも巧くやってくれ。この度丑田殿から手当てが出た。少ないが受け取ってくれ」

金三両が裸のままで手渡された。

「師匠、有難う御座います。本来なら頂きませんのですが、金の使い道はありますので、無駄のないよう利用させてもらいます」

「少なくて済まんな。このところ、道場も指南料も取ってないのでな」

と言ったが、実際、一傳斎の懐にも数両の金しかなかった。

防衛戦から半月が経っていた。このところ雨に祟られ、各地の戦場全てで動きが鈍くなっていた。今日も梅雨明けの激しい雨が降っていた。今年だけ、雨量が多いわけではない、例年と大きく変わっていない。粕川の水の流れも激しくなり、例年夏の洪水でえぐられた川幅は更に広がり、本流が幾分東に移っていた。

この頃は川に堰堤などはほとんど整備されていない。毎年自然のなすままで、その流れが変わればその度に、流れに合わせて簡単な築堤と丸木橋が架け替えられていた。馬や牛車の通行は、川床を村人総出て平らにならし、流れの川幅は広く水深を浅くして、その中を通行していた。冬の牛車等の川越えは水が冷たくて厳しかったが、冬季の水の流れは少なかった。

今年も、粕川の大きな流れに変更がないようにと、村人達は祈っていた。

このところ、この辺りでは北条軍側の動きが止まっている。他の地域の状況も重造達から知り、屋敷内は一息ついていた。

一傳斎も普段の長七郎に戻ったような感じで、暫く振りで山の岩屋に戻っていた。二十日ほど留守にしただけで、畑の荒れようは酷かった。繁茂した雑草は作物の背丈よりも大きく伸びていた。長七郎は帰ると直ぐに蓑笠を被り、雨の中の草むしりに精を出していた。何か口の中でぶつぶつと独り言を言っていた。

「このような日は、ゆっくりと旨い酒が飲みたいものだ」と、あまり酒は飲まないのに言ってみた。

中村の屋敷での防衛戦は、一瞬の戦いに人事を尽くした。その時は命を懸けての作戦に、一傳斎としては胃袋もきりきりと痛む思いであったが、終わってみれば後は何もない。しかし、人間の欲には困ったものだ。一国の主ともなればもっと良い生き方があるのにと思いつつ、草をむしる手は動いていた。

現実に返って、畑の草の生えた様子を見ながら、植物の生命力に呆れていた。この草の繁殖力には長七郎も参った、との思いであった。大雑把であったが、夕暮れまでには半分ほど畑の草を除いていた。雨の中でもあり、元の生活を取り戻した長七郎は、心身共にくたびれていた。

夕食も軽く粥を煮て味噌をまぶしただけの夕飯となっていた。そしていつ寝たのかも分からないままに夜明けを迎えていたが、長七郎の目覚めは遅かった。先の張り詰めた戦いが終わり一気に気が抜けたか、身体全体にどっと疲れが出ていた。

雨が静かに、山中の深く沈んだ姿を顕わに見せていた。東方の彼方、地平線に沿った空に雲の切れ目が見える。赤い光を帯びた陽の光が細く長く山並を染めていた。

朝の爽やかな風の流れを微かに感じながら、良く寝たためか気分だけは良く目が覚めていた。疲れの余韻を抱えながら莚戸を払い外の様子を眺めていると、間もなく菅笠を被った猟師の留蔵がやって来た。

「おはよう、ご免やす。長七爺様にはお目覚めですか」と言いながら、岩屋の中に入って来て中を見回した。抜け出たままの寝具を見て、長七爺に声を掛けた。

「先生、疲れましたか。長い間ご苦労さんでした。私らはあまり働かなかったので変わりはありませんがね。本当は人を殺すことは怖かったですが、実際その場になってみれば熊を射るのと変わらない。戦があればいつでも喜んで参加致しますよ」

軽いことを言ってはいるが、言葉は溜め息交じりだった。

「おお留蔵、この度はご苦労様、今日は早いな。いや、俺が寝過ぎていたようだ。今朝のその方はどうだ、屋敷の防衛戦では誰も怪我はなかったか。殺し合いは嫌なものだが、自分が生きるためにはやむを得ない。ところで、今日の天気はどうだ。このところ雨が多いので、草が伸びてむしるのも大変だ。俺も、昨日の草むしりでくたびれたのかも知れない」

どっかりと上がり框に腰を下ろしながら、

「まあ上がれ、ところで何か用か」

言われた留蔵、頭を下げながら腰に下げた網袋を取り出した。

「これといった獲物はない。皆小粒で申し訳ないが、暫く留守にしていたので獣肉が不足していると思い持って来ました。山鳩二羽に雉一羽、腹の足しにもならないが、我慢してください。実は山鳥を見つけたんだけど雛がいたので見逃してきました」

長七爺は出された鳥の入った網袋を手にし、それを見詰めながら、

「色々と気を遣ってもらって済まんな。お前達も疲れたろう。酒はまだあると思うが、これを肴に朝酒といくか。小雨ながら、朝から雨ではどうにもならん」

「分かりました。それでは獲物を串焼きにしましょう」

長七郎こと一傳斎は、寝具を片付け久々に日常の生活を取り戻していた。まだ残っていた昨年採れた里芋をむいて煮込み、山椒味噌を塗った。味噌と小鳥の焼け焦げた匂いが漂い食欲をそそる。野趣に富む料理を味わい、やっと此処にも平和が訪れた感じだ。

其処に新井の熊の仁吉が少し遅れてやって来た。仁吉は猪の片腿を背負っていた。大きなものだったので食べ切れる量ではない。早速味噌煮にして、残りは味噌漬けして保存食

とした。

三人集まれば話題も弾む。いつの間にか屋敷砦の防衛戦の話になっていた。留蔵の仕留めた敵将がその後、時を置かずして死んだという話も出た。


防衛戦からひと月が過ぎた。改めて北条側から膳氏を通して通達があった。丑田屋敷当主及び浅山一傳斎一存、山崎十右衛門祐正との連書で、砦屋敷に属する村民一同の、完全中立の証とする新たな誓約書の提出が求められていた。

これで、この地域は戦火を避けられるかも知れない。乗るかそるかの結果待ちだったが、どうにか良い方に向いたようだ。しかしこの約定は此方から差し出すだけで、相手の北条側からはこの約定を守るという誓書は出ていない。約束を破られ攻められても、抗議のできる証拠となる書類はないのだった。当時、武家側からそのような書類が提出されることはなかった。

双方が書類を持って不戦約定書が交換されるのが本来だが、当時としては片手落ちの公平とは言えない協定であった。士分の地位にない土民の分際で、武士に誓約を求めるなどあり得ないことだった。そして、仮に要求してみたところで良い結果は望めない。相手は武士の棟梁である。武士としての面子もある。黙ってこの不都合を認めざるを得なかった。

ただ、暫くは屋敷を攻められるのは避けられそうだった。

現在粕川周辺は、北条氏側と上杉・長尾方との戦場の中にある。丑田屋敷から見て西方の地方豪族達の状態は丑田中村屋敷とさして変わらなかった。西には女淵城があるが、隣り合う地域でそれなりの付き合いがあった。

女淵城は元々あった湿地帯の中の大きな沼地を利用しての築城、堀周りから溜め池を含めると九町ほどの敷地の中に建つ平城である。沼地を挟んで東方に北曲輪があり、南に向かって本丸、二の丸、三の丸、更には本丸の堀の外になるが、西曲輪などがある。名目だけの広い城郭であったが、建物は大きなものではなく後世に残る城郭とは違う。石垣などはなく土と木材によって造られ、小さな川や池が自然の水堀となっている。

観応の擾乱の際に、足利尊氏配下の上杉憲顕に追われた尊氏の弟・足利直義が、文和元年（一三五二）に敗れた地が女淵と言われ（女淵の大合戦）、直義かその家臣が居城していたとも伝わる城である。ただ、築城者は不明である。

この時点で中村砦屋敷と同じような立場であったとすれば、北条氏の傘下にあったと思われる。この時より四年後の永禄二年（一五五九）に、北条氏は長尾景虎の反撃攻勢に遭い、この地は元に戻り上杉の支配下となるが、女淵城落城当時の主の行方は不確定である。

話が逸れるが、女淵城の近くには深津館があり、女淵城と共にかつて長尾氏の支配を受けていた。北方には大前田館や苗ケ島にも屋敷砦らしきものはあった。西方に大胡城、上泉城とあるが、みんな後の砦程度のものであり、更に小さな防御柵を備えた屋敷は粕川周辺だけでも中村館、月田館、峰屋敷、田面館、一日市砦などがあった。当時の人々が自分達の領地を侵略者から如何に守るかは重要な課題だったことが窺える。

狭い地域に小さいながらもこれだけの城館があったのは、中世のこの地の細かな勢力図を見る思いである。この様子からすると、この時代以前も幾つかの集落や集合体があって、それぞれが各々生活圏を主張し、自衛をもって維持していたようである。

このところ、丑田屋敷は北条傘下の桐生佐野氏より安全を保障され一息ついていたが、一傳斎は農民達に武術の訓練は続けさせていた。現在は良いがいつどのように時世が変わり、これまで構築された自衛力が必要とされるかと思えば、気の許せない状況であった。農民達は寸時の暇もない農作業の時間を割いて、更なる防柵等の強化も進めていた。武道の稽古もきつかった。日が暮れてから道場に参集して稽古に励むため、浅山一傳流道場も夜中まで開けておかねばならなかった。

丑田屋敷の中立宣言は近在集落にも伝わり、小さな城郭、防塞化した屋敷などは、丑田屋敷の防柵を見てそれに準ずる態勢を整え、領民には武術を励ませていた。以後、上野の国内には数多くの武芸道場ができ、小さな砦を擬した屋敷もできていた。

この辺りの多くの集落は桐生佐野氏側に誓紙を出してはいたが、今までは大きく長尾氏系の支配と庇護を受け、上杉方支配下にあったため、女淵城や大胡城は容易に北条側に従いたくはなかった。

それらに対する佐野氏の懐柔工作が進んでいた。佐野氏と言っても、元の縁を辿れば長尾氏と同じ藤原秀郷に繋がっているわけだ。北条軍の侵攻に、我が身の保全を考え意に沿わぬ同族末裔同士の睨み合いが続いていた。

二十一　親子の絆

一傳斎こと長七郎は、今日は久方振りで大胡城下、小料理屋の千代松に向かっていた。半年ぐらい訪ねていなかった。

千代松の娘、千代のその後の成長と、赤城神社の祭礼の帰りの道筋で狼藉者を撃退した話も、この度の丑田屋敷防衛戦のため聞く暇がなかった。今日は直接話を聞こうと思っていた。千代の身の無事は確認していたので、それほど気にはしていない。今日の目的は我が愛娘、千代の顔見たさ、久方振りの大胡の里行きで気持ちは弾んでいた。

今は丑田屋敷と道場の防衛対策は、北条軍との不戦協定など約定書を届けて形の上では村の安全は確保してある。この度の防衛戦は事実上計画通りの勝利とも言える内容で終わり、我が住まいの山小屋の整理もできて一息ついたところでもあった。長七郎は久しく来なかった千代のもとに、農作業の時間を割いて山を下りてきたのだった。

大胡地域は未だ戦時中とも言えたので、店のことも気がかりだった。長七郎が大胡城下に入ると、それとなく身に感じる緊迫した戦の臭いが漂っている。張り詰めた空気を感じる。見慣れぬ旗指物が斜めに傾いて一本だけ立っている大胡城の外回りや、街角などには雇われ雑兵の姿が見られる。胴丸などを身に着け、半分ほどは黒く錆びている槍を持った見慣れぬ武装の雑兵が立っている。北条方の侵攻が現実化した姿であった。当然、大胡城下が戦場となることは商人達も覚悟しているようだ。

今までこの地方に勢力を張っていた、関東管領側にある長尾氏系武家の力量では、地域支配を保つことは難しい。女淵城も開城を余儀なくされた。それらの状況から見れば、一傳斎としては大胡城が戦渦に巻き込まれることなく解放されることも予想していた。

そのような雰囲気の中、長七郎は千代松の店が見える所まで来ていた。城下が戦場となれば大胡の城は長くは持つまいと見て、万一の戦闘の際の店の避難先を考えていた。

千代松の家族三人に使用人のことも考えれば、十人程度の受け入れ先を考えなくてはならないか、と思案している内に千代松の店先に来ていた。少し店先が変わったなと思いよく見ると、目立つものではないが門の一部が壊れていた。だが長七郎はそれほど気には留めていなかった。

暖簾を掻き分け、表戸を開けると開店まではまだ時間があるようだ。「ご免よ」と声を掛けながら顔を出すと、店の奥の方から、

「はあぃ、まだ時間が早くて、少し待ってもらいますが、どうぞ」

千代がそう言いながら顔を出した。そして長七郎の顔を見るなり、

「あら小父様、暫く振り。お元気そうで、どうぞ中に入って。座敷は片付いているから上がってください」

と言われた。長七郎も久方振りの訪問に、少し勝手が違うように思えた。いつもと違った態度で遠慮がちに、

「お千代さんも変わらず何より。長いことご無沙汰した。忙しかったので来られなかった、ご免よ」

それでも千代の顔を見ると自然と笑顔が浮かんでいた。いつもの気安さで座敷に上がると、松吉の女房の於蔦が顔を出すと、その後から松吉が入って来た。そして松吉だけが丁寧な挨拶をした。長七郎は、

「やぁ、松吉殿、暫く振り、長い間の無沙汰御勘弁を。また、丑田屋敷と道場の防衛戦では応援ご苦労さん。予定になかった伊勢守殿の御門弟の引率も頂き、有難う。その内、伊勢守殿には挨拶に行かねばならんが、周りが安定したら行こうと思っている。我らの所もやっと落ち着いた様子なので、今日は息抜きに来た。宜しく頼む」

出された茶を飲みながら挨拶を済ませた。昼の刻の店開き前、料理の下拵えのためと断わって松吉は板場に向かった。

於蔦が茶を注ぎながら話し相手になっていた。千代も板場の手伝いに出て行った。

長七郎は来たのが少し早かったかな、と思いながらも気を利かして、「於蔦さん、少し奥で横にならしてもらう、何かとくたびれた」と言うと、於蔦もこれ幸いと、

「どぉぞ、奥の部屋も片付いています。布団出しますか」

「済まないな、布団などいらない。ほんのちょっと足を伸ばせば良いのだ」

と言いながら隣の襖を開けて入って行った。それでも於蔦が、掻巻と枕を用意してくれた。

少し眠ったようだ。いつの間にか足に於蔦の羽織が掛かっていた。騒がしかった板場の方も静かになっていた。横になったまま一時ほど眠ったらしい。目を開けて腹這いの姿になって呆然と外に目を向けた。

外の小さな庭を眺めると、自然と生えてきたものか、片隅に一株の薄の穂が覗いている。秋を感じながら、これまでの自分の人生を振り返っていた。戦国の世に生まれて、自分の行った無謀な行為こそ我が人生の全てであった。ただ心一筋、剣が強くなるためと、血が舞い荒れ狂う戦場での戦いに明け暮れ、白刃の下を潜りながら、命を懸けて手にした剣の道。多くの人を傷付け殺害してきた自分の人生に何の意味があったか。思い出す度、何とも味気ないものを感じる生き様だった。

今思えば、それを気付かせたのが於信だった。静かな女で気持ちの優しい女だった。於信を心から愛していた。その於信が俺に残してくれたただ一人の忘れ形見が、今この店にいる千代だった。於信は、今まで俺が過ごしてきた人生のことはよく知らなかったが、深く追求して聞くこともなかった。ただ一心に俺を信じてくれた優しい女だった。ただひたすら俺のことを深く愛してくれていた。今考えれば、思う気持ちはあっても夫としては何もしてやれなかった。「すまなかった」と胸の内で於信に語りかけていた。

「於信、お前を愛していたことは事実だが、俺はその身を抱くだけで、その他のことは何もしてやった覚えはない。真に於信の心に応えて何か喜ぶことをしてやったことがあったろうか。今になって、何もしてやらなかったことを悔いる思いで一杯だ。今考えれば、もう少し優しい気遣いをしてやればよかった」

生前の於信に対する自分の行為については時々思い出すが、大きな後悔の念が胸の底に残っていた。今は、於信の忘れ形見、千代を大切にすることが、せめてもの於信の愛情に対するお返しと思っていた。人生とは常に、取り返しのつかない道であることを心に留めていた。

千代は、俺の生い立ちや今までの行為は何も知らない。当然母親の於信のことも、そして自分が真の父親であることも知らない。よく馴染んで「小父さん」と大事にしてくれるが、改めて千代にも何もしてやったことがない。我が子として強く抱き締めたい衝動に襲われることもあるが、何もできない。俺が本当の父親なのだという言葉が喉元まで出て来ることもあるが、それでも本当のことは言えない。店の中での飲食時に何気なく触れる千代の手が、実の娘に近づき得る限界であった。そんなことを夢の中でのように考えていた。

襖が静かに開いて、千代が肴と徳利が載ったお膳を持って入って来た。

「お腹空いたでしょう。お待たせしました小父様。ゆっくりとして、一杯どうぞ。今、塩鮭を焼いていますから」

と言いながら膳を調えていた。其処に起き上がった長七郎は掻巻を脇に寄せて座を直し、膳を前にして座った。そして千代から渡された杯を手にした。千代に気付かれないように、その手にそっと指先を触れながら、ぐっと握り締めたくなる衝動を抑えるのに忍耐を要した。

「お千代、済まないな、いつも突然に来て迷惑をかける。今日もゆっくりしていきたいのだが、そのようにもいかない。早めに帰らないと、屋敷で何があるか分からない。俺はお千代さんの顔を見れば良いのだ。お千代、その後何も変わったことはないか。去年の祭りの時のような物騒なことは」

長七郎の話に千代は暫く下を向いていたが、それには応えず、

「肴が焼けるわ、持って来ます」

と言いながら座敷を出て行った。

長七郎は何となく千代の態度に不審を抱いた。膳に載った鯉の叩きはこの辺りでは最高の料理だ。内陸のこの土地で海の生魚は口にすることはできない。海の魚といえば日本海から三国峠を越えて届く塩が利いた塩鮭、鱈や小魚の干物、するめ烏賊などで、山越えで運搬費用もかかり、高価なものとなっていた。鮭の塩引きも一般的に庶民が口にすることはできない。それでも内陸の川魚には味わえないものがある。海の香りを添えた塩鮭独特の匂いと共に千代が入って来た。

「はい、よく焼けました。塩抜きに時間がかかりましたが、美味しそうです」

と膳の上に載せていた。長七郎は早速箸を手に塩引きと言われる鮭の切り身に手をつけ

た。

「これは美味しそうだ。何ヶ月振りかな、この匂いは。それでは遠慮なく頂くよ」

満足感一杯で、鮭の味を確かめていた。適度に潮の香りのする切り身の鮭は旨かった。「旨い」の言葉は千代の耳に届いていたのに、返す声はなく、顔にも反応はなかった。

「お千代、ところで、外の垣根が壊れて門がなくなっているが、何かあったのか」

長七郎は店に入る前にその異変には気付いていた。千代は暫く間を置いて、

「酔っ払いに壊されたの」と、多くは語らなかった。長七郎は不審に思った。

「あのままでは見た目が悪い、直してやろうか」

「修理は頼んであるの。忙しいのか大工がまだ来ていないけど、近い内に来ると言っていたので、修繕はできると思いますから大丈夫ですが……」

と、其処で言葉が切れた。沈んだ表情の千代に不審を感じ、長七郎はその言葉尻を捉えて、

「ですが……、他に何かあるのか」

質問されて千代は暫く黙っていたが、一息ついてから、

「私、今は外に出られないの。去年の祭りの後の悪者達のことがあったでしょう。悪戯は、あの男達の仲間がやったのではないかと思うんです」

少し恥ずかしそうにしながら話を続けた。

「あの時、私に傷付けられた男達、身体に大きな障害とその痕が残っているらしいの。傷

は治ったようですが、最近になってあの時の仕返しがしたいらしく、何回か仲間の者が此処に来ています。その当人、兄貴と言われていた男は、何か自分の姿を隠して気付かぬように来ているようです。近くまで来てあれこれ指図をしているらしく、外の門もその時指図された男が壊していったものです。父上に追い返されて逃げて行きましたが、その時、捨て台詞で『ただでは済まさないぞ』と言っていました。何か私は怖いのです。あのことがあった時は夢中だったので、恐怖もなく、何も考えずに相手を傷付けてしまいましたが、今になって何故あんなことができたのか、思い出すと身震いします」

長七郎は話を聞いて深く考え込んでいた。長七郎にとっては大事な我が娘のこと、このまま放ってはおけない話だ。腹の中でこれは何とかしなくてはならないと思った。

千代の言う、悪者を懲らしめるのは長七郎にとっては問題ではないが、何とかしなければならないと考えた。しかし今日来たのは他の用件、この店のことで来たのだ。それは、女淵城と大胡城下への北条軍の進撃が近いこと、この店の安全が確保できないのではないかが不安で、戦いの終わるまで何処かに非難することを勧めに来たのだ。

千代と話をしている間に、店の主の松吉が店の暖簾を外して座敷に入って来た。長七郎が避難することを話すと、

「師匠の仰る通り、どうしたものか悩んでおります」

長七郎としては既に避難先を考えていた。今自分の住む山中の岩屋での、千代達親子との四人暮らしを夢に思いを巡らしていたのだった。しかし少し狭いな、一部屋増築か、と

望む夢の生活を考えていたのだった。しかし、千代らが住むには岩屋暮らしは少し厳しいかなとも考えていた。あとは、丑田屋敷の中の道場の脇にある納屋で、納屋と言っても畳を入れ少し手を入れれば立派な住まいにはなるなと考えていた。

此処の地が明日にも戦場となる可能性がある。一番心配なのは、戦場下での一般住民の存在だ。戦場では多くの男が命のやり取りをするわけで、彼らの精神状態は正常ではない。上司から下級兵士まで、普段は考えられない人間の秘めたる本能が現れる。平常心を失い、凶暴な欲望に走り、野獣へと変わる精神状態など、言葉に表し切れない惨状が展開されていくのだ。これは今まで何回か中村の道場でも話したことであった。

この時一傳斎は、既に心の中に決めていたことを話した。

「松吉殿、一時道場の方か、我の住む山小屋に移らんか。此処が戦場となれば命に関わる。今のところ、中村の道場はひとまず安全だ。この地の先行きが決まるまで、戦火を避け、店も休んで道場で代稽古でもやらんか」

松吉も頭を抱えていた問題だった。今の大胡の地を考えると、北条軍の侵攻による戦いを避けることはできない。戦場下でこの店を開けていることには大きな不安もある。戦火に巻き込まれることはそのまま命に関わる。長七郎の話は現実的で心強かった。考えた末に、千代松一家は山中の長七郎の岩屋に避難先を決めた。不便な岩屋に行くことを決めたのは、松吉、於蔦の思いやりでもあった。

話が決まれば、一家の引っ越し計画だ。急ぎ岩屋に一部屋を増築することと、長い時間かかって持っていく荷物などが決められた。避難先は直ぐに決まったが、この店のことも気になる。この店を休むとなると後が心配である。店の門が壊される程度ではなく、戦時下の雑兵や紛れ込む盗賊の群れは容赦がない。

前の話に続いて、ならず者が門などを壊しに来ている、その件も考えなければならない。千代への仕返しの話であるが、長七郎としては、その悪者の所在を調べるのは難しくない。重造に頼めば名前も住所も直ぐに分かることだった。

「そのことについては俺に任せておけ、あとのことは心配するな」

と軽く請け負っていた。

一傳斎は、千代の誘拐を企てた四人の男達は、厩橋（前橋市）城下のならず者ら組織の者と分かっていた。長七郎の指示で、重造と弟分の武が早速調べ、翌日には調査の結果が届いていた。

予想した通り、悪の限りを尽くす、善人を装った街中の悪者一家の仕業であった。厩橋の城下を少し離れた所に、古くからある馬市場の運営を仕切りながら、金貸しと賭博打ちの盆茣蓙を設け、時によると祭りの縄張りなどを仕切って不当に稼ぐ裏稼業の者達。

金になることなら何でもやる、街の顔役的親分、乾屋の昌次郎。一見おとなしそうであるが、心底気の荒いやくざ者。世間では情知らずとして知られる、悪事が深く染み付いた若者である。頭が切れるのか、流れ者を集めて一家をなし、人の弱みにつけいりながら、広い地域内の揉め事などに積極的に介入していた。組織化した暴力で頭角を現してきた新しい人種。遊び人などを集めて稼ぎ、至って羽振りは良い。戦国時代のならず者が組織化したもので、後世のやくざの走りのようなもの。誰も逆らう者もおらず周りの者からは恐れられていた。

その男の子分で「箕輪の小頭」と呼ばれているのが、千代を襲った箕輪の次郎次であった。

この地域は農民と商人が混在する地域であり、統制はしっかり取れていない。地域を治める権力者が始終変わるために治安は乱れていた。この地をしっかり統治する誰かが現れれば、このような男達に勝手な真似はさせないだろう。地元民は頼れる人の登場を願っていた。

大名や豪族達の対立の狭間にあって、その間隙を縫い悪事を働き暴利を貪り、怖いもの知らずの悪徳稼業を行う輩達である。戦の勝者が決まれば擦り寄り、金に物を言わせてこびへつらい、縄張り内の弱い立場にある者達を好き放題に利用。生かすも殺すも自在に扱っていた。それが乾屋の昌次郎であった。

その乾屋の子分、小頭の箕輪の次郎次と下っ端の人足三人が、赤城明神の祭事に赴き、大怪我をして帰ってきた話は近くの住民も知っていた。その中の一人は怪我が酷く、人並みの生活もできずに、親分からは役立たずと言われ放逐されていた。話によると、障害を持つ身の悪を尽くしてきた男には誰も近寄らない。冷たい世の中一人では生きてゆくことができず、ひと月と経たぬ内に街外れの薮の中で野たれ死にしていた。あとの怪我人、次郎次は腹部と右腕を斬られたが、右腕は肘下から切断し使い物にはならなかった。それでも悪知恵は働くので、何とか追放は受けずに済んでいた。

別の二人は肩に一箇所の傷と腹部への切り傷、多少の後遺症は残ったが、命に関わることはなく回復していた。その一人河霧の五郎と、軽い怪我で済んだ馬買い稼業の鳥追いの勘太の三人が別に仲間を増やして千代への復讐を企てていた。

乾屋に大きな怪我をして帰ってきた時は、親分の昌次郎から悪たれ口を叩かれ怒鳴られた。若い女一人に好きなように斬られたと、散々叱られ笑われた。盆茣蓙にあっても兄貴分としての面子も立たなくなっていた。何としても、箕輪の次郎次の男としての面子を取り戻したい。しかし相手は女、無闇に襲っても更なる笑い者になるだけだった。

次郎次としては千代松の千代を手込めにしてその身体を弄び、人前に顔を出せないような辱めを与えたいと思っていた。これからの自分達の、男としての世間体を保つため、色々と手を打ってその機会を狙っていた。その手始めが、手下をやって千代松の店に嫌がらせをすることであった。門を壊したのも手下の若者のやったことである。新たに加えた仲間の者には千代松の様子を探らせていた。

長七郎は重造からの連絡を受けて、早速二人連れ立って厩橋に向かった。いつもの農民姿であったが、腰には長目の脇差と刃渡り一尺九寸五分（約五九センチ）の刀、片手で振り回すには適している長さだ。その刀を落とし差しの長七郎の姿は単なる百姓ではない。其処に一人、手下として重造が付いていた。

普段には見ない引き締まった長七郎の顔とその動き、只者ではない。共に従う重造の手配で、忍び仲間が見えない程度に離れ、人目につかぬように後に付いていた。そのことについては長七郎には知らされてはいない。

長七郎のたっつけ袴に大分くたびれた袖なし羽織姿に脇差、藁草履をつっかけた姿は、見た目には長七郎が重造の下男のように見える。袖なし羽織だけが、どうかなと首を傾げるところ。

乾屋の店の前に来ていた。間口は十間（約一八メートル）ほどあり、その大きな店構えは豪商を思わせる。大きな暖簾が揺れている中へ、長七郎が躊躇うことなく入ろうとすると、暖簾の影にいた若者が両手を広げて制止した。小僧の域を脱していない若者である。入ろうとする百姓姿の長七郎を老いが進んだ老人、貧乏百姓の爺と見たようだ。人の出入りを監視していたその若者、役目としての制止だった。

誰が見ても鄙びた百姓爺が、僅かな端金の借金の申し入れに来たのだと思った。若僧は一目で金に困った貧乏神と見たが、腰に差した良くできた刀鞘の脇差を不自然に感じた。もしかしてこの脇差が質草かとも見た。このような貧乏爺が商売相手として大きな金儲けに繋がる手合いではないと思う。普段から「見栄えの悪い客が店前をうろつくと店の沽券に関わる」と、親分から言い付けられていた若造である。この店の名に傷が付くと見て慌てて走り寄り制止したのだった。

長七郎のような身なりの貧乏人は、当然店の端にある脇門から入って来るべきである。大した価値のない鐚銭の借り入れ程度か、腰の脇差を質草を入れても大した客ではないと見た小僧のような若者が、両手を広げて「向こうに行け」と小声で押し止めながらさえぎった。

長七郎その若者を睨みつけながら、広げたその手を掴むと軽く捻って外に向かって突き放した。爺と思って軽くあしらい入るのを止めたが、意外と強い手捻りで身体は一回転し、入り口の戸に強くぶつかり戸が外れた。そして戸の上にどさっと倒れ込んだ。格子入りの戸は壊れてしまった。その物音に店の中にいた者達が一斉に注目した。物音に驚いた店の者達がわけも分からぬまま駆け寄ってきた。

突然起きた出来事に店の者は一瞬戸惑っていたが、事態が分かると直ぐに、手代や番頭が箒や棒切れ、木刀などを持って一斉に玄関口に集まってきた。

「この爺、何しやがるんだ。此処を何処だと思っている」

と言いながら、寄るより早く四十がらみの番頭の一人と思われる大きな男が掴みかかった。人の二倍もあるような身体の力自慢の看板男だ。その手が長七郎に触れたと思った時、大男は玄関口より二間も離れた外の道に投げ出されていた。店で一番の力自慢、大きな体格の大男だ。争い事の際には、この男が顔を出せば大概は収まってしまうのだ。この男が今まで喧嘩で負けたという話は聞いたことがなかった。

その男が店前の道に投げ出され、打ち所が悪かったのか呻くだけで倒れた状態で動かない。その姿を見た店の者が六尺棒や木刀を持って、静かに帳場の前に立っていた長七郎を取り巻きながら容赦なく打ち込んできた。だが全て弾き飛ばされ、いつの間にか長七郎の手には奪った木刀があった。長七郎の顔には普段にない怒りの形相が表れていた。その怒りが木刀を通じて表れた時点で、既にその脇には別の若者が打ち据えられ横になり呻き声を上げながら、打たれた所を手で押えている。

騒がしい店の空気は一斉に張り詰め、殺気立ち、大混乱に陥った。

「この爺、ふざけた真似をしやがって、叩き殺されても文句はないな」

奥から走ってきた若者が、長七郎に向かって脇差を引き抜いて向かってきたが、これも一瞬の内に弾き飛ばされていた。長七郎はそのまま、帳場に座ったまま動けずにいた、番頭と思われる男に木刀の切っ先を突きつけ、

「この店は俺を客だと思わないのか。客に対して随分手荒な扱いをするもんだな。まあしかし、今日の俺は客ではない。別の用で話しに来たのだ。この店先のお出迎えは俺にとっては危なくって始末に困る。俺も少し手荒かったが、突然のこと、悪いとは思っちゃいないぜ。番頭、この店の若者の態度、どう始末をつける気だ」

帳場に座っていた番頭、青くなりながら、

「お前様が入り口を間違えたから、若僧が制止しただけだ。店中での狼藉はご免なさいでは済まないぞ」

男は半ば震えながら、それでも口先は強気だ。腰を引き震えながらも立ち上がろうとしている。番頭として精一杯の強がりを見せていた。長七郎が頭越しに、

「馬鹿野郎、客が玄関口から入って何が悪い。お前ら商売人だろう、もう少し客を大事に扱え」

ぐっと睨み据えると、番頭達も声が出なかった。

「番頭、どうする。分かったら、此処に次郎次という男がいるそうだが、此処に出してもらおうか。居留守を使っては困るが、いないなら此処の主、乾屋を出せ。使用人の不始末、雇人が後始末をするのが当然だ」

言いながら辺りを見渡していた。そして一人の男を見つけた。

店の奥、座敷の縁側の柱の陰に、半身体を隠した恰幅の良い男が立っていた。見た感じとその落ち着いた態度は、大店の主らしいゆとりが感じられる。長七郎はその男に目を向けて、木刀で指し示し、

「お前さん、乾屋の親分さんだね。お前の子分である箕輪の次郎次なる男の差し金で、大胡宿の千代松の木戸が壊された。その弁償をと言いたいところだったが、俺も今此処の戸を痛めたようだ。この件はお互い自分持ちで修繕するとして、その次郎次という悪い奴、その店の娘を手込めにして犯そうとした。その詫び料と言いたいところで、今日は話し合いに来た。この店の手代か子分か知らないが、四人の者の悪事、一人十両で合わせて四十両、話はこれで後腐れなしとして手を打たんか」

突然にやって来て、脅し半分のこの高額な慰謝料要求に、乾屋の昌次郎もさすがに驚いた。この爺、気が変なのではないかと思ってただ睨み返していた。

長七郎は、自分が言っている要求で話がつかないのは充分分かっていた。乾屋の昌次郎としても、手下が何人も大怪我をして、それもやっと治り始めたところなのに、金を出せとは。それも考えられない法外な要求だ。そのような金を出せるわけがない。

乾屋昌次郎はさすがに落ち着いてはいたが、かなり頭に来ていると見える。その顔つきが変わり凄みを利かせた声で言った。

「爺、此処を何処だと思っている。喧嘩を売りたいのなら買ってやってもよいのだ。その身がどのようになろうと吠え面かくな」

と言うなり、手を大きく振りながら「片付けてしまえ」と指図した。乾屋の若者達が一斉に長七郎の周りを取り巻いた。すると、今まで何処に行っていたのか見えなかった重造が、一抱えもある水桶を抱えて飛び込んできた。

「やい、お前達、この爺様に手を出してみろ」

と言いながら、桶の中の水を店先から座敷一杯に撒き散らした。その匂いから水ではない、誰でも直ぐに油であることが分かる。重造が、

「今撒いたのは見た通り菜種油だ。分かっているな」

いつの間にか火縄を手にして振り回し始めた。火縄が風で赤く燃え上がる。それをかざしながら、更に、

「この爺様に手を出すと、この屋敷は火達磨だ。それよりも、箕輪の次郎次達を早く出した方が得ではないか。早く返事をしろ、乾屋」

この台詞には乾屋も更に驚いた。混乱の中、店先で火を点けられたら屋敷ごと丸焼けになってしまう。これは大損害になると、主の昌次郎、さすがに商売人だ計算は早い。慌てて手を広げて、

「分かった。奴ら、次郎次達は今は此処にはいないが、必ず謝りに連れて行く。今日のところはこれで帰ってもらえないか」

と言いながら、帳場に向かい小引き出しから二十両の金を裸のまま掴み差し出した。さすがに乾屋の昌次郎、頭の巡りは早く損得の計算はできていた。長七郎が、にやりと笑いながら、

「分かった。奴ら四人を連れてきて、しっかり謝るというのなら、その時はこの金は返す。用意ができたら店の前にその旨を書き出せ。その者達を連れてくる場所を知らせる。それまではこの金は俺が預かっておく。それで良いと分かれば、今日は帰るぞ。言っておくが、おかしな真似だけはやらないことだ、碌なことにはならないからな」

ついと振り返ると、暖簾を分けてそのまま外に出た。

店前での騒ぎに大きな人だかりができて、通りは賑やかになっていた。その中を掻き分けるようにして通りに出た。店内での騒ぎの様子を知り、取り巻きの群衆はなぜか喜んで見ていた。長七郎と重造が、見たかといった顔付きで来た道を帰っていった。

間もなく、二人だけになると長七郎が重造に話しかけていた。

「重造、この先四、五町ほど行った街外れに竹藪があったな。あの辺りであいつらが襲ってくるとみた。注意がいるぞ、辺りに気を付けろよ。奴らこのままでは済まさない、何をするか分からないぞ」

「師匠、私もこのようなことになると見越して、武達仲間が近くに来ています。任しておいてください」

さすが重造、手配した仲間の応援は間に合ったようだ。二人は店から離れると、東方の厩橋の宿外れに来ていた。

宿場を外れ、茫洋とした薮原の中に小山のように盛り上がりを見せる竹藪と杉林が散在する。その中を真っ直ぐ伸びた田舎道、晩夏とは言えまだ日中は暑い。道は緩やかな上り下りの坂が繰り返し長く続く。その道に覆い被さるように無秩序に何箇所も竹林と屋敷の樹木が日陰をつくっている。草いきれの中、汗が滲む。見た限り人通りの全くない道を東に向かっていた。道に面した畑の中に、小さな農事用の物置小屋がぽつんと建っている。それ以外道脇に見える建物は何もないが、道から半丁ほど奥には、竹藪と杉林に挟まれるようにして三軒ほどの農家が寄り添うように建っている。

一軒の農家の農婦が家屋の前の庭を掃除しているようだ。前庭は農家にとっては大切な作業場だ。その手前が家畜の餌にと刈り取られた夏草の茂る畑。晩夏の日差しに刈られた草も枯れ、その中に新たな草が芽吹いている。道の反対側、道路から外れた低く奥まった場所には農家が二軒見える。其処には人の姿はない。

空を仰げば、赤城山頂には雲がかかっていて、時々気持ち良い風が吹いてくる。山から吹き下ろす風のせいもあるのか、時々砂埃が舞い、時季外れの蛙の声が間歇的に聞こえてくる。その道を、今、一暴れしてきた長七郎が、顔の汗を拭きながら重造と並んで歩いていた。

何箇所目かの竹藪を過ぎた。この辺りには竹藪が多いが、春の筍は食用としては手間のかからない食材である。それと篭や笊など家材としても欠かせないため、竹林は何処の屋敷にもあった。

その竹藪の陰から湧き上るようにして大勢の人影が現れた。ぞろぞろと現れたのは長七郎の予想していた通り、乾屋の若者達。十五人ほどの群れが道一杯、道幅が狭く見えるほどにやって来た。その中には、店では見なかった着流し姿の二本差、見るからに雇われたばかりの浪人と思える侍が三人ほどいた。

店にいた番頭を中心に、相手方は道幅一杯に広がっている。それを見て長七郎が、

「重造、出たぞ。どうするこのまま逃げるか。だが俺は長い時間走るのは苦手だ。今更おいそれと逃げるわけにもいかないが、争い事も好ましくない。しかし、これは俺の予定の中に入っていたことだ。重造と二人でやるには相手は少し多いが、相手はやりたいらしい。俺の足腰は今更争いたくないと言っている。だが相手が望むのであれば、もう一度ひと暴

れするか。我らが日頃の剣の修行と実践にはなる。良い機会だ」

長七郎はこのような事態になることは当然予期していたことだ。暢気なことを言いながら重造に、

「がらくた奴らだが、できる限り殺すな。但し、自分自身怪我しないように気を付けろ」

と言いながら、群れに向かってそのまま進んでいった。重造が、

「長七爺様、二本差の浪人風の助っ人が三人、いや四人いる。此方が負けることはないでしょうが、しっかり頼みますよ」

と言うその顔は、既に戦闘態勢に入っていた。

「此処は侍相手、師匠の受け持ちになりますがお頼みします。一つ派手にやりましょうか。我ら側にも三、四人は応援に来ることになっていますから」

と重造が声を掛けると、長七郎は笑いながら応えた。

「そうだな、ともかく相手の浪人の剣の技量はまだ分からないから油断するな。怪我をしないように気を付けろ。相手は大勢だ。少し汚い手を使っても良い。よく引き付けておいて、賑々しくやろうか」

「分かりました。二度と我が里に来ないようにとっちめます」

重造の左手には手裏剣が握られている。それを見ながら長七郎、

「奴らも人の子、無暗に殺すことはないと思うが、用心棒は命を懸けての生業だ。殺されても悔いはないだろう。このような商売は如何に合わないか教えてやれ。用心棒など、こ

んな所で命を懸けるのは割に合わないと、目が覚めるように痛めつけていいだろう」

「それでは好きなようにやらせてもらいます。いいのですね。相手には充分に教えてやろうと思いますが、私の方は師匠のように手加減するのは難しい、適当にやってしまいますよ」

此方が無責任な話をしている間に、二人は取り囲まれていた。

相手側は、侍と思われる男が前の方に二人出て来た。その後ろに懐手をして右腕の自由を失った男がいる。多分箕輪の次郎次と思われる男、右の肘から下を失っていた。その肘を下げたまま左手に脇差を振りかざして喚いた。

「やい爺、あの女とどのような関係だ。おっつけあの女にもこの俺の苦しみを味あわせてやる。俺の手と同じようにしてやる」

だらり下がる腕は幾らかは動くが使い物にならない様子だ。その使えない右手を幾分前に出して悔しそうに睨む。長七郎が、

「立派な啖呵を切れる男が、小娘を手篭めにしようとはあまり褒められたものではない。また、小娘一人に手を焼いて片腕になって、それでも目が覚めないのなら、今度は残りの左手も使えないようにしてやろうか」

長七郎にしては珍しく憎しみを込めた悪たれを言っていた。物事にこだわりを見せない師匠の、これほどまでの憎しみを込めた言動に、重造は意外な面持ちだった。

その話を聞いていた浪人が黙って刀を抜いた。二人で長七郎と重造に別々に向かってき

た。長七郎に対した浪人は、こんな爺と、繋がれた山羊の首でも落とすようなつもりで、真っ向から一刀両断と無造作に斬りつけてきた。長七郎に斬りつけた浪人は、握った大刀に強い衝撃を受けるのは予期していなかった。想像もしない強い力で撥ね返されてしまい、握った右手が痺れた。かわされた大刀を強く弾かれていた。その浪人者、「しまった」と思った瞬間、額を浅く横に撫ぜ切られていた。それで顔面一杯に血が噴き出し、目から鼻、口の中に流れ込んで先が見えなくなった。「わっ」と一声、群れの後部に逃げ込んだ。

もう一人の浪人は重造に向かったが、抜いた刀を構えに入る間もないままに、一瞬早く重造の左手が動いた。其処から飛び出した十字型の手裏剣が左の目を襲っていた。刀を打ち下ろす間もなく、「わうっ」と、その場に突っ伏していた。

「さすがは重造殿、中々やるのう」と言いながら、長七郎の脇差がその後ろにいた侍に向かって走った。後ろにいた浪人、さすがは侍、一歩下がって初太刀を避けていた。長七郎の剣捌きを見て、初めて大変な相手に対するのだと気が付いていた。闇雲に斬り込んではこない、青眼の構えはかなり年季の入った剣捌き。長七郎はこの男できると見た。これは注意が必要だと自分の胸に言い聞かせていた。

別のもう一人の浪人、常に酒に溺れているのだろう。荒んだ目を赤く光らせながら、重造の手元を睨んで動かない。重造のその手にある手裏剣の動きに全神経を傾注したまま、他を見る余裕はない。

暫しの間全体の動きが止まった。待ち伏せた側の者が、先に無造作に斬り込んで二人の浪人者が一瞬にして傷付き簡単に戦列を離れた。今となってはむやみに仕掛けることはできない。今更長七郎と重造の力量に気が付いても遅いが、このまま引き下がるわけにもいかない。二人の百姓姿の相手を見る目が間違っていたようだ。この人数でなくとも、浪人者四人で簡単に片付くものと思っていた。その四人が当てにならなくなっていた。

双方一息ついていた。共に動きが止まったなと思った瞬間、風を切るような音と共に長七郎が動いた。その時、長七郎に向かっていた浪人者が崩れるように倒れていった。其処に臥したまま二度と立つことはなかった。長七郎は一瞬動いたようにも感じたが、見ると元の姿のままで、しかも元の位置に立っている。最近編み出した居合いの術の試しだった。辺り一面に血飛沫が飛んで、其処に倒れた男の体の下から赤黒い血が流れ出していた。

重造も気付かない長七郎の一瞬の動きだった。他の者も当然、倒れた浪人が何処を斬られたのかも分からない剣の動きだった。即、死に至った。

その時、重造の手が動いた。その手を離れた手裏剣が、一見侍と判断のつかないような姿の者に向かって飛んだ。その男はその飛び来る手裏剣を弾いたと共に、重造に向かって太刀を振り上げながら向かってきた。「危ない」、と一言叫んで長七郎の身体が重造を突き飛ばすようにして間に入った。

激しい武術者同士の太刀打ちは、高い金属音と共に火花を散らしながら絡み合っていた。その戦いは相手にとっては長かったようだが、長七郎としては一瞬の出来事だった。二人が離れた時は、浪人者が呻き声を残して静かに前にのめっていた。乾屋一家の者達が一斉に後ろに下がりながら広がった。まともな戦いでは敵わないと見て、その場を離れると一斉に、匕首や石礫、短槍などあらゆる物を一斉に投げつけてきた。これには長七郎と重造も慌てた。一斉に飛んでくるものを払い切れない。

「離れていると危ない。重造斬り込め、敵から離れるな」

と叫び、二人とも群れの中に斬り込んでいこうとした時である。乾一家の囲いが崩れていく。見ると四人の重造の仲間が斬り込んできたのだ。それを見た重造、仲間に向かって、「遅いぞ。爺に怪我をさせるな」と言いながら、重造は頭に石礫を受けていた。頭部から血が流れてきたが怯む様子はなかった。

後は乱戦と言いたいところであるが、乾屋側の若者達、多勢を頼りに喚いていたが今はそれどころではない。二人を相手に大勢でかかっても手に負えず、怪我人が大勢出た。やっと投石などして幾らか有利な戦いになったかと思ったところに、予期しない四人の身の軽い男達が飛び込んできて斬り込まれた。既に手裏剣も飛び交って大半の者が傷付き喘いでいる。既に半数以上が傷付き倒れ仲間に助けを求めていた。

手代達は、最初に用心棒が斬られた時には既に逃げ足となり、相手の圧倒的な強さに戦意を失い戦列から離れていた。他の一家の者達も完全なる敗北と見て逃げ出していた。箕輪の次郎次も戦いの不利を悟り黙って逃げ出していた。長七郎がその姿を見て、

「重造、あの逃げ出した野郎の左手だ」

と言われた重造の右手が動いた。走る次郎次に向かって手裏剣が飛ぶ。今になって気が

付き悟っても遅い。逃げ出した次郎次が何かに躓くようにして転倒した。転んだ左手の肩先には深々と十字手裏剣が刺さっていた。次郎次は完全に両手は使えないだろう。今となって、この争いの現場から逃げることしか頭にない。しかし逃げられないのは恐怖で足が動かないからか。いや、動けないのは足ではない。起き上がろうとしても両手が使えないために身体を支えて立つことができないのだ。

一緒に逃げようと次郎次に目を向けた乾屋一家の者は、傍にいる長七郎の姿を見て、完全に戦意をなくして次郎次を置いて逃げてしまった。今は動けぬ次郎次をその場に残したまま見返る者もいなかった。静かになった。他に残った者は六人。怪我人ばかりで、自分で逃げることもできず刀も捨て、動けぬ我が身がこの先どうなるのかと、長七郎の動きに神経を集中していた。

雇われた浪人に怪我のないのは一人もいない。その内の一人は既に死んでいるし、もう一人も生きるには難しい深手、土埃の中で横になり呻いている。最初に額に傷付けられて残っていた一人の浪人も、一歩足を引いたと思ったら、振り返りもせずに走り出していた。浪人とてこのような所で大事な命を捨てる気はなかった。

乾一家の残りの者は、これ以上戦っても勝ち目はないのが分かって逃走した。次郎次は自分の身一つ、逃げ場を失い己の逃げるべき先を目で追うものの、動けぬままに我が身の現実を見てただ震えていた。

重造の仲間四人が寄ってきて、辺りを見回し次の指示を待っていた。

　長七郎が、倒れたまま起き上がれないでもがいている次郎次の傍に立っていた。片方使えた腕の付け根に重造の十字形の手裏剣が刺さっている。今は起き上がるために手を着くこともできないため、自力で立ち上がることもできず、その場に尻を着き腰を落としていた。長七郎は静かに次郎次の哀れな姿を見ていたが、やがて声を掛けた。

「箕輪の次郎次とやら、両腕が利かなければ命もいらないのではないか。一思いにあの世に送ってやろうか。少しも苦しまずに一瞬にして送ってやるが、どうかな。次郎次殿」

　次郎次は怪我と恐怖のために日頃の悪人の相すら失っていた。更に肩先の出血により神経は錯乱、体中震えて、充血した目は視線も定まらない。

「どうだ、死にたいか」と、更なる長七郎の声掛けに、今は横になったまま動かぬ手を合わせたいのか、肩先は幾らか動くが、助けを請うこともできない。ただ震える口先で、

「助けてくれ、全て俺が悪かった。御勘弁をお願いします、お願いします」

　大の男が声を上げて泣いている。

「命が欲しいか。助けてやってもよいが、これ以上千代松に手を出すな。出さぬと誓うなら許してやってもよいが。お前らみたいな男は信用できないからな」

　言われた次郎次は必死だ。

「誓います。私が悪かったんです、お許しを」

　あとは、声を上げて泣くばかり。

　それを見て哀れになってきた長七郎、次郎次の後ろに回ると、殺されると思って震えて

いる男の後ろから、腰帯を掴むとぐっと引き上げ抱えるようにして立たせた。

「しっかり立て、今手裏剣を取ってやる。痛いが少し我慢せよ」と言いながら、肩の骨に刺さった手裏剣を引き抜いて、重造に渡した。

次郎次は、立っているのがやっとの体で、「有難う御座います、この恩は忘れません」と言いながら、何度も長七郎に頭を垂れていた。

ともかく千代松問題はこれで解決した。これで良い。

大勢集まってきた人だかりの中を、いつもと変わらぬ態度で長七郎達は引き上げていった。途中、大胡城下手前の分かれ道で、

「重造殿、大変世話になった。お陰でこの方も解決したようだ、有難さん。此処に二十両ある、皆で分けてくれ」

と先ほど手にした金を手渡そうとした。重造は「そのような大金」と拒んだが、

「これはお前達のお陰で手に入った金。初めての正統な駄賃として出す金だ、取ってくれないと俺の立場がなくなる。手を出せ、俺の命令だ」

重造はやっと手を出した。重造達は思わぬ大金を手にして、喜びも顕わに、頭を下げながら足早に道を左に、山の手の方に向かった。長七郎には別に寄って行きたい所があるのを重造は知っていた。

二十二　落着

　今日も長七郎は、山中の岩屋の前の畑で一生懸命畑の草取りに励んでいた。畑の作物は既に収穫期であった。春先に蒔いた夏大根なども充分に食べ頃となり、食べきれず道場や医王院などに配られていた。雑多な作物の収穫と同時に、秋野菜や秋大根の種蒔きも、少し遅くなった感じではあったが、遅れた分を取り戻そうと堆肥の量を増やしていた。

　このところ留蔵達からの獣肉類の差し入れは途切れていた。とはいえ、今の季節は猟期ではない。この時期、食べられる物は越後の浜から届く塩の充分に利いた塩鮭か、からからに乾いた鱈や小魚の干物類、あとは身近で捕れる川魚の鯉、鯰、鰻、一番多いのが泥鰌で、田螺、川海老、蛙、蜆などに限られてくる。

　野菜類は豊富で、自作の野菜だけでも食べきれず捨てるほどあるが、精のつくものでいつでも手に入るものは、この辺りだと何処にでも生えている山芋と泥鰌である。

　子供達に言っておけばどっさりと届く。山芋は地中に埋めておけば新たに芽が出るほど新鮮に保存できるし、泥鰌や鯰は水場の傍に作られた池とも言えない水溜まりの中に、笊に入れたまま生かしておく。篭の中を見ると一杯いる。一人二人では食べきれず、その水溜まりで養殖している。

この度の村の守りで一躍有名人になった長七郎爺、子供達からも人気があった。自然界にある食べ物や薬草などは、餓鬼大将に言えば直ぐに集まる。余所の人から見れば変わり者の、一人住まいにしては恵まれた環境であった。

長七郎が自分で収穫した作物を集めて、物置小屋に運び込もうとしていた。岩屋の住まいはいつの間にか増築されている。住まいの増築には地元の大勢の職人達が助けてくれていた。大工や左官職などにより、今までの岩屋の造りとは違った部屋も造られ、屋根も改修されていた。増えた部分も今までの家屋も本職の手が入ったせいか、未完成だが里の家と変わらぬ出来栄えだ。

その新しくなった住まいの一角に人の姿が見える。それも女である。一人ではなく二人で、娘は千代松の千代であり、もう一人は於蔦である。数日前からこの山小屋に移ってきていた。よく見ると、勝手場の土間で千代松の松吉が、辺りで採れた豊富な松茸を主菜に何か一生懸命料理を作っている。

長七郎が何となくはしゃいでいるのは、家族が一度に大勢になったせいか。愛しい娘、千代との日常の生活であった。浅山一傳斎こと長七郎は、初めての人並みの家庭生活を味わっていた。

あれから間もなく、女淵城や大胡城近辺では小規模な戦いがあった。戦場とまでは言い難い規模のものであったが、北条と上杉軍の衝突だ。死者も少し出たし怪我人も出たが、戦いは大きく広がることもなく、北条方の一方的な勝利で終わった。何箇所かにあった小城や砦は開放され、大胡城には新たに城代が置かれて北条方統治下に置かれていた。

大胡城や女淵城下は戦火に遭い、火を点けられて炎上した家もあったが、一方的な戦いであったので被害はそれほど大きくなく、村は酷く荒らされずに済んだ。千代松などの店も兵卒達が寝泊まりしたらしく食い散らかしたままであるが、落ち着いてから襖や障子、畳を変えれば以前と変わりはなく開店できる程度の被害であった。その気になればいつでも帰宅はできる状態である。

千代松一家は、一時の戦火を避けるためにこの山小屋に来ていたのだ。但し、まだ来てひと月と経っていないので荷物の片付けに大童。家族ができて喜んでいる長七郎であるが、千代達にしては慣れない山中の暮らしで何かと不便で戸惑っていた。

今までの毎日が思い浮かび、仕事に追われていた暮らしが懐かしくなっていた。落ち着いてしまえばこれと言ってやることのない毎日に、働き者の一家としては山の中での生活に飽きが来ていた。ただ、一緒の生活を喜んでいる長七郎には済まないと思い、大胡の店に帰りたいとは言い出しかねていた。

辺りは既に秋の気配、赤城山の中腹では寒いと感じる日もあった。

松吉はそれとなく山を下り、店の様子を見て修復の手配をしていた。

山の生活にも慣れてみれば、静かな環境だし、三人はそれはそれで納得していた。それでもひと月も過ぎると戦の状況も落ち着き、店に帰っても心配はなさそうな様子も分かり、大胡の店への帰宅を考えていた。そのような思いの中、山中の生活に耐えかねた千代が帰宅したい旨を言い出した。

長七郎にも三人の気持ちは分かっていた。そろそろ帰さねばならないとは思っていたが、自分からは言いそびれていたのだ。千代の申し出は受け止めなくてはならない。可愛い娘の申し出は、素直に聞き入れるだけだった。真実を知らない千代は、爺の一瞬の寂しげな顔には気付かなかった。直ぐに同意してくれた優しいその言葉にほっとしていた。

間もなく、この辺りは北条氏康の支配する所となっていた。既に上野の地は大胡も当然、伊勢崎、上泉、厩橋、箕輪、安中、白石、そして赤城山麓の西方は沼田方面まで、今は北条方一色の支配地域となっていた。

支配者が決まれば、当然に地域の代表は、新しく決まった支配者に挨拶に伺わなくてはならない。丑田文衛門親子と山崎十右衛門道場主が挨拶に赴いていた。

新たに北条氏が支配する所となり、新たな支配方の見知らぬ人も増えていた。

千代松としても、嬉しいことに新たな支配者の下役が店に来て、千代松にも早く店を開けるようにとの催促があった。他の地から来た者は安心して飲食のできる所が欲しかった。千代松はこの度の戦いの中で中立を貫き、恨みを買うような酷いこともしていないし、北条方からは安心できる小料理屋と思われていた。

支配下に置いた城下では、一時も早く地元民の不安や戦火の災いの跡を消し去り、信頼を取り戻そうとしていた。しかし、こののちの北条軍の占領期間は長くはなかった。三年と経たない内に、一傳斎の予言通り越後衆の頭取、長尾景虎旗下の長尾一族をはじめ越後・信濃地方の地侍などが、今まで奪われた領地の奪回、失地回復を目指して関東平野に向かって進出、巻き返しにやって来た。

北条軍は、本拠地の相模方面と、隣国の甲州・駿河地域との三国同盟を悪化させていた。それに西国でも争いが拡大していた。今まで気にもしていなかった美濃の織田一族などから目が離せない。北条方としては、上野・下野攻略どころではなくなっていた。また、武田信玄も強大な力をつけつつあった。北条軍は上下野国の兵力を減らして、本国、相模国境の守備に力を注いでいた。当然に野州前線の戦力は落ち、守りきれなかった。其処に満を持して、越後兵が流れ込むように攻めてきたのだ。たちまちの内に、北条氏傘下にあった各所は制圧奪還されていた。元々が上杉氏の支配下にあった所、崩れ出すと早い。たちまちの内に上杉方の制する所となっていた。

沼田万鬼斎の沼田城から赤城山山麓、厩橋をはじめ、その一帯は上杉氏勢力の影響を受けた者の支配下となり、北条氏支配の期間は短かった。中立を守り通した丑田屋敷近在は、戦火に侵されることなく、大きく変化のない現状を維持できていた。結果的には北条氏側に擦り寄らなかったため、三、四年間後の上杉軍の進駐には大きな異変をもたらさなかった。丑田屋敷を主軸とする粕川周辺村落は、そのまま地域安堵のお墨付きを貰っていた。丑田屋敷をはじめその一族と領民は、此処に来て初めて浅山一傳斎一存こと長七郎を神様の如く敬い、山崎十右衛門と道場門人達に感謝の意を明らかにしていた。

おわりに

上杉氏は上野の国、旧支配地の奪還に成功していた。

一時なりとも統治する支配者が変わるということは、当然住民達の生活環境が変わる。年貢なども含め統治者の思考と指図によって決められる。安易に北条方の言いなりに服従した者達もいたが、以前その地を管理していた支配者が戻ってきた時点で、彼らは如何様な処置が下るのかと不安を抱く。心の休まる気はしない。

北条氏は西国の動きを軽視していたが、力による支配は時により簡単に崩れる。そのちも、西国の武力闘争が激化して、織田信長に取って代わった豊臣秀吉の新たな政権が誕生する。秀吉と徳川家康の甲信相州攻略は、関東地域の勢力図を大きく変え、北条氏の関東制覇は夢と消える。

今まで力によって傘下に収めていた各地域の族長達も、支配者の動きと共に統治の在り方、自分達一族の行く末を見極めなければならない。強大な統治勢力によって地域環境は大きく変化して世の流れは変わっていく。

織田信長も天下統一に向かっていたが、予想にもなかった本能寺の変で、新たなる日本国の支配者は信長の臣下豊臣秀吉になった。

その後、北条氏は秀吉による小田原城攻略により城を開城し消滅してしまう。北条氏滅亡後は秀吉のもとに天下は統一され、関東は徳川家康の治める所と決まり、戦国時代は終焉へと向かっていった。そして秀吉亡き後の天下は徳川家康に移る。そして、江戸幕府が開かれ国は統一されていく。

上野国地域でも住民は戦などもう沢山と、強力な支配者による安定した生活を求めていた。


徳川幕府統治下となり、上州は北方の守りとして重視され、家康の関東入国以来有力な譜代諸将が配置された。越後・信濃方面の押さえとしては箕輪城（のち和田城に移る）に徳川四天王の一人井伊直政（高崎藩十二万石）が、館林城には北の押さえとして同じく四天王の一人榊原康政（館林藩十万石）が配置された。他にも安中・小幡・伊勢崎・七日市・吉井・総社・大胡・白井・藤岡藩が設けられ譜代が治め、幕府直轄領・旗本領を含むと上野・下野は完全に徳川幕府の支配するところとなる（沼田藩だけは真田氏が治めた）。

安定した大名支配のもと、新たな指導者と地域の繋がりは複雑な環境を生みながらも新しくなっていった。北条氏、上杉氏時代の力によって服従させられた時代から、平和な時代を創り上げるには少々時間がかかった。新たな統治者に対し、長かった戦国時代から引きずる不信感が残っていたからだ。

新たなる支配者である大名や幕臣には、幕府の指示に従い農民達の信頼を取り戻すために、今までになかった気遣いと政策が必要であった。暴力で支配する時代は終わったのだ。

日本全国を支配する徳川幕府の方策は様々講じられる。例えば、地元民との新たな信頼関係を築き運営していくためには、その地域を纏める農民の長、名主（庄屋・肝煎り）との繋がりを密にし、村内での規則を定めるようにした。

赤城山麓地域の粕川近辺の人達は、戦国時代を巧く乗り切り、北条、上杉、武田軍の侵攻を避けた丑田文衛門屋敷などを訪れ、新たな施政者と繋がるための助言と指導、更には仲介の労を求めていた。

江戸時代の上野の所領の特徴としては、小規模な大名が多く、幕府直轄領・旗本領が多いことである。そして藩主がしばしば交代したため、強力な藩権力が成立することはなかった。

因みに寛文八年（一六六八）の上野には千百三十三の村があり、郡は十四あった。村は幾つかの組や曲輪、貝戸（替戸、皆戸）といった小集落で構成されていた。屋根の葺き替えや田植えなどの共同作業や相互扶助は、この組単位で行われることが多かった。

確たる統治者のいない不安定な社会環境は終わり、統制力のある徳川時代となり、粕川近辺は幕臣牧野氏や酒井氏らによって統治されて、安定した平和な日常が戻ってきた。

上州名物には赤城颪（上州の空っ風）と共に、江戸時代にこの地を本居とした、大前田英五郎、国定忠治、神梅丹治、松井田喜蔵らが侠客として名を揚げた。戦国時代の地元の気風が残っていたか、その中の代表格である大前田英五郎は、粕川の隣村勢多郡大前田村に生まれ、大前田一家を立ち上げていた。明治維新以後まで続いた浅山一傳流道場の門弟であった。

さて、浅山一傳斎一存は晩年まで、赤城山中の暮らしから抜け出ることはなかった。山中の岩屋住居に住んで農作業にいそしみ、留蔵や重造仲間達と仲良く暮らし、浅山一傳流居合い術の行く末を静かに見守っていた。

浅山一傳流と居合い術は明治維新以後、現在まで受け継がれているのかどうか不明である。但し、赤城山麓に浅山一傳流という武術家が実在したことは、残された書籍や記録、そして粕川村に残る一傳流を引き継いだ人達の墓石の存在などをもって明らかにされている。

我が国の剣聖として名を残した上泉伊勢守信綱と共に、同時代に同じ地域にあって剣の道を研鑽、新たな流派を開き、互いに誼みを通じていた浅山一傳斎一存の生涯の物語を此処に示した。一傳斎の血筋がいずれかに残されていることを願っている。赤城山麓の何処かに浅山一傳斎一存の生きた痕跡が、現代に引き継がれていれば幸いである。

令和四年三月　　　　　平岡　一二

◇参考資料

上毛剣士総覧　下巻　諸田政治　著　煥乎堂

群馬県古城塁址の研究　山崎　一　著　群馬県文化事業振興会

戦国北条記　伊東　潤　著　ＰＨＰ

群馬県の歴史　山田武麿　著　山川出版社

図説　群馬県の歴史　西垣晴次・責任編集　河出書房新社

著者プロフィール

平岡　一二（ひらおか　かつじ）

1933 年、群馬県出身。
本籍秋田県。栃木県在住。
現在、建築設計・施工会社役員。

【既刊書】

『これから家を建てる人への提言』（2009 年　文芸社ビジュアルアート）
『北辰一刀流　開眼』（2011 年　文芸社）
『北辰一刀流　影の剣』（2011 年　文芸社）
『北辰一刀流　木枯らしの剣』（2013 年　文芸社）
『雄勝城物語』（2013 年　文芸社）
『リノベーション　100 年使える住宅への提言』（2016 年　文芸社）
『赤穂義士と陰の義侠伝』（2017 年　文芸社）
『雨情』（2020 年　文芸社）

赤城山麓上毛伝記
剣聖　浅山一傳斎一存

2022年 6 月15日　初版第 1 刷発行

著　者　平岡 一二
発行者　瓜谷 綱延
発行所　株式会社文芸社
〒 160-0022　東京都新宿区新宿 1－10－1
電話　03-5369-3060（代表）
03-5369-2299（販売）

印刷所　株式会社暁印刷

ISBN978-4-286-23726-8